다시
소설이론을
읽는다

세계의 소설론과 미학의 쟁점들 **다시 소설이론을 읽는다**

GYÖRGY LUKÁCS

JEAN-PAUL SARTRE

M. BAKHTIN

YURI LOTMAN

GILLE DELEUZE

JACQUES RANCIÈRE

F. R. LEAVIS

MICHAEL BELL

황정아 엮음

창비
Changbi Publishers

이 책에 실린 글들은 두편을 제외하고 모두 2013년에서 2014년에 걸쳐 계간 『창작과비평』에 일종의 연속기획으로 게재된 원고를 수정하고 보완한 결과물이다. 하나하나 펼쳐놓고 외연을 그려보면 문학에서 미학, 철학, 문화론까지 포괄하지만 애초의 기획 취지도 그랬고 크게 보아 이 글들을 묶어주는 키워드는 '소설'이라할 수 있다. 소설이 가진 역량과 지평을 가늠하는 일은 문학 비평과 이론이 늘 관심을 가져왔고 또 그래야 마땅한 주제였다. 소설장르가 근대문학에서 차지하는 중요성에 비추어볼 때 이 주제는 근대적 현실을 이해하고 표현하며 살아내고 넘어서려는 노력과도이어져 있다. 여기서는 루카치와 싸르트르, 바흐젠과 로뜨만, 들뢰즈와 랑시에르를 거쳐 리비스와 벨에 이르는, 주목할 만한 담론을 펼친 외국 이론가들의 논의를 촘촘하고 두텁게 읽어내는 데 초점을 둔다.

이 작업은 또한 현재 한국문학의 담론장에 적극적으로 참여할 의도를 품고 이루어졌다. 지난 몇년간 한국문단에서 진행된 중요한 논쟁 가운데 하나는 카라따니 코오진의 주장에 기댄 이른바 '근대문학 종언론'을 둘러싸고 벌어졌다. 문학이 윤리적으로나 지적으로 특별한 의미와 영향력을 갖고 사회적 변화를 추동하던 시대가 종말을 고했다는 진단을 토대로 유포된 종언론은 무엇보다 근대 장편소설의 역량이 소진되었다는 주장을 함축한다. 소설의 가능성을 짚어내고 확장한 이론적 노력들을 차분히 살펴보는 일은 너무 섣부르게 진행된 이런 종언서사에 대응하는 차원을 갖는다. 종언론이 한풀 꺾이자 이번에는 근대문학이 끝났다는 진단에 곧이어 벌어진 일이라고 믿기 어려울 만큼 신속하게 담론장의 무게중심이 '문학과 정치' 논의로 옮아갔다. 시가 더 전면에 나서는 방식이기는 했지만 이 논의 역시 소설이 어떤 일을 해왔고 또 할 수 있는가 하는 물음과 근본적으로 연관된 것이었다.

그런데 이 책의 글들이 무엇보다 개입하고 싶은 지점은 문학장에서 하나의 논쟁이 다른 논쟁으로 옮아갈 때 발생하는 단절과 망각인지 모른다. 이를테면 근대문학의 종언을 둘러싼 담론이 근대문학 고유의 정치적 역량에 관한 논의로 넘어갈 때 일어나야 마땅한 부딪힘과 교정이 부재하다는 사실 말이다. 단절과 망각은 토론이 긴장과 동력을 지속하면서 다른 차원으로 넓어지고 깊어지는 일을 방해하며 매번의 쟁점이 새로운 것으로 과잉 경험되거나 또 새롭다는 이유만으로 과잉 평가되게 만든다. 그렇게 되면 논쟁들은 잇따르지만 담론장 자체는 자기 역사를 구축하기 어려워진다. 이런 사태는 논쟁이 외국 이론들에 지나치게 의존한 데서 기인한 면이 많기에 외국 이론을 들여오고 참조하는 적절한 방식을 고민하고 실천할 필요성은 그만큼 더 커진다.

이 책이 루카치와 싸르트르로 시작하는 것은 그 점에서 시사적이다. 이 두 이름이야말로 한국문단에서 한동안 강렬하게 호명되다가 말끔히 폐기된 대표 사례가 아닐까? 바흐찐 또한 그만큼은 아니라도 꽤 비중있게 언급되었으나 충분히 평가받지 못한 채 흘러간 인상이고, 리비스는 그의 핵심 주장이 제대로 알려지기도 전에 일방적인 비판부터 들어온 불운한 경우에 속한다. 한편 로뜨만이나 벨은 이제야 겨우 본격적인 소개가 시도되는 참이라 보는 편이 옳을 것이고, 그에 비하면 들뢰즈와 랑시에르는 현재 상당한 영향력과 여전한 존재감을 누린다는 차이가 있다. 하지만 이들 역시 장차 루카치와 싸르트르의 운명을 반복하지 않으리란 보장은 없는 것이다.

앞선 담론과 논쟁이 남긴 실마리와 한계를 분명히 인식함으로써 오늘의 비평이 맞닥뜨린 질문을 풀어가려는 노력은 여기서 다루는 이론가들의 면면에서도 엿보이지만 무엇보다 이 책에 실린 글 하나하나가 담론의 현재성에 연루된 긴장을 예민하게 의식하고 팽팽하게 지속한 데서 잘 드러난다. 이때 현재성이란 담론이 품고 있는 현재적 의미일 뿐 아니라 그 담론을 읽어내는 필자 스스로의 비평적 관심에 담긴 문제의식을 가리킨다. 그 때문에 한편한 편의 글이 외국 담론에 대한 비판적 재해석의 층위를 충실히 유지하면서 동시에 한국 문학 및 문화를 둘러싼 담론장에 일정하게 개입하고 참여할 수 있었다고 믿는다.

소설에 관한 중요한 이론들을 정리하고 싶을 때, 그러면서 동시에 미학의 핵심쟁점들을 짚어보려 할 때, 그에 그치지 않고 한국문학 비평에서 제기된 주요 논의들의 좌표를 그려보고자 할 때, 그리고 그밖의 많은 경우에 이 책이 쓸 만한 참조문헌으로 기여할 수 있기를 바랄 뿐이다.

2015년 11월
엮은이 황정아

차례

루카치 장편소설론의
역사성과 현재성

/ 김경식

金敬埴 문학연구자. 저서로 『게오르크 루카치: 과거와 미래를 잇는 다리』, 역서로
『소설의 이론』 등이 있다.

1. 들어가는 말

어떤 사상이나 이론의 '현재성'을 가늠하는 외적 지표가 그것의 번역, 연구, 출판 등이 얼마나 활발하냐에 있다면, 지금 루카치 (György Lukács, 1885~1971)의 사유는 '현재성'과는 거리가 꽤 멀어 보인다. 하지만 그의 이론이 우리의 문학적 사유에 워낙 뚜렷한 흔적을 남겼기 때문에[1] 문학연구자나 평론가라면 그를 언급하지 않을 수 없는 경우가 종종 생기는데, 그럴 때 루카치는 그들의 다른

---

[1] 1930년대 중후반부터 시작된 루카치 수용의 역사에 관해서는 졸저『게오르크 루카치: 과거와 미래를 잇는 다리』, 한울 2000, 33~67면 참조.

입장을 도드라지게 만드는 어두운 배경화면으로 활용되거나 "루카치류(類)의……" "루카치식의……" 같은 표현을 통해 이미 이론적 '결산'이 끝난 인물로 취급당하기 일쑤다. 그런데 따지고 보면 그런 표현이 별 거리낌 없이 통용될 수 있을 정도로 그의 문학론을 둘러싼 논의들이 많았던 것도 사실이다. 그중 특히 논의가 집중되었던 대목은 그가 주로 1930년대에 조탁(彫琢)한 리얼리즘론인데, 우리 문학계의 관심이 리얼리즘 문제에 쏠렸던 탓이 클 것이다. 그런데 여기서 한가지 특이한 것은, 그의 리얼리즘론에 대한 이론적 관심이 그의 장편소설[2] 이론에 대한 진지한 관심으로는 이어지지 않았다는 점이다. 그가 개진한 리얼리즘 관련 담론들 대부분이 장편소설에 관한 성찰에 근거한 것이니만큼 그의 장편소설론에 대한 본격적인 고찰도 마땅히 이루어졌을 법한데, 유감스럽게도 이 분야에서 눈여겨볼 만한 성과는 거의 없다시피 한다.[3] 이것은 비단 우리에게만 국한된 현상이 아닌데, 한때 그가 "미학의 맑스" 대우를 받았던 서구에서도 맑스주의적 관점에서 시도된 그의 장편소설론을 본격적으로 고찰한 글은 눈에 잘 띄지 않는다.

---

2 이 글에서 '장편소설'은 독일어 'Roman'을 옮긴 말이다. 사실 '장편소설'도 적확한 말은 아니지만 지금껏 쓰인 '소설'보다는 'Roman'의 뜻에 더 부합한다. 하지만 『소설의 이론』(*Die Theorie des Romans*)이나 『역사소설론』(*Der historische Roman*)처럼 우리에게 친숙해진 책제목은 그냥 그대로 적는다.

3 필자가 아는 한, 루카치의 **맑스주의적** 장편소설론에 관한 본격 연구는 이진숙의 석사학위논문(「루카치의 소설이론에 대한 비판적 고찰」, 서울대 대학원 독문학과 1994)이 유일하다.

국내외의 이런 사정을 감안하면, 루카치의 장편소설론을 다루는 이 글은 그의 문학론에 대한 연구과정에 있었던 빈 곳을 메우려는 '뒤늦은' 노력으로 읽힐 수도 있겠다. 때마침 우리 문학계 한쪽에서 장편소설의 '종언' 혹은 '부흥'을 둘러싼 성찰과 모색이 진지하게 전개되고 있는 만큼 거기에도 일말의 기여를 할 수 있는 글이 되기를 바라는 마음도 있다.

그런데 한편의 논문으로 루카치의 장편소설론을 제대로 다루기란 거의 불가능한 일이다. 무엇보다 그의 장편소설론이 '하나'가 아닌 데서 연유하는 어려움이 크다. 동구 사회주의블록의 붕괴와 더불어 루카치의 사유가 급속도로 망각되어간 상황 속에서도 여전히 새 독자를 만나고 있는, 그의 저작들 중 거의 유일한 작품인 『소설의 이론』(1916)에서 개진된 장편소설론('초기 장편소설론')과, 그가 공산주의로 '회심(回心)'한 뒤 10여년에 걸친 "맑스주의 수업시대"[4]를 끝내고 성숙한 맑스주의 시기에 접어든 이후 전개한 장편소설론 ―「장편소설」 및 이에 딸린 글들[5] 그리고 「장편소설」

---

4 *Georg Lukács Werke, Bd.2, Frühschriften II. Geschichte und Klassenbewußtsein*, Darmstadt und Neuwied: Luchterhand Verlag 1968, 11면. 앞으로 루카치 저작집(*Georg Lukács Werke*, Neuwied/Berlin 1962ff.)에서 인용할 경우에는 본문 괄호 안에 권수와 면수를 병기한다.

5 「장편소설」("Der Roman")은 옛 소련에서 처음 간행되는 『문학 백과사전』 제9권 '장편소설' 항목에 포함될 예정으로 1934년 말에 집필된 글이다(1935년 출간된 사전에는 「부르주아 서사시로서의 장편소설」이라는 제목으로 실렸다). 이 글과 토론을 위한 요약문인 「「장편소설」에 대한 보고」 ("Referat über den 'Roman'")를 둘러싸고 1934년 말부터 1935년 초까지

을 둘러싼 논쟁에서 제기된 문제들에 대한 답변을 포함하고 있는 「서사냐 묘사냐?」("Erzählen oder beschreiben?", 1936)와 『역사소설론』 (1937)으로 대표되는 '중기 장편소설론' ──사이에는 세계관이나 철학적·이론적 입장에서 근본적인 단절이 있다. 또, 스딸린체제의 일국사회주의 노선에 건 희망과 집단적 주체로서의 프롤레타리아 계급의 혁명성에 대한 믿음이 아직 가슴속에 살아 있던 1930년대 중반의 루카치가 시도한 이 '중기 장편소설론'과 스딸린주의의 극복과 만신창이가 된 맑스주의의 재구축을 위해 마지막 열정을 쏟았던 1960년대 후반의 루카치가 제시한 새로운 장편소설론의 단초들── 특히 「쏠제니찐의 장편소설들」("Solschenizyns Romane", 1969)에서 그 싹이 제시된 '후기 장편소설론' ──사이에도 간과할 수 없는 차이가 보인다. 그리고 이 모든 단절과 차이에도 불구하고 그 속에 관류하는 연속성 또한 엄연히 존재한다. 이러한 불연속성과

세차례에 걸쳐 논쟁이 벌어졌으며, 그 직후 루카치는 논쟁에서 제기된 문제에 대해 입장을 밝히는 짧은 글 두편을 쓴 바 있다(「토론의 결어(結語)」("Schlußwort zur Diskussion")와 「'장편소설론의 몇가지 문제'에 대한 토론 결어를 위한 테제」("Thesen zum Schlußwort zur Diskussion über 'Einige Probleme der Theorie des Romans'")). 루카치가 쓴 네편의 글과 논쟁 속기록의 독일어본은 베그너(Michael Wegner) 등이 엮은 책(*Disput über den Roman. Beiträge zur Romantheorie aus der Sowjetunion 1919~1941*, Berlin und Weimar: Aufbau Verlag 1988)에 실려 있는데, 앞으로 이 책에서 인용할 때는 본문에 면수를 병기한다. 「장편소설」의 얼개와 이 글이 식민지 조선 문학에 수용된 양상에 관해서는 김윤식 『내가 읽고 만난 일본』, 그린비 2012, 67~86면 참조.

연속성을 두루 고찰하는 가운데 루카치 장편소설론의 전모를 구체적·종합적으로 파악하는 일은 차후의 과제로 남겨두고, 여기서는 리얼리즘론의 구축과정과 맞물린 '중기 장편소설론'을 중심으로 그의 맑스주의적 장편소설론의 윤곽과 기본적인 구성요소를 살펴보면서 후기 루카치의 사유에 기대어 몇가지 생각을 덧붙이는 것으로 '만족'하고자 한다.

2. 장편소설론의 방법과 기본얼개

맑스주의 문학이론의 역사에서 장편소설론을 수립하기 위한 최초의 시도에 해당하는 「장편소설」에서 루카치는, 장편소설이 하나의 장르로서 식별 가능한 고유성을 지닌다면 그 고유성을 구성하는 원리는 무엇인지를 규명하려 한다. 루카치에 따르면 장편소설은 "부르주아사회의 가장 전형적인 문학장르"이거니와 "장편소설의 전형적인 특징들은 그것이 부르주아사회의 표현형식이 되고 난 이후에야 비로소 나타난다"(311면). 따라서 루카치에게 전형적인 장편소설은 곧 근대 장편소설이다. 그런데 여기서 "전형적"이라는 표현은 장편소설이 부르주아사회(근대 자본주의사회)에만 배타적으로 귀속되는 문학장르는 아니라고 해석할 여지도 열어둔다. 실제로 루카치는 서구의 고대와 중세는 물론이고 아시아에도 장편소설과 유사한 것이 존재했다는 사실을 부인하지 않는다. 그런데 루카치가 규명하려는 것은 특정 서사형식을 장편소설이게 하는 형식원리, 장편소설을 다른 문학형식들과 구분하는 고유의 특징이다. 이것은 고대 이래 세계 각지에 산재해 있는 수많은 '장편소설'들을 모두 다 조사하는 실증적·경험주의적 방식으로는 결코 파악될 수 없다는 것이 루카치의 생각이다. 그런 접근법으로는 기껏 몇가지 외형적 공통성을 추출할 수 있을 뿐이며, 그것들이 각기 다른 시공간 속에서 어떻게 조금씩 다르게 반복되는지를 확인하는 것 이상으로 나아갈 수 없다는 것이다. 이와 관련해 루카치는 맑스가 자본주의의 메커니즘을 규명하기 위해 자본주의의 "가장 전형적인 고전적 형태"(484면)로서 영국 자본주의를 분석했음을 상기시킨다. 맑스가 영국 이외의 나라에는 자본주의가 존재하지 않는다고 봤기 때문에 그랬던 것이 아니듯이, 고대나 중세 '장편소설'의 존재를 굳이 부인하지 않더라도 장편소설의 가장 전형적인 형태인 근대 장편소설에 대한 발생사적·구조적 분석을 통해 장편소설의 "전형적인 특징들"을 파악해야 한다는 것이다. 그런 연후에야 비로소 서구의 근대와는 다른 역사적 시공간에 존재했던 장편소설들의 역사적·미학적 성격 규정도 가능해진다는 것이 루카치의 생각이다.

장편소설의 형식원리에 대한 파악은 근대 장편소설 자체에 대한 발생사적·구조적 고찰뿐 아니라 다른 문학장르들과의 대비도 필요로 한다. 헤겔을 위시한 독일 고전미학의 통찰들이 이 대목에서도 크게 활용되는데, 특히 "근대 부르주아 서사시로서의 장편소설"이라는 헤겔의 명제는『소설의 이론』에서와 마찬가지로 '중기 장편소설론'에서도 논의의 출발점이 된다. 그런데 "부르주아 서사시로서의 장편소설"이라는 규정은 필연적으로 서사시와 장편소설을 포괄하는 상위의 범주를 필요로 하는바 "대(大)서사문학"(die große Epik)이라는 — 이 역시 헤겔에서 가져온 — 범주가 그 역할을 한다. 그리하여 루카치는 대서사문학을 극(특히 비극), 소(小)서사문학(특히 노벨레[6]) 등과 대조하는 한편, 대서사문학 자체 내에서 서사시와 장편소설이 갖는 공통성과 차이를 역사적·미학적으로 규명함으로써 문학체계 내에서 장편소설 형식이 가지는 상대적 고유성을 규정하고자 한다.

루카치에 따르면 대서사문학 형식과 극 형식은 공히 개인들을 매개로 "삶의 과정(Lebensprozeß)의 총체성"(6권 109면)을 형상화할 것을 요구한다. 그리하여 두 형식이 모두 "객관적 현실의 **총체적인 상**(像)"(6권 108면)을 제공함으로써 수용자에게 "삶의 총체성의 체험"(6권 110면)을 불러일으켜야 한다면, 노벨레는 "일회적·개별적인 갈등과 그것의 직접적인 해결"[7]을 골간으로 하는 — 대개 비상한 — 개별사건을 간명하고 밀도 높게 형상화하는 서사형식으로

---

6 '노벨레'는 'Novelle'를 독일어 발음 그대로 옮긴 것이다. '단편소설' 혹은 '중편소설'로 옮기기도 하지만 이런 식의 번역은 마치 장르 구분의 본질적 기준이 분량에 있는 듯한 인상을 준다. 'Roman'과 'Novelle'의 구분은 규모에 따른 양적 구분이 아니라 예술적 형식원리에 따른 질적 구분이다.

7 「솔제니찐 —『이반 제니소비치의 하루』」(G. 루카치 지음, 김경식 옮김),『민족문학사연구』제17호 2000년, 341면

서, 사회적 현실의 전체성을 형상화할 것을 요구하지 않는다.[8] 이렇게 근본적으로 "총체성의 이념"(6권 108면)을 통해 노벨레와 갈라지는 대서사문학과 극 양자는, 바로 그 총체성의 구현방식 차이로 서로 구분된다. 일찍이 『소설의 이론』에서 '삶의 외연적 총체성의 형상화' 대(對) '본질성의 내포적 총체성의 형상화'로 규정되었던[9] 그 차이는, '중기 장편소설론'에 해당하는 『역사소설론』에서는 '객체들의 총체성의 형상화' 대 '운동들의 총체성의 형상화'로 규정된다. 즉 대서사문학은 인간의 내·외적 활동의 사회역사적 기반이자 그 활동과 상호작용하는 객체로서 "대상들의 총체성"을 형상화할 것을 요구하는 형식이라면(6권 110~11면), 극은 하나의 중대한 갈등을 둘러싸고 서로 충돌·투쟁하는 전형적인 심리적·도덕적·의지적 운동과 방향 들을 완결된 하나의 체계로서 형상화하기를 요구하는 형식이라는 것이다(6권 111~13면).

루카치에게는 대서사문학과 다른 문학형식들의 이러한 대비도 중요하지만 무엇보다도 서사시와 장편소설의 공통성과 차이를 규명하는 것이 중요한데, 개인들을 매개로 "사회적 총체성을 서사적으로 형상화"(360면)하는 대서사문학으로서 동류의 것이면서 대척적인 자리에 있는 서사시와의 관계 속에서 장편소설의 고유한 특징이 가장 선명하게 드러난다고 보기 때문이다.

---

8 같은 글 323면 참조.
9 루카치 『소설의 이론』 김경식 옮김, 문예출판사 2007, 49면 참조.

루카치에게 장편소설의 전형이 근대 장편소설이듯 서사시의 전형은 호메로스의 서사시다. 따라서 서사시의 역사적·미학적 규정은 호메로스의 서사시에 대한 분석을 근거로 하여 이루어진다. 호메로스의 서사시에서 루카치는 "씨족공동체의 원시적 통일성이 형식을 규정하는 사회적 내용으로 아직 생생하게 작용하고 있는"(489면) 것을 본다. 호메로스 서사시의 형식을 규정하는 사회적 힘의 원천을 씨족공동체에서 찾는 루카치의 견해가 역사적 사실에 부합하는 것인지 여부와는 별도로, 여기에서 우리가 주목해야 할 것은 개인('영웅적' 개인)이 자기가 속해 있는 사회('공동체')와 직접적 통일성 속에 있는 역사적 상태가 서사시의 내용과 형식에 각인된 **사회적 토대**로 설정되고 있다는 점이다. 이 통일적 세계는 아직 사회적 분업이 상대적으로 부재하며 또 본래 인간이 만들어냈던 것들이 그 인간적 연원을 지우고 독자적으로 되어 도리어 인간 삶을 지배하는 추상적인 사회적 힘들로 현상하고 작동하는 소외(Entfremdung)와 사물화(Verdinglichung)가 발생하기 이전 상태에 있기 때문에 인간의 "개체적 총체성"(315면)이 보존되고 "인간의 자립성 및 자기 활동성"(314면)이 폭넓게 구현될 수 있었다. 루카치에 따르면 이러한 ── "인간의 소질과 능력 들의 조화"(4권 299면), "인격성의 조화로운 완성"(4권 300면)을 뜻하는 인간의 "개체적 총체성", 그리고 "인간의 자립성 및 자기 활동성"이라는 헤겔의 용어로 표현된 ── '인간적 본질'을 구체적·감각적으로 현시(顯示)한데 호메로스 서사시의 미적 원천이 있다.

맑스주의자 루카치의 관점에서 그후의 역사는, 호메로스의 서사시가 가장 전형적인 형태로 표현한 '시적인 세계상태'가 계급사회의 등장으로 빛이 바래가는 과정이기도 하다. 그리고 그 과정의 맨 끝에 "최후의 계급사회"(360면)인 근대 자본주의가 위치하는데, '시의 시대'를 대체한 이 '산문의 시대'를 맞아 "예술의 붕괴"(Zerfallen der Kunst)를 선포한 헤겔과는 달리, '산문의 시대'의 절정인 근대 자본주의사회 속에서 역설적이게도 대서사문학이 ─ 물론 새로운 형식으로 ─ 다시 한번 개화하게 된다는 것이 루카치의 독특한 주장이다.

루카치에게 자본주의가 생성하고 형성되는 과정은 인간이 자연력의 속박을 극복하는 과정이고 인간 상호 간의 관계가 "순수 사회적 관계"(2권 361면)로 전화되는 과정이자 "사회적 삶에서 국지적이고 편협하며 고루한 중세적 질곡을 타파"(4권 300면)하고 생산과 사회를 혁명적으로 변화시켜나간 과정으로서, 호메로스 시대의 원시성에 비하면 두말할 나위 없이 '진보'를 뜻하는 과정이다. 그러나 그 '진보'의 과정은 동시에 "인간 타락"(Degradation des Menschen, 315면)의 경향을 내포하고 있는 것이기도 하다.[10] 전체로서의 인간 능력을 풍부하게 만들지만 동시에 인간을 일면적이고

10 루카치의 이론체계에서 중요한 역할을 하는 "진보의 모순성" 명제의 한 표현이다. 이 명제에 관해서는 졸고 「루카치 문학론의 몇가지 구성요소 ─ 자본주의·휴머니즘·예술의 특성·리얼리즘」, 『오늘의 문예비평』 2014년 봄호, 283~84면 참조.

편협하게 만들며 파편화하는 자본주의적 분업과 자본주의사회 특유의 사물화에서 비롯되는 "인간 타락"의 경향은 루카치가 호메로스 서사시에서 생생하게 표현되고 있다고 본 인간의 "개체적 총체성" "자립성 및 자기 활동성"과는 정반대 방향에 있는 것으로서, 사회의 자본주의화가 증대할수록 심화되고 강화되어간다. 하지만 아무리 그렇게 된다 하더라도 "진정한 개체적 총체성과 생생한 자립성에 대한 관심과 욕구"(315면)가 완전히 사라지는 일은 없다는 헤겔의 주장에 의거하여 루카치는 그러한 욕구를 어떠한 상황에서도 결코 근절될 수 없는 인간의 **근원적 욕구**로 설정한다. 이것은 『소설의 이론』에서 "존재의 총체성"이 부재하는 시대에 예술형식을 낳는 궁극적 근거로 설정된, "큼(大)과 펼침과 온전함이라는 영혼의 내적 요구들"[11] 또는 『역사와 계급의식』(*Geschichte und Klassenbewußtsein*, 1923)에서 사물화에 맞선 저항의 최후의 보루로 설정된 "노동자의 인간적·영혼적인 본질"(2권 356면)과 상통하는 것이다.

그렇다면 당장 드는 의문은, 이러한 근원적 욕구의 설정은 맑스주의의 역사적·유물론적인 관점과 충돌하지 않는가 하는 점이다. 루카치는 인류의 탄생이 그러하듯이 이러한 욕구 또한 기나긴 역사적 과정 속에서 생성된 것이며, 일단 생성된 이후에는 인간이 인

---

11 『소설의 이론』 29면. 번역서에서 "위대성"으로 옮긴 "*Größe*"를 "큼"으로 바꾸며, "전체성"으로 옮긴 "*Ganzheit*"는 "온전함"으로 고쳐 옮긴다.

간으로서 존재하는 한 거의 영구적인 것으로 보일 정도로, 그래서 '인간의 본성'으로까지 여겨질 정도로 장기 지속하는 실체적인 것으로서 작동하는 것이라고 생각하는 듯하다. 우리가 '실체'를 '생성'과 배타적으로 대립하는 것이 아니라 "변화 속에 있는 지속" (13권 613면)으로, "과정 중에 있으며 과정 속에서 변하고, 스스로를 갱신하며 과정에 참여하지만 그 본질에 있어서 자신을 보전"(13권 681면)하는 것으로 이해하는 후기 루카치의 '실체' 개념을 받아들인다면, 루카치의 그러한 생각이 꼭 비역사적인 관념론 혐의를 받아야 할 까닭은 없어 보인다. 루카치의 이론체계에서 인간의 그러한 근원적 욕구는 자본주의의 그때그때의 경제적·사회적 상황, 이데올로기적 상황에 따라 활성화되기도 했다가 때로는 거의 소멸한 듯 보일 정도로 약화되기도 하며, 또 계급과 집단에 따라서도 그 활력과 강도가 달라지는 것으로 설정된다. 이런 식으로 루카치의 사유 속에 단단히 자리잡고 있는 이 인간의 근원적 욕구는 장편소설을 포함한 예술형식 일반의 인간학적 토대이자 예술적 창조의 근본적인 동력으로 자리매김된다.

그렇다면 이제 문제는 왜, 어떻게 이러한 인간의 근원적 욕구가 부르주아사회의 태동과 함께 근대 장편소설이라는 문학형식을 낳을 수 있었는가 하는 점이다. 먼저 루카치가 주목하는 것은 대서사문학 형식이 본격적으로 성립 가능한 사회적 조건이 자본주의사회와 더불어 다시 마련되었다는 사실이다. 루카치에 따르면 "자본주의사회는 역사상 처음으로 인간들의 전체 삶을 포괄하는 전면적인 상호결합을 위한 경제적 기초를 창출한다"(324면). 즉 자본주의는 중세의 지방적·국지적 폐쇄성을 타파하면서 "적어도 그 경향상, 하나의 통일적인 경제과정에 종속되는"(2권 266면) 하나의 전체적 사회를 형성한다. 이로써 개인들을 매개로 사회적 총체성을 형상화하는 대서사문학 형식이 꽃필 수 있는 사회적 조건이 마련된 것이다.[12] 하지만 역사적으로 형성된 이러한 사회적 조건 자체는 예술 일반, 따라서 대서사문학이 개화하기에 불리한 조건이기도 하다. 앞서 말했다시피 자본주의적 진보의 모순성으로 인해 자본주의사회에서는 "인간의 자립성 및 자기 활동성"이 개진될 여지가 중세에 비해 획기적으로 넓어지고 그에 대한 욕구가 크게 활성화된 시기에도 이미 "인간 타락"의 경향이 작동하며, 사회의 자본주의화가 증대될수록 그러한 경향은 강화될 수밖에 없다. 하지만 해체되어가는 중세의 품 안에서 태동하여 발생·형성 중에 있던 자본주의에서는 그러한 경향의 부정성이 전면화되지 않았을 뿐아니라, 중세의 질곡에서 인간을 해방시키는 데 복무한 부르주아

---

12 여기에서 우리는 당시 루카치의 문학이론적 사유에서 장편소설이 근거하는 기본적인 사회적·지리적 단위가 '국민국가'로 설정되고 있음을 엿볼 수 있다. 후기 루카치의 저작들에서 사회적·지리적 기본단위로서의 국민국가를 역사적으로 상대화하는 사유가 본격적으로 대두하는 것을 볼 수 있는데, 그의 '후기 장편소설론'에서 제시되는 새로운 인식내용과 몇몇 장편소설에 관한 새로운 역사적·미학적 평가는 루카치의 이론적 사유 자체가 국민국가라는 사회적·지리적 준거틀을 넘어서는 경향과도 무관하지 않을 것이라 짐작된다. 이른바 '세계문학'에 관한 논의와도 연관될 수 있는 이 문제에 관한 본격적인 고찰은 차후의 과제로 남겨둔다.

이데올로기도 아직 편협한 계급 이데올로기로 순수화·협소화되지 않았다. 신생의 부르주아 이데올로기는 "인류의 보편적 해방의 파토스"(331면)를 포함하고 있는, 따라서 단순히 반(反)봉건적일 뿐 아니라 발생·형성 중인 자본주의와 자기 계급에 대한 비판과 자기 비판, 심지어 공상적 사회주의에까지 이르는 반(反)자본주의적 내실도 포괄하고 있는 복합적이고 중층적인 것이었다. 근대 장편소설은 이러한 부르주아 이데올로기의 한 형태로,[13] 그것도 본래적

---

13 루카치에게 이데올로기 개념은 "허위의식"과 같은 부정적 개념과 등치되는 것이 아니다. 루카치가 이해하는 이데올로기 일반 개념은『정치경제학 비판을 위하여』(*Zur Kritik der Politischen Ökonomie*)「서문」에서 맑스가 "인간들이 그 안에서 이러한 갈등(사회적 존재의 지반들로부터 생겨나는 갈등 — 인용자)을 의식하게 되고 그것과 싸워내는 법률적, 정치적, 종교적, 예술적 또는 철학적인, 한마디로 이데올로기적인 형태들"(*MEW* 13권 9면)이라고 했을 때의 그것이다. 루카치에 따르면 이데올로기 일반에 대한 이러한 포괄적 규정은 "이데올로기들이 방법론과 사실의 차원에서 옳은지 그른지 하는 문제에는 전혀 명백한 답을 주지 않"지만 오히려 그럼으로써 더욱 폭넓게 적용될 수 있다(13권 10면). 따라서 특정 이데올로기가 긍정적인 것인지 부정적인 것인지 하는 문제는 사회역사적인 맥락 속에서 그 이데올로기가 수행하는 기능과 역할을 구체적으로 분석한 후에야 답할 수 있는 문제가 된다. 또, 루카치는 맑스가 "법률적, 정치적, 종교적, 예술적 또는 철학적인"이라는 식으로 각각의 영역을 나열함으로써 이데올로기 형태라 하더라도 획일적으로 파악될 수 없음을 암시하고 있다고 본다. 각 시대의 그때그때의 이데올로기를 선차적으로 통일적인 어떤 것으로 설정하고 그로부터 특수하고 개별적인 이데올로기적 입장들이 논리적으로 분화·파생되어 나오는 것으로 파악하는 방식과는 정반대로, 어떤 한 시대의 이데올로기라 부를 수 있는 것은 "여러 영역에서 여러 계급들에 의해 실천 속에서, 실천을 통해 완수되는 여러 이데올로기적 결정들의 종합으로부터 (선험적으로가 아니라 사후

으로 반자본주의적·휴머니즘적인 지향성을 지닌 예술의[14] 한 형식으로 태어났다. 그런데 그것이 뿌리를 둔 사회적 토대는 서사시의 그것과는 정반대의 메커니즘을 가진 것이어서, 근대 장편소설은 대서사문학으로서 서사시와 공유하는 공통성마저도 서사시와는 전혀 다른 방식으로 구현할 수밖에 없다.

3. 장편소설 구성의 기본원리

사적인 것과 공적인 것, 개별적인 것과 보편적인 것이 통일되어 있는 원시적 공동체사회에 뿌리를 두고 있는 호메로스의 서사시에서는 주인공들이 "사회 전체를 직접적으로 대표함으로써 전형적"(323면)이 될 수 있었다. 이에 반해 근대 장편소설은 "최후의

적으로) 생겨나는"("Solschenizyns Romane," in Georg Lukács, *Solschenizyn*, Neuwied und Berlin: Luchterhand Verlag 1970, 74면) 것으로 봐야 한다는 것이다. 루카치의 이러한 입장은 이데올로기적 현상들을 고찰할 때에도 "구체적 상황의 구체적 분석"이라는 유물론적 탐구원칙이 무엇보다 우선해야 함을 강조하는 것이라고 볼 수 있다.

14 루카치의 이론체계에서 인간의 "개체적 총체성" "인간의 자립성 및 자기활동성"에 대한 욕구가 '예술적 창조의 근본적 동력'으로 설정되어 있는 이상 예술은 본원적으로 반자본주의적·휴머니즘적 지향성을 가진 것이 된다. "진정한 예술가라면 누구나 — 자신이 알건 모르건 — 인간을 형상화하는 작가로서 풍부하고도 폭넓게 계발된 인간들을 제시하려는 자신의 충동에 따르기 때문에 그 결과 필연적으로 자본주의체제의 적대자일 수밖에 없다"(4권 309면)는 것이 루카치의 생각이다.

계급사회"의 태동과 함께 발생한 문학형식이다. 「장편소설」의 루카치에 따르면 계급사회인 자본주의에서 개인들의 성격과 행동은 전체 사회가 아니라 그 사회 내에서 **"투쟁하는 계급들 중 한 계급만을 대표할 수 있을 뿐"**(323면)이다. 이런 사회의 총체성이란 더 이상 동질적인 전체('유기체로서의 총체성')가 아니라 대립물들의 모순적·역동적인 통일로서의 총체성인데, 문제는 "이 원칙적 대립물들이 원칙적으로 분명하게 서로 마주해 있는 상황이 부르주아적 일상현실에서는 발생하지 않"(324~25면)을 뿐 아니라 상호 적대적으로 연관되어 있는 본질적인 경향들로서의 사회적 힘들이 사물화로 인해 "추상적이고 비인격적으로""현상"(324면)한다는 것이다. 따라서 실러(F. Schiller)적 의미에서 "소박문학"인 서사시와 달리 근대 장편소설은 작가들에게 일상적 경험과 현상의 피막을 뚫고 하강하여 그러한 경험과 현상보다 더 오래 지속하며 그것들을 발생시키거나 가능하게 만드는 심층의 사회적 연관관계들을 파악하는 인식 능력을 요구한다. 물론 여기서 요구되는 인식은 사회과학적 의미에서의 인식, 고도로 의식적인 이론적 인식을 뜻하지 않는다. 의식적으로든 직접적·직관적으로든 장편소설의 창작과정에서 이루어지는, 창작에서 구현된 인식이 문제일 뿐이다. 루카치는 예술적 인식의 이러한 성격을 분명히 하기 위해 "추상적·과학적인 사회적 분석의 의미에서"의 인식이 아니라 "형상화하는 예술가로서"의 앎, "창조적인 리얼리스트의 의미에서"(4권 321면)의 인식이라고 명토 박고 있다. 「장편소설」에 나오는 "창조적 인식"(322면)이라는 표현도 그런 것이다.

그런데 대서사문학은 계급적 대립 같은 사회의 본질적인 연관관계들을 개인들을 매개로, 즉 "개인적 운명들에 의거해, 개개인의 행동과 고난을 통해"(323면) 가시화할 것을 요구하는 문학형식이다. 여기서 결정적으로 중요해지는 것이 "행위"(Handlung)다. 사회나 인간에 대한 통찰과 인식이 아무리 깊이있고 포괄적이라 하더라도 그것이 작중인물들이 펼치는 행위의 불가결한 계기가 되지 않는다면 추상적으로, '전(前)-문학적' 요소로 남아 있게 된다는 것이 루카치의 생각이다. 인식은 "본래적인 문학적 원리를 위한, 즉 행위의 고안과 완성을 위한 전제조건일 뿐이다"(322면).

그런데 루카치의 이런 표현은 자칫 오해를 불러일으킬 수 있다. 마치 사회의 본질적 규정들에 대한 인식이 먼저 이루어지고 난 뒤 이렇게 파악된 사회적 내용에 적합한 장치 내지 형식(여기에서는 '행위')이 부여되는 순차적 과정을 말하는 것으로 읽힐 수 있는 것이다. 하지만 바로 위에서 말했다시피 루카치에게 문제는 언제나 작품에서 구현된 인식, 창작과정에서 작가가 이룩한 인식이지 작품 이전에 작가가 지니고 있는 사상이나 인식이 아니다. 그리고 이렇게 작품에서 구현된 인식의 내실은 언제나 형식과 통일되어 있다. 따라서 "행위의 고안과 완성을 위한 전제조건"으로서의 '인식'이라는 루카치의 말은 양자의 관계를 시간적 순서가 아니라 논리적 관계에 따라 설명한 것으로 보는 게 합당하다. 말이 나온 김에 덧붙이자면, 루카치 리얼리즘론의 '인식론적 편향'을 보여주는 대표적인 대목으로 조명(嘲名)이 난 이른바 '창작의 2단계론'도 이렇게 읽을 수 있다.

「문제는 리얼리즘이다」("Es geht um den Realismus", 1938)에서 루카치는 리얼리스트에게 요구되는 "예술적이자 세계관적인 이중 작업"을 "추상"과 "추상의 지양"이라는 말로 설명한 바 있다(4권 324면). 여기서 그는 "그러한 (사회적—인용자) 연관관계들을 사유를 통해 발견하고 예술적으로 형상화하기"를 "추상"이라 표현하고 있는데, 우리가 위에서 말한 '인식'과 '행위의 고안'이 이 "추상"에 속한다. '2단계론'은 이 "추상"과 — "추상을 통해 획득된 제반 연관관계를 예술적으로 덮어씌우기"라고 표현된 — "추상의 지양"의 관계에 대한 가장 흔한 해석 중 하나로서, 이를 주장하는 논자들은 루카치가 창작과정을 인식의 단계와 여기에서 얻어진 인식 내실에 '형상의 옷'을 입히는 단계로 나눈다고 한다. 그런데 이런 논자들 다수는 "추상"에서 "예술적으로 형상화하기" 부분은 의도적으로 생략하거나 무시한 채 논지를 전개하는데, 그렇게 하지 않으면 인식에 '형상의 옷'을 입힌다는 식으로 해석하기가 곤란해지기 때문이다. 어쨌든 논자들에 따라 조금씩 차이가 있긴 하지만 대개 이런 식으로 루카치를 해석하고 이로부터 루카치의 리얼리즘론은 '인식론주의'라느니 예술의 성취를 '과학적 인식'으로 환원한다느니 하는 비판을 하곤 했다. 그런데 이러한 비판은 루카치가 서로 "분리될 수 없는""예술적이자 세계관적인 이중 작업"이라 한 것을 굳이 '2단계'로 분리해서 읽는 자의적 독서의 산물일

따름이다. 사회의 본질적 규정들의 창조적 인식, 전형적 인물과 전형적 상황의 창조, 그러한 상황에서 그러한 인물이 펼치는 전형적 행위로 이루어지는 줄거리 내지 플롯의 창조 등등을 포함하는 "추상"의 작업과, 그러한 줄거리 내지 플롯을 진척시키면서 인물과 상황과 행위 등등이 생동감과 환기력을 지닐 수 있도록 예술적으로 구체화하는 작업인 "추상의 지양"은 작가 개개인의 작업방식과 개성에 따라 창작과정에서 순차적으로 이루어질 수도 있고 동시적으로 이루어질 수도 있을 것인데, 루카치는 "분리될 수 없는" 이 사태를 실제적·시간적 순서가 아니라 논리적인 순서에 따라 서술하고 있는 것이다.[15]

---

15 1934년에 발표한 「독일 당대문학에서의 리얼리즘」("Der Realismus in der deutschen Gegenwartsliteratur")에서부터 1940년대 후반까지 '위대한 리얼리즘'을 주창한 루카치가 문학(특히 장편소설)의 '인식적 효과와 가치'를 중시한 것은 분명한 사실이다. '현실의 실상(實相)'에 육박하는 깊이와 포괄성이 그가 문학의 리얼리즘적 성취를 판단하는 척도였는데, 이때에도 그의 리얼리즘론은 '인식'에 '형상의 옷'을 입힌다는 식의 발상과는 전혀 무관한 것이었으며 또 그 '인식적 효과'는 '과학적' 인식으로 환원될 수 없는 독특한 '예술적' 인식으로서 작용하는 것으로 설정되어 있었다. 예술적 인식의 독특성 내지 고유성에 대한 루카치의 생각은 1950년대 중반 이후 한층 적절한 개념들을 활용함으로써 더욱 분명하게 표현된다. "미적 영역의 핵심 범주"로서의 "특수성"과 그것의 문학적 구현형식으로 재설정된 '전형' 개념, 그리고 예술적 반영의 특성을 나타내는 "인간중심적·인간연관적 (anthropomorphisierend) 반영" 개념 따위가 이와 연관된 것들인데, 이러한 개념들을 통해 전개되는 그의 후기 미학[『미적인 것의 고유성』(*Die Eigenart des Ästhetischen*, 1963)과 『미학의 범주로서의 특수성에 대하여』(*Über die Besonderheit als Kategorie der Ästhetik*, 1967)]에서 리얼리즘은 예술의 핵심

이쯤에서 다시 본래의 주제인 '행위'의 문제로 돌아가도록 하자. 앞에서 우리는 한 사회의 본질적 규정들, 본질적 연관관계들에 대한 깊고 포괄적인 인식이 작중인물이 펼치는 행위에 내속되어 있을 때 진정한 문학적 형상화가 이루어진다는 것이 루카치의 생각이라고 했다. 「장편소설」에서 루카치는 바로 이 **행위**의 서사적 형상화를 대서사문학의, 따라서 서사시와 장편소설의 공통의 형식적 원리로 설정하고 있다. 알다시피 서사시에서 행위의 중요성을 가장 먼저 강조한 이는 아리스토텔레스다. 일찍이 『시학』에서 그는 서사시를 '행위하는 인간의 미메시스'의 한 방식으로 규정한 바 있다. 아리스토텔레스의 미메시스 개념을 반영 개념으로 받아들인 루카치는, 장편소설에서 행위가 중요한 것은 현실을 가능한 한 적

___

적인 원리, '구성적 질' 가운데 하나로 상대화된다. 즉 위대한 예술작품은 리얼리즘적이지만 리얼리즘의 성취만으로 환원될 수 없는 구성적 질들도 지닌 것이 된다. 이제 예술은 "인간 유(人間 類, Menschengattung)의 자기의식"이 이루어지는 매체로 파악되며, 따라서 "예술의 진리" 문제는 '현실의 실상(實相)'에 대한 올바른 예술적 반영 차원에서 다루어지는 것이 아니라 그러한 반영을 전제로 포함하고 있는 "인간 유의 자기의식의 진리" 차원에서 다루어진다(이와 관련해서는 졸고 「루카치 문학론의 몇가지 구성요소」, 301~03면 참조). 루카치의 텍스트에서 시기나 정세, 그리고 이론적 문맥에 따라 각기 조금씩 달리 사용되는 리얼리즘 개념과 그의 리얼리즘론에 대한 고찰은 이 글의 범위를 벗어나는 작업이다. 앞에서 말했다시피 국내의 루카치 연구 대부분이 이 주제를 둘러싸고 이루어졌는데, 그러니만큼 이 주제는 가장 완강한 통념들이 지배하고 있는 영역이기도 하다. 이러한 상황에서 그의 리얼리즘론을 조금이라도 새롭게 볼 여지를 만들기 위해서는 별도의 본격적인 고찰이 필요하겠다.

합하게 문학적으로 반영해야 하는 필요성에서 나온 결과라고 한다 (322면). 인간의 본질, 인간이 사회 및 자연과 맺고 있는 실재적 관계는 그것에 대한 인간의 의식만이 아니라 그 의식의 토대를 이루고 있는 사회적 존재를 의식과의 변증법적인 관계 속에서 형상화할 때 포착될 수 있는데, 장편소설에서 그것이 가능한 길은 행위의 형상화밖에 없다는 것이 루카치의 생각이다. "왜냐하면 인간의 행위를 통해서만 그의 진정한 본질, 그의 의식의 진정한 형식과 진정한 내용이 그의 사회적 존재를 통해서 표현되기 때문이다"(322면).

인물이 펼치는 행위를 서사적으로 형상화한다는 것은 대상세계를 자립적인 것으로, 이미 완성된 최종결과로 대하고 이를 관찰자의 입장에서 "묘사"(Beschreiben)하는 것이 아니라 인간활동의 대상으로, 인간활동과의 연관 속에서, 인간들과 인간운명들 상호 간의 매개물로서 "서사"(Erzählen)한다는 것을 의미한다. 인간적 연원을 지우고 "제2의 자연"으로 사물화된 대상세계는 인간들과의 관계 속에서 재맥락화됨으로써 더이상 사물화된 결과로서가 아니라 사물화되는 과정 속에서 제시되며 그런 식으로 인간활동과 연관됨으로써 유의미하게 된다. 물론 장편소설적 서사에서 이렇게 달성되는 유의미성은 서사시에서의 그것과는 다르다. 주체와 대상세계가 균열과 단절 없이 조화롭게 통일되어 있는 서사시에서의 '긍정적 총체성'과는 달리, 자본주의의 산문적 세계상태가 "궁극적 원리"[16]로 주어져

---

16 『소설의 이론』 49면.

있는 장편소설에서 정작 분명하게 드러나는 것은 그러한 총체성을 가로막는 조건과 계기이며, 그것들에 의해 희생되거나 그것들에 저항하는 인간의 운명이다. 그러한 저항이 최종적으로 실패할 수밖에 없는 것이라 할지라도 그 저항 속에서 인간적 힘과 인간적 존엄이 빛을 발하며, 또한 패배를 통해서는 자본주의사회에 의해 파괴되거나 부정당하는 '인간적 본질'이 고통스럽게 드러난다. 이런 식으로 근대 장편소설의 인물과 사물은 비로소 획득되어야 하는 긍정적 총체성에 대한 간극을 보여주는 부정적인 방식으로 긍정적 총체성을 환기시키며 그것을 지향하는 인간의 근원적 욕구를 일깨우고 강화하는 기능을 한다. 이것이 자본주의사회를 토대로 한 장편소설이 자본주의적 일상에 사로잡힌 인간의 의식과 감성과 의지를 "탈(脫)-사물화" "탈-개별화"하고 "인간 타락"의 경향에 저항하는 예술의 사명을 수행하는 **기본적인** 방식이라는 것이 루카치의 생각이다.[17]

---

17 여기서 '기본적인' 방식이라 한 것은 1930년대 중반 루카치에게는 이와는 또다른 문학적 흐름이 같이 설정되고 있기 때문이다. 자본주의사회 속에서 전개되는 프롤레타리아계급의 투쟁과 결속된 "프롤레타리아 장편소설"에서, 혁명 이후 소련사회의 사회주의화 과정에 근거를 두고 창조되는 "사회주의 리얼리즘 장편소설"로 이어지는 문학적 흐름이 그것인데, 루카치는 이미 전자에서 부분적으로 나타나기 시작한 "서사시로의 재접근"이 후자에 와서 "근본적으로 새로운 장편소설 유형"을 만들어내기에 이르렀다고 보며 그 특성을 "서사시로의 **경향**"이라고 규정한다(355~57면). 일찍이 『소설의 이론』에서 "도스토예프스키는 소설을 쓰지 않았다"(183면)고 하면서 그의 장편소설을 '새로운 서사시'로 자리매김했던 구도가 여기서 되풀이되고 있음을 확

4. 마치는 말

루카치의 장편소설론에서 근대 장편소설은 이미 탄생의 순간부터 자신에게 불리한 조건을 예술적으로 극복함으로써만 개화할 수 있는 장르로 설정되어 있다. 장편소설의 장르적 잠재력이 최대치로 발현되는 것을 가능케 한 근대 자본주의사회 자체가 그 잠재력의 진정한 예술적 개화를 가로막는 작용을 한다. 이러한 사태를 루카치는 "자본주의의 예술적대성" 명제로 설명한 바 있는데, 이에 따르면 사회의 자본주의화가 증대할수록 예술에는 더욱더 불리한 조건이 조성된다.[18] 그 과정에서 1848년은 결정적인 분기점을 이루는데,[19] 루카치의 이론체계에서 유럽의 1848년은 그해 6월 빠리에서 일어난 노동자 봉기를 시발점으로 부르주아지와 프롤레

인할 수 있는데, 후기에 오면 이러한 구도는 더이상 등장하지 않는다. 덧붙이자면, 「장편소설」은 '사회주의 리얼리즘'이 소련의 문학과 문학비평의 "주요방법"으로 결정된 지 약 넉달 뒤에 작성된 글이자 '중기 장편소설론'으로 묶인 글들 가운데 계급주의적 관점이 가장 강하게 드러나는 글이다. 1930년대 후반으로 접어들면서 루카치가 계급주의적인 이론적 입장을 극복해나가는 과정에 관해서는 졸저『게오르크 루카치』제2부 참조.

18 "자본주의의 예술적대성" 명제에 관해서는 졸고「루카치 문학론의 몇가지 구성요소」, 281~86면 참조.

19 루카치의 이론체계에서 '1848년'이 갖는 의미에 관한 자세한 설명은 졸고「'리얼리즘의 승리론'을 통해서 본 루카치의 문학이론」,『실천문학』2002년 봄호, 481~87면 참조.

타리아트의 대립이 계급투쟁의 중심에 들어선 시점이자 자본주의가 자기구성을 끝내고 "'기성(既成)' 체제"(4권 231면)로 굳어진 시기로 자리매김된다. 이때부터 부르주아지의 보편주의는 '허위의식'으로서가 아니면 더이상 지탱될 수 없게 되었으며, 지배이데올로기로 정착한 부르주아 이데올로기는 체제 "변호론"(이제부터는 주로 "간접적" 변호론의 형태를 띤)으로 전락하기 시작, 바야흐로 전반전인 타락기로 접어든다. 루카치의 문학사적 구도에서 이 1848년은 향후 서구문학의 주도적 경향이 되는 이른바 모더니즘 경향이 본격적으로 등장한 시점으로서 의미를 지니는데, 「장편소설」에서는 이것이 "새로운 리얼리즘"("자연주의")[20]의 시발점으로 표현되고 있다. 장편소설과 관련해 이 시기 이후 현저해진 현

---

20 「장편소설」에서 "새로운 리얼리즘"(344면)이라고 적은 것을 「「장편소설」에 대한 보고」에서는 "자연주의"(369면)로 적고 있다. 1938년에 발표한 「문제는 리얼리즘이다」에서는 "자연주의와 인상주의에서 시작, 표현주의를 거쳐 초현실주의에 이르는 노선"을 "이른바 전위문학"(4권 314면)이라는 말로 총괄하며 1960년대에 들어와서는 '전위주의' 대신 '모더니즘'이라는 용어도 드물게 사용한다. '자연주의'와 '모더니즘'을 구분해서 말하기도 하지만 그럴 때에도 루카치는 '모더니즘'의 근저에는 자연주의적인 기본입장이 관류하고 있으며, 따라서 "자연주의와 리얼리즘의 대립"이 "미학에서 가장 중대한 대립 가운데 하나"라고 주장한다. 이러한 입장에서 그는 리얼리즘을 자연주의와 "거의 동의어로 취급"하거나 리얼리즘을 "표현기법"이나 "양식"의 차원에서 이해하는 서구의 이론적 풍토를 비판한다(「존재론과 미학, 미학과 존재론」(G. 루카치 지음, 김경식 옮김), 『게오르크 루카치』 304~05면). 루카치의 이러한 비판은 국내 학계나 평단의 일부 논자들에게도 적용될 수 있을 것이다.

상들을 총괄하여 루카치는 "장편소설 형식의 해체"라고 규정하는데, 비록 이것이 '전일적'인 것이 아니라 '지배적'인 경향으로서의 성격을 말하는 것이긴 하지만, 현재의 입장에서 볼 때 "장편소설 형식의 해체"라는 표현 자체는 루카치의 '중기 장편소설론'에 내재된 역사적 한계와 그에 따른 인식의 문제성을 노정하는 것으로 보인다. 이와 관련해 여기서는 원칙적인 차원에서만 이야기하겠다.

앞서 우리는 루카치가 장편소설의 가장 전형적인 형태인 근대 장편소설에 대한 발생사적·구조적 분석을 통해 장편소설의 "전형적인 특징들"을 파악하려는 자신의 시도를 맑스에 의거해 정당화하는 것을 보았다. 그런데 "장편소설 형식의 해체"라는 말은 루카치가 19세기 중반까지의 장편소설에서 장편소설 구성의 기본원리를 규정하고 이를 척도로 삼아 1930년대 중반까지의 장편소설 전체를 평가하고 있음을 은연중에 드러낸다. 여기에서 문제는 이론의 역사성인데, 지금 우리가 살아가고 있는 자본주의의 메커니즘을 형성기 영국 자본주의에 대한 분석에서 획득된 인식만으로 규명할 수 있다고 생각하는 사람은 아마도 없을 것이다. 이와 마찬가지로 19세기 전반기까지의 장편소설에서 그 이후 150여년도 더 넘게 지속된 장편소설의 역사를 온전히 해석하고 평가할 수 있는 척도를 확정할 수 있다고 생각하는 것은 합리적이지 않다. 우리는 루카치가 서 있었던 자리를 지나간 역사의 한 단계로 상대화할 수 있을 만큼 멀리 왔다. 1930년대 중반의 루카치에게는 마침내 제국주의로 최후의 단계에 도달한 자본주의와 이미 이를 극복해가는 도정에 있는 새로운 사회로서 사회주의가 분명한 형태로 주어져 있었다. 그것이 당시 루카치의 이론적 시야를 규정한 역사적 지평이었으며, 그 지평 안에서 루카치는 19세기 전반기까지의 장편소설에서 장편소설 일반에 적용되는 형식원리를 규정할 수 있었다. 비단 루카치의 이론만이 아니라 다른 모든 이론도 그런 식으로 주어진 역사적 지평 속에서 인식들을 산출한다. 따라서 올바른, 아니, 좋은 이론은 자신이 산출해낸 인식의 역사성에 대한 인정과 역사를 향해 스스로를 개방할 수 있는 능력을 자체 내에 원리적으로 포함하고 있어야 한다. 이런 점에서 보면 루카치가 '중기 장편소설론'에서 구사한 역사적·미학적 방법과 "규정의 방법"[21]은 그의 장편소설론이 좋은 이론일 수 있게 하는 핵심적 요소다.

우리는 「쏠제니찐의 장편소설들」에서 루카치 스스로 자신이

---

21 "규정의 방법"(Methode der Bestimmungen)에 대한 명시적 정식화는 『미적인 것의 고유성』에 와서 이루어지지만 역사적·미학적 방법 자체는 이미 "규정의 방법"을 포함한다. 루카치의 용어체계에서 '규정'은 '정의'(혹은 '결정')와 대비되는 말이다. 외연적·내포적으로 무한한 대상에 비하면 필연적으로 부분적일 수밖에 없는 사유의 산물을 최종적인 것인 양 고정시키는 것이 "정의의 방법"(Methode der Definitionen)이라면, 사고에 의한 파악은 항상 불완전하며, 따라서 언제나 잠정적이고 보완을 필요로 하는 것임을 자인하는 것이 "규정의 방법"이다(11권 30면). 이러한 "규정의 방법"은 어떠한 이론적 작업이든 항상 과정적이며 역사의 지평에 열려 있다는 것을 함의하는데, 루카치의 장편소설론이 역사적·미학적 방법에 충실한 한 "규정의 방법"은 필수적이다.

'중기 장편소설론'에서 개진한 이론적 인식들을 상대화하는 것을 확인할 수 있다. '중기 장편소설론'에서 대서사문학의, 따라서 장편소설의 본질적 원리 가운데 하나이자 장편소설 구성의 중심으로 설정되었던 "객체들의 총체성" 대신 여기에서는 "반응들의 총체성"[22]이 전면에 부각되며, "하나의 통일적인 서사적 줄거리"의 "결여"는 이제 단순히 문제로 치부되는 것이 아니라 오히려 "고도의 서사적 역동성, 내적인 극적 긴장"을 발생시킬 수도 있는 구성방식으로 인정된다(40면). "직접적으로는 아무 관계도 없는 듯이 보이는 개별 장면들로부터 극적 역동성을 띤 통일적인 서사적 연관들이 생겨날 수 있으며 그것들이 어떤 중요한 문제복합체에 대한 인간적 반응들의 총체성으로 서사적으로 조립될 수 있다"(41면)는 루카치의 말은, 장편소설이 극적 성격을 띠는 경향을 적극적으로 파악하는 맥락 속에 있는 말이자 '비유기적 총체성', 아니 어쩌면 '몽따주적 총체성'이라고도 부를 수 있는 것을 "서사적 종합의 새로운 형식"(43면)으로 승인하는 말이기도 하다.

이런 식으로 루카치는 "고전적인 서사문학의 척도"(43면) 자체를 역사적인 것으로 상대화하는데, 그렇게 상대화되고 역사화되는 척도에는 1930년대에 자신이 제시한 척도도 포함될 것이다. 물론 이렇게 척도 자체가 역사적인 것으로 상대화된다고 해서 그 척도에서 유효했던 모든 것이 부정된다거나 무조건 상대화되는 것

---

22 "Solschenizyns Romane" 34면. 이하 인용한 면수를 괄호 안에 병기한다.

은 아니다. 그 척도에서 장편소설의 형식원리로 규정된 것 중 어떤 것은 여전히 원리적 차원에서 유효하며 어떤 것은 더이상 형식원리가 아니라 유효한 구성양식 중 하나로 그 위상의 조정이 이루어질 수 있다.

1930년대 중반에 루카치 자신이 제시했던 척도를 역사적인 것으로 상대화함에 따라 그 척도를 축(軸)으로 하는 기존의 이론적 체계와 「쏠제니찐의 장편소설들」이 제시하는 새로운 인식 사이에는 적잖은 마찰이 생기는데, 이를 두고 이론적 파탄으로 평가하는 입장도 있지만, 오히려 새로운 사회역사적 상황, 새로운 인간문제에 반응하는 작품들에 대한 구체적 파악의 결과가 이론적 체계의 완강함을 허무는 것을 용인하는 사유의 유연성을 증명하는 것으로, 그의 사유가 자신의 역사적·미학적 방법, 규정의 방법에 충실함을 입증하는 것으로 보는 편이 더 합당하지 않을까? 이렇게 보면 1930년대 중반에 맑스주의 장편소설론의 수립을 위해 자신이 내디뎠던 첫걸음을, 그 방법에 따라 가장 충실히 계승한 사람은 바로 루카치 자신이었다고 할 수 있다. 하지만 생애 후기에 자본주의 체제와 사회주의체제가 동시에 위기에 봉착함으로써 열린 새로운 역사적 지평 속에서 새로운 이론적 안목으로 장편소설을 재조명하는 과감한 시도를 개시한 루카치에게는 그러한 시도를 장편소설에 대한 새로운 이론으로 발전시켜나갈 시간이 남아 있지 않았다. 「쏠제니찐의 장편소설들」을 발표하고 2년 뒤인 1971년, 그는 향년 86세로 세상을 떴다.

싸르트르의 소설론

소설과 전기 사이

/ 윤정임

尹貞姬 불문학자. 공저로 『실존과 참여』, 역서로 『상상계』 『시대의 초상』 『변증법적 이성비판』(공역) 등이 있다.

만일 글쓰기가 단순히 선전이나 오락으로 전락하게 된다면, 사회는 무매개적인 것의 소굴 속으로, 날파리나 연체동물 같은 기억 없는 삶 속으로 빠져들 것이다. 하기야 이런 것은 별로 중요한 것이 아닐지도 모른다. 세계는 문학이 없어도 넉넉히 존속할 테니 말이다. 아니, 인간이 없으면 더욱 잘 존속할 테니까.[1]

---

1 장 폴 사르트르 『문학이란 무엇인가』(*Qu'est-ce que la littérature?*, 1947) 정명환 옮김, 민음사 1998, 388면. 앞으로 이 책은 『문학론』으로 약칭한다.

들어가는 말

장뽈 싸르트르(Jean-Paul Sartre, 1905~80)에게 소설은 그의 모든
다른 활동처럼 인간을 이해하는 '길'이었다. 그 인간은 그가 총
체성이라는 이름 아래 파악하려 했던 "개별적 보편자"(l'universel
singulier), 자서전『말』(Les Mots, 1964)의 마지막을 장식한 그 유명한
문장 속의 '진정한 인간'이다.[2] 평생을 지속한 이 인간이해의 작업
이 오늘날 우리에게 알려진 그의 문학작품이고 철학서이며 전설
처럼 회자되는 '행동하는 지성'의 면모일 것이다.

단편집『벽』(Le Mur, 1939)을 제외하면 싸르트르가 '소설'이란 이
름으로 발표한 작품은『구토』(La Nausée, 1938)와 미완의『자유의
길』연작(Les Chemins de la liberté, 1945~49)이 전부이다. 하지만 어느 순
간부터 그는『구토』에서 '소설'이라는 표제어를 삭제하기를 바랐
으며, '자유로 나아가는 행보'를 보여주고자 했던『자유의 길』은
끝내 그 길을 다 가지 못했다. 까다로운 그의 소설관을 적용해본
다면 싸르트르의 소설작품은 아예 없거나 '거의' 없다고까지 말할
수 있을지도 모른다.

그런데 소설 이외의 그의 글에서 우리는 수많은 '소설적 요소

---

2 "세상의 모든 사람들로 이루어지며, 모든 사람들만큼의 가치가 있고 또 어느
누구보다도 잘나지 않은 한 진정한 인간". 장폴 사르트르『말』, 정명환 옮김,
민음사 2008, 272면.

들'을 마주하게 된다. "문학은 철학처럼, 철학은 문학처럼" 써냈다는 비판은 내내 그를 따라다니며 이른바 '정통' 문학계와 철학계의 은근한 따돌림을 용인해주었다. 장르와 영역을 뒤섞어버린 대담한 시도에 대한 의미부여는 뒤로하고, 우선은 그렇게 된 이유와 의도가 궁금하다.

싸르트르는 소설을 썼고 소설에 대한 비평을 했으나 체계적인 '소설론'을 내놓지는 않았다. 『문학론』에 소설에 대한 생각이 많이 드러나긴 하지만, 참여문학론을 주장하기 위해 작성된 그 글에서 자기강요적인 논지를 거두어내고 소설에 대한 그의 '진심'만을 가려내는 일은 어렵기도 하거니와 오독의 우려도 크다. 그렇다고 전기적 문학비평에서 발견되는 소설론과 '소설적 요소'들까지 모두 포함시키자니 범위가 너무 넓다.

그리하여 아주 소박하게 그가 왜 소설을 그만두고 '소설 같은' 전기비평에 몰두하게 되었는가에 대한 이야기로 논의를 한정하기로 한다. 이를테면 소설가 싸르트르의 실패담이 될 터인데, 이것이 그가 늘 경계하던 "상공에서 조망하는 사유"가 아니라 소설이라는 '장' 안에 들어가 벌인 일이니 최소한 구체성의 미덕만큼은 전달되기를 바란다.

1. 전기의 환멸과 소설의 구원

첫 소설 『구토』에서 시작해보자. "철학적 확신이 낳은 효과로서의 문학적 아름다움"[3]이라는 상찬에도 불구하고 이 작품에서 '테제소설'이라는 딱지를 떼버리기는 쉽지 않다. 게다가 "소설의 외양과 윤곽을 간직하고 있고, 허구의 인물들이 등장하여 그들의 이야기를 들려주는 상상의 작품"[4]이라는 싸르트르식 소설의 정의를 지키고는 있지만, 작품 전면에 두드러진 철학적 내용으로 인해 『존재와 무』(L'Être et le Néant, 1943)의 '소설적 버전'이라는 평판 또한 결코 무시할 수 없다.

일기형식인 이 소설의 주인공 로깡땡은 역사 저술가이다. 그는 18세기의 정치 음모가인 롤르봉 후작(물론 가상의 인물이다)의 과거를 추적하여 그에 관한 역사전기를 작성하고 있는 중이다. 로깡땡이 부빌에 머물고 있는 이유도 롤르봉에 관한 사료가 그곳 도서관에 소장되어 있기 때문이다.

사료는 신통치 않고, 되살려야 하는 롤르봉의 과거 행적은 묘연하기만 하다. 이질적이고 모순된 몇몇 객관적(이라고 알려진) 사실만으로 한 인간의 과거를 재구성하는 작업 앞에서 그는 차츰 무

---

3 베르나르 앙리 레비 『사르트르 평전』, 변광배 옮김, 을유문화사 2009, 111면.
4 J.-P. Sartre, *Situations IV*, Gallimard 1964, 9면.

력감을 느끼고, 문득 자신이 '허구와 상상력'을 동원하고 있다는 사실을 깨닫는다. 전기란 이미 완결된 삶을 기록하는 일이기에 거꾸로 된 순서로, 즉 끝에서부터 이야기를 시작한다. 로깡땡은 '뒤집힌 시간성'을 취할 수밖에 없는 전기의 시각(時刻)이 뭔가 진실하지 못하다는 반성에 이른다. 결말에 따라 이전의 일들을 꿰맞추거나 변형하고, 시간을 꼬리로부터 되밟아가는 일. 그것은 매순간의 무정형한 삶을 논리적 연계 속에 정돈하여 실제의 삶과는 전혀 다른 이야기로 꾸려내는 속임수이다.

이야기에 몰두한다는 것은 삶을 실존적으로 마주하지 않고 자기기만에 빠져 사는 것이다. 물컹한 현재만 즐비하게 이어지는 시간의 불가역성을 모험과 완벽한 순간과 경험이라는 드라마틱한 형태로 재구성하는 일이 바로 이야기의 환상이다. 인간의 모든 행위는 '이야기'로 대체되고 이야기가 만들어지는 순간 실존의 죄를 벗어났다는 착각을 얻는다.

이야기에 대한 환멸로 로깡땡은 전기작업을 포기한다. 그 무엇도 무정형한 의식이 불러일으키는 불안을 온전하게 구원해주지 못하며, 그 어떤 일을 해도 존재의 우연성과 근거 없음에 대한 의식에서 벗어날 수 없을 것 같다. 그 순간 들려온 재즈음악, 그 완결된 우주 속에서 희한하게 잠재워지는 구토, 그리고 부러움. 나도 저 음악처럼 되고 싶다. 그것이 불가능하다면 저 음악을 만들어낸 사람이라도 되고 싶다. 책을 쓰는 일, 그러나 전기는 절대 아니고 아마도 소설 같은 것. 그리하여 먼 훗날 어떤 사람이 나의 소설을 읽고 그것을 써낸 나를 생각하며 나의 삶을 되살려준다면…… 그렇다면 나는 구원받을 수 있을 것 같다.

전기를 포기한 로깡땡은 소설에서 구원을 꿈꾼다. 그런데 놀랍게도 다시금 전기적 환상에 빠져든다. 누군가의 전기를 쓰는 일이 아니라 그 자신이 전기의 대상이 되는 일, 즉 전기작업의 주체에서 객체로 전환된 것이다. 전기적 환상은 뿌리 뽑히지 않았다.

2. "소설기법은 언제나 작가의 형이상학에 되돌려진다"

'문학과 사회의 관계'라는 고색창연한 문제를 다시 제기하는 『문학론』은 그 의도적인 도발성으로 인해 오래도록 입에 오르내렸고, 저자에게 참여문학론이라는 갑갑한 투구를 씌워주었다. 문학의 사회적 역할을 역설하기 위해 도입된 이분법적 사유(예컨대 시와 산문의 거친 구분)와 논리적 비약은 두고두고 거센 비난의 표적이 되었다.[5]

---

5 시와 산문의 도식적 구분과 함께 주된 비판의 표적은 싸르트르가 세대를 초월한 문학의 의미와 가치를 약화시키고 구체적 역사와 사회의 문제에 치중한 시대적 문학만을 치켜세운 사실에 맞춰졌다. "갓 딴 바나나가 가장 맛있다"라는 표현에 드러나는 작품의 동시대적 의미의 강조는 '구체성'에 대한 집착이며, "문학의 초수신인(surdestinataire)을 망각"한 태도로 비난받는다 (Z. Todorov, *Critique de la critique*, Editions du Seuil 1984, 61면). 싸르트르

오늘날은 『문학론』에서 시대적이고 논쟁적인 부분을 거두어내면 그것이 제기하는 질문(쓴다는 것은 무엇이며, 왜 글을 쓰며, 누구를 위해 쓰는가)은 곱씹어볼 만한 원론적인 것이라며 날선 비판의 칼을 거두고 책을 '선용'하려는 분위기다. 결과적으로 애초에 싸르트르가 강조하고자 했던 '참여'를 빼버리고 '문학'론으로 읽어냄으로써 『문학론』은 고전의 반열에 오를 자격을 부여받은 셈이다.

그 책의 3장 「누구를 위하여 쓰는가?」에서 싸르트르는 작가와 독자 그리고 작품의 역사적 연루를 지적한다. 우리 모두는 "역사적 상황에 연루되어 있는 존재들"이며, 작가의 진정한 참여는 그러한 "자연적 연루 상태를 반성적 연루로 이끌어갈 때" 이루어진다. 사회에 대한 의식이 있는 작가라면 후세의 영광을 위해서가 아니라 동시대 사람들에게 이야기하기 위해 글을 쓰며, 그렇게 써낸 글은 당연히 동시대인들에게 가장 효과적으로 읽힐 수 있다는 것이다.

가 19세기의 작가들, 특히 말라르메와 플로베르 같은 작가들의 '무상성(無償性)의 문학'의 의미를 완전히 부정한 것은 절대 아니다. '허무의 기사들'로 명명된 이들의 문학은 정치적 이데올로기에 예속되지 않고 자율성을 지켰다는 점에서 인간이 만들어온 허위적인 질서와 이데올로기를 철저하게 부정한 근본적 성찰의 의미를 가진다. 그러므로 이들의 문학이 완전히 소외된 문학은 아니지만, 형식적 자율성과 신화파괴에만 몰두하고 역사적 현실에 무관심했다는 점에서 추상적이라는 것이다. 『문학론』에 대한 국내의 대표적인 연구로는 정명환의 「사르트르의 문학참여론에 대한 비판적 고찰」(『문학을 찾아서』, 민음사 1994)과 변광배의 『사르트르 참여문학론』(살림 2006)이 있다.

이러한 관점 아래 싸르트르는 '역사적 존재'로서의 작가와 작품 그리고 독자의 관계를 12세기 이래의 프랑스문학사를 통해 개관한다. 지배계급과의 관계로 짚어본 작가의 위치는 어디인가? 작품의 실제적인 독자는 누구인가? 그같은 역학관계가 변화시킨 사회와 문학은 어떤 모습인가? 싸르트르의 고백처럼 "편파적 시각"으로 작성된 이 '독자와 독서의 사회학'에 따르면 18세기 부르주아 출신의 작가들은 자기가 속한 계급의 이데올로기를 위해 글을 쓰고, 그 시대가 요구한 문제를 자기 문학의 구체적인 소재로 삼을 수 있었던, 프랑스 역사상 유례없이 행복한 작가들로 평가된다.

반면에 19세기 작가들은 부르주아 출신이면서도 새로운 지배계급이 된 부르주아를 혐오하게 된다. 그들은 1848년 혁명의 실패와 좌절로 대부분 현실과 역사로부터 등을 돌리고 추상적 부정을 일삼는 "허무의 기사들"이 되어버렸다. 반항인이었을 뿐 혁명가는 아니었던 19세기 작가들은 위고(V. Hugo)를 제외하고 모두 비난의 대상이 된다. 세상에서 물러난 그들의 소설이 암암리에 "부르주아지를 안심시킬 수 있는 모습"을 그려내 보여주는 데 이바지했기 때문이다. 물론 그럴 의도는 아니었겠지만, "기법을 통제하는 데 전심전력을 기울이지 못한" 탓에 그들의 소설은 "기법이 작가를 배반"하는 모습을 보여주었다는 것이다. 싸르트르가 늘 주장해왔듯이 "기법이란 더욱 근본적이고 더욱 진실한 선택을, 은연한 형이상학을, 그리고 동시대 사회와의 진정한 관계를 드러내는" 것이므로.[6]

‘작가를 배반한 기법’의 대표적인 예로 그는 ‘이야기’의 전형적인 형식을 취하고 있는 모빠상(G. de Maupassant)의 소설을 거론한다. 모빠상의 소설들에서 전지적 화자가 들려주는 과거시제의 ‘추억담’은 ‘생성 중인 미결의 역사’가 아니라 이미 이루어진 역사를 반복한다. ‘마술사’ 같은 화자들은 ‘상공에서 조망하는 귀족의 모습’처럼 비치고, 더이상의 변화가 불가능한, 안정된 체계의 고착을 그대로 드러낸다. 그리고 그것은 "모빠상 자신의 세대와 직전의 세대와 그후 여러 세대의 프랑스 소설가의 기본적 기법"이 되었다는 것이다.[7]

소설기법에 대한 싸르트르의 관심은 『구토』를 구상하던 무렵으로 거슬러올라간다. 당시 르아브르의 교사이던 그는 그곳 문화센터의 월례 문학강연을 맡게 되고 1931년부터 1936년까지 ‘소설의 기법과 현대사상의 주요 동향’이란 주제로 동시대 프랑스 작가와 외국 작가의 소설기법을 분석한다.[8]

---

6 『문학론』186면.

7 같은 책 190~93면. 모빠상을 문학적 구습의 원형으로 지목한 데는 프랑스 학제의 문학교육에 대한 싸르트르의 반발도 작용했다. Préface de G. Idt, *Sartre: Oeuvres Romanesques*, Gallimard 1981, xxiii면.

8 싸르트르는 앙드레 지드, 쥘 로맹, 장 지로두 같은 동시대 프랑스 작가와 윌리엄 포크너, 존 더스 패서스, 올더스 헉슬리, 버지니아 울프, 제임스 조이스 등의 소설을 다루고 있다. 강연 내용의 일부는 *Situations I* (Gallimard 1947)에 실렸으며 나머지 원고는 최근에 부분적으로 복원되었다. J.-P. Sartre, "La technique du roman et les grands courants de la pensée contemporaine, Conférences de la Lyre harvaise, novembre 1932-mars 1933," *Etudes*

싸르트르에게 소설(roman)은 이야기(récit)와 달리 현재형과 자유라는 특징을 가진다.[9] 이야기는 과거형이며 이미 완결된 것인 반면, 소설은 미래적 전망을 드러내야 한다는 것이다. 물론 이것이 소설은 무조건 '현재시제'로 쓰여야 한다는 기계적인 주문은 아니다. 필요한 것은 시제의 변화가 아니라 "이야기 기법의 혁명"이기 때문이다.[10]

"소설의 기법은 언제나 소설가의 형이상학으로 되돌려진다"[11]라고 단언한 당시의 싸르트르에게 비평가의 임무는 무엇보다 "작가의 방법, 규칙, 기법을 설명하고, 그 기법에 관련된 형이상학을 드러내주는 일"[12]이었다. 형이상학이란 "체험을 무시한 추상적 관념에 관한 무익한 논의가 아니라, 인간조건의 전체를 내부로부터 껴안으려는 생생한 노력"이었고, 문학은 그러한 "형이상학적 절대와 역사적 사실의 상대성을 접합하고 융합하는" 활동이었다.[13]

---

sartriennes, n°16, Ousia 2012, 35~162면.

9 소설과 이야기의 구별에 관하여 싸르트르는 앙드레 지드의 『위폐범들』(*Les Faux-monnayeurs*, 1925)의 분석에서 시사를 받은 듯하다. 『위폐범들』이 '소설에 대한 소설'이기 때문이기도 하거니와 그 안에서 제기되고 있는 '순수소설'에 대한 지드의 강박은 소설장르를 사유하던 싸르트르에게 유용한 지침이 되었다. 지드에 따르면 시나 희곡과 달리 엄격한 외적 규칙이 없었던 소설은 어쩔 수 없이 현실을 모방하기 시작했으며, '오직 소설을 통해서만 소설임을 입증'할 수 있었다. *Etudes sartriennes*, n°16, 41면.

10 『문학론』221면.

11 *Situations I*, 66면.

12 S. de Beauvoir, *La Cérémonie des adieux*, Gallimard 1981, 269면.

13 『문학론』295~96면.

기법과 형이상학의 관계는 훗날 "문체와 세계관"이라는 표현으로 바뀌어 다시 한번 강조된다.[14]

싸르트르가 중요한 소설기법으로 주목한 것은 소설의 시간성이다. "현대의 위대한 작가들 대부분은 각자 나름의 방식으로 시간을 절단"하고 있으며, 그것은 곧 시간성에 관련된 작가의 형이상학을 드러낸다. "포크너(W. Faulkner)는 과거에 집착하며 미래적 차원을 제거"했고, 더스 패서스(J. Dos Passos)는 "죽어버리고 닫힌 기억으로 시간을 환원시켜 현재와 미래를 모두 삭제"했다. 그런가 하면 조이스(J. Joyce)는 "오직 순간에 대한 순수한 직관"을 간직하기 위해 미래와 과거를 추방해버린다.[15] 소설 인물의 자유를 제한한 모리아끄(F. Mauriac)에 대한 비판도, 전지적 화자가 "지속의 흐름을 끊고 이야기에 시간을 초월한 절대성"[16]을 부여한다는 점에서 시간성의 형이상학에 연결된다.

싸르트르의 철학에서 시간성은 대자존재(對自存在)인 의식의 내부구조로서 존재론의 중요한 전 단계를 구성한다. 의식이 자기 고유의 가능성들로 실존하는 것은 '시간 안에서'이기 때문이다. 시간이란 대자(對自, pour-soi)가 대상을 향해 스스로를 실현해가는 방

---

14 "한 작가의 문체는 세계에 대한 개념에 직접 연결된다는 사실을 결코 잊지 말아야 한다. 문장의 구조, 문단, 명사와 동사의 위치 등등은 차별화하여 규정할 수 있는 은밀한 전제들을 표출한다." J.-P. Sartre, "Questions de méthode," in *Critique de la raison dialectique*, t. I, Gallimard 1960, 108면.

15 *Situations I*, 66면.

16 같은 책 43면.

향이다. 이 방향은 과거·현재·미래라는 세 차원으로 분산된다. 시간은 그 자체로는 순수한 무(無, néant)이며 대자의 행위를 통해서만 존재를 가질 수 있다. 그러나 대자 역시 시간을 통해서만 스스로의 실존을 구체화한다. 그러므로 인간의 행동을 관찰할 때 시간은 빼놓을 수 없는 요소이며 대자의 존재 양태를 드러내는 중요한 내부구조이다.

시간성은 대자의 내부구조로서만 존재한다. 시간성은 존재하지 않는다. 대자가 실존함으로써 스스로를 시간화하는 것이다. (…) 시간성은 모든 존재들, 특히 인간실재들을 담아내는 보편적 시간이 아니다. 시간성은 바깥에서부터 존재에게 강제될 법한 전개의 법칙이 더이상 아니다. 시간성은 더이상 존재가 아니다. 시간성은 그 자신의 고유한 무화(無化, néantisation)인 존재의 내부구조다. 즉 대자존재에게 고유한 존재방식이다. 대자는 시간성의 디아스포라적인 형식하에서 자신의 존재여야 하는 존재이다.[17]

시간성이란 그 자체로는 파악되지 않는 개념이며 오직 인간의 행위를 통해서 그 방향성을 드러낼 뿐이다. 싸르트르가 원초적 선택(choix originel)과 기투(企投, projet)라는 개념을 바탕으로 실존적 정

---

17 Sartre, *L'Être et le Néant*, Gallimard 1943, 172~78면.

신분석을 제안하면서 "특별히 성공적으로 쓰인 몇몇 전기들에서" 그 모형을 예감한 것도 인간의식이 발현되는 내부구조로서의 시간성을 중요하게 생각했기 때문이다.[18]

시간성의 형이상학에 주목한 싸르트르의 비평은 과거·현재·미래라는 시간의 세 차원이 소설가에 따라 '삭제 혹은 강조'되고 있는 모습을 구별해낸다. 시간성은 작가의 세계관을 드러내 보이면서 독특한 서술방식을 구현해내기 때문이다. 『구토』의 로깡땡이 실존의 '우연성'과 '잉여성'을 자각하게 되는 것도 시간에 대한 사색을 통해서이다. 시간성은 싸르트르의 문학비평에서 작가와 작품을 이해하는 중요한 준거로 줄곧 등장한다. 『성자 주네』(Saint Genet, comédien et martyr, 1952)에서는 주네(J. Genet)를 '회고주의자'로 명명하고 시간의 흐름을 고의적으로 역행하면서 늘 같은 지점으로 되돌아가는 그의 삶과 작품을 '참수(斬首)된 변증법'(dialectique décapitée)의 운동으로 읽어낸다. 싸르트르에 따르면 주네는 자기 삶의 원초적 위기의 순간에 축을 고정한 뒤 항상 그것을 중심으로 순환하며 같은 지점을 맴돈다. 갈등과 모순을 겪으며 앞으로 나아가는 게 아니라 갈등과 긴장상태를 팽팽하게 유지해가는 모습에서 변증법 운동의 특이한 변종을 본 것이다.

싸르트르가 시간성 표현을 예로 들어 소설기법의 중요성을 강조한 이유는 그것이 한 작가의 사회의식과 그 대응방식을 드러내

---

18 같은 책 635면.

는 지표가 되기 때문이었다. "문학은 시대가 그 자체를 밝히기 위해 생산할 수 있었던 모든 것의 종합적이고 흔히 모순된 총체"[19]이며 "각각의 책은 특별한 소외로부터 출발하여 구체적인 해방을 제안한다."[20] 문장 하나에서부터 사회의 총체적 모순이 드러날 수 있을 정도로[21] '기법의 완벽한 통제'를 바랐던 싸르트르의 엄격한 소설관은 곧이어 제 자신에게 부메랑처럼 돌아와 소설의 포기에 이르게 한다.

3. 소설의 중단과 포기

『자유의 길』의 첫째권인 『철들 무렵』(*L'Âge de raison*)을 한창 집필 중이던 1940년에 싸르트르는 자신의 소설적 상상력 부족을 한탄하며 "소설에 자질이 없음"을 고백한다.[22] 소설이란 무엇보다 허구의 이야기인데 자신의 소설은 허구에만 의존하지 못하고 철학적인 개념으로부터 시작한다는 자각이 들었던 것이다. '우연성'의 개

---

19 『문학론』 381면.

20 같은 책 99면.

21 "만일 문학이 '모든 것'을 드러내지 않는다면, 한시간도 읽을 가치가 없다. (…) 하나하나의 문장이 인간과 사회의 모든 층위들을 반향하지 않는다면 그것은 아무것도 의미하지 않는 것이다." Sartre, *Situations IX*, Gallimard 1972, 15면.

22 Sartre, *Lettres au Castor et à quelques autres*, t. II, Gallimard 1983, 58면.

념에서 비롯한『구토』가 그렇고 '자유'의 개념을 풀어내는『자유의 길』이 그러했다. 그에게 소설이란 "허구적이면서도 구체적인 체험을 통해서 사상을 활성화하는 일"[23]이었다.

소설적 재능 부족에 대한 반성에도 불구하고 싸르트르의 소설쓰기는 그후에도 얼마 동안 계속된다. 1945년에『자유의 길』연작의 첫 두권인『철들 무렵』과『유예』(*Le Sursis*)가 동시에 출간되고 셋째권인『상심』(*La Mort dans l'âme*)이 1949년에 완성된다. 그런데 1952년 무렵, 싸르트르는 이 연작의 마지막 권을 미완으로 남겨둔 채 소설 포기를 선언한다. 이런 결정은 당시 그가 처해 있던 복잡한 상황과『자유의 길』의 기획 자체에서 비롯했다.

널리 알려진 것처럼 싸르트르는 2차대전을 계기로 '개종(改宗)'이라 불릴 만한 사유의 전환을 맞이한다. 전쟁을 통해 집단과 사회를 체험하고 역사의 무게를 실감한 그가 포로수용소에서 귀환했을 때 보부아르(S. de Beauvoir)조차 놀랄 정도로 달라진 모습이었다. 전쟁 전의 '무정부주의적 개인주의'를 청산한 그는 이제 레지스땅스 활동을 하고 월간지『현대』를 창간하고 참여문학론을 주장하며 '행동하는 지성'을 실천한다. 그의 개종은 이후 두차례 변모를 더 겪어낸다. 한국전쟁의 발발과 더불어 소련 사회주의에 대한 의혹과 불신이 드리우기 시작한 1952년 무렵, 그는 '공산주의의 동반자'가 되겠다는 두번째 개종을 공표한다.[24] 그리고 바로 이 무렵

23『문학론』297면.

에 더이상 소설은 쓰지 않겠다고 선언한다.

소설을 포기하게 된 이유에 대해 싸르트르는 두차례의 인터뷰를 통해 설명하는데, 우선 1959년에는 "지금의 세상은 소설로 담기엔 너무 복잡하기 때문에 소설에 더이상 관심이 없다"라고 말한다. 그후에 1970년 인터뷰에서 똑같은 질문을 받았을 때는 "맑시즘과 정신분석학의 인간학을 수용하는 소설적 기법을 발견하지 못했다"라고 구체적인 이유를 밝힌다. 적절한 기법으로 승화되지 않은 인간학의 방법을 소설에 이용하려들면 소설이 사라져버릴 것이고, 그렇다고 새로운 방법들을 무시한 채 인물을 그려내면 "충동적이고 순박한" 유형의 소설만 존재하게 되리라는 것이다.[25]

이 두차례의 해명을 종합해보면 싸르트르의 소설 포기는 무엇보다 기법 발견의 실패에서 비롯한 듯하다. 『자유의 길』의 경우는 소설이 기획한 '주제' 자체가 그 기법의 난항을 좀더 분명하게 드러냈다. 이 연작에서 그는 여러명의 등장인물이 역사적 상황 속에서 펼치는 자유의 실존적 모습을 그려내고자 했다. 이전의 문학평론에서 발견한 외국작가들(특히 더스 패서스와 버지니아 울프)의 소설기법과 영화의 몽따주 수법 등을 동원하여 소설 속의 시간을

---

24 1956년 소련이 헝가리를 침공하자 다시 공산주의 및 소련과 거리를 두면서 세번째 개종을 선언한다. 이후 그는 미국도 소련도 아닌 제3세계 사회주의 혁명으로 관심을 돌리게 된다. 『변증법적 이성비판』(1권 1960, 2권 1985)은 바로 이 20년에 걸친 정치적 실천을 집대성한 '사회의 존재론'이다.

25 *Situations IX*, 123면.

실제 집필시기와 일치시켜놓으면서, 시대적 상황과 같은 속도로, 같은 시간의 흐름 속에서 자유를 실현해가는 여러 인물의 거대한 프레스코화를 작정했던 것이다. 그러나 4권에 이르자 실제 집필시기와 소설 속의 시간(사건의 시간) 사이의 간격이 십년 이상 벌어지면서 소설 자체가 난관에 봉착하게 된다.

『문학론』에서 싸르트르는 "사건이 중개되는" 의식을 표현해내는 세가지 리얼리즘을 이야기한다. 첫째는 "문학의 절대적 주관주의에서 비롯한 독단적 리얼리즘"이다. 참여문학론의 입장에서 이런 리얼리즘은 당연히 경계의 대상이다. 이제는 사건의 다면성을 표현할 수 있는 "여러 의식의 합주"를 만들어내는 수법을 찾아내야 한다. 전지적 화자에 의한 묘사를 포기함으로써 독자와 작중인물의 주관성 사이의 매개자를 없애고, 독자가 인물의 의식 속으로 자유롭게 들어가 각 인물의 의식과 일체가 되도록 하는 것이다. 이처럼 매개도 거리도 없는 "주관성의 생생한 리얼리즘"[26]을 제2의 리얼리즘으로 구별하고 이것의 원조로 조이스를 지목한다. 여기서 한걸음 더 나아가 의식의 시간을 축약하지 않고 그대로 독자에게 떠안기는 "시간성의 리얼리즘"을 제3의 리얼리즘이라 칭한다. 물론 "모든 소설을 단 하루의 이야기로 제한"한다는 것은 가능하지도 바람직하지도 않은 일이므로 여기에는 작가의 개입과 선험

---

26 'réalisme brut de la subjectivité'를 옮긴 말인데 'brut'에는 '가공하지 않은' '천연의' '원형의'라는 뜻이 있다.

적 선택이 전제되어야 한다. 그리고 그 선택을 "미학적 수법"으로 위장하고 독자가 착각을 일으키도록 만드는 일이 관건이라며 "진실이기 위해서는 거짓말을 해야 하는" 예술의 생리를 언명한다.[27]

"독단적 리얼리즘"과 "시간성의 리얼리즘"의 차이, 즉 '절대적 주관주의'와 '작가의 선택과 개입'의 차이가 애매하게 드러나는 주장이긴 하지만, 이것이 참여문학론의 맥락임을 감안할 때 선택과 개입에 깔린 기본 전제를 잊지 말아야 한다. 어쨌든 이 제3의 리얼리즘은 아직은 "누구도 해결하지 못했다"고 하는데, 『자유의 길』의 마지막 권에서 싸르트르가 실행하려던 것이 "시간성의 리얼리즘"이었을 것이다.

싸르트르의 철학에서 자유의 개념은 끊임없는 초월과 부정을 이어나가는, 실체나 본질에 결코 이르지 못하는 실존적 인간에 대한 함축적 표현이다. "인간은 자유롭도록 선고받았다"라는 말에서 알 수 있듯이 그것은 영원히 도달할 수도 벗어날 수도 없는 비극적인 인간의 모습 자체이다. 앞서 탈고한 세권의 『자유의 길』에서 싸르트르는 각각의 인물이 자기기만으로, 유예로, 도피로 더듬거리며 상황을 겪어내는 자유의 실존적 형상화에 어느정도 성공한다.

마지막 권에서는 '자유'의 최종적인 모습을, 자유를 향한 '마지막 기회'를 그려내야 하는데, 이는 싸르트르의 자유의 철학 자체

---

27 『문학론』 408~10면.

를 부정하는 일이 된다. 자유가 인간이 벗어날 수 없는 강요적인 조건임을 확언하려면 소설은 영원히 미완성인 채로, 열려진 채로 있어야 했다. 요컨대 자유의 형이상학 자체가 그것을 표현해낼 기법을 찾아내지 못하게 하고 소설의 결말을 무한히 늦추며 결국 소설 자체를 중단시켜버린다.

소설을 포기한 싸르트르는 이후 몇편의 희곡 이외에 순수한 허구의 창작물은 더이상 발표하지 않는다. 포로수용소 시절 처음 쓰기 시작한 희곡은 싸르트르에게 무엇보다 대중과의 직접적인 교감과 전달의 수단으로 다가왔다. 전후 레지스땅스 시절에 집중적으로 발표한 일련의 희곡작품은 검열을 피하면서 저항정신을 은근하게 고취할 수 있는 효과적인 장르로 활용되었다. 어떻게 보면, 『문학론』의 참여문학론에 가장 근접한 모습으로 실현된 장르가 희곡인 듯한데 정작 『문학론』에서 희곡에 관한 언급은 거의 보이지 않는다. 희곡은 무엇보다 상연을 전제한 것이고, 연극은 그에게 "문학과 비문학의 경계"에 있었기에 "예술이라기보다 도구"[28]였다는 지적까지 가능하게 했다.[29] 『자유의 길』을 중단하게 된 이유

---

28 『사르트르 평전』 137~38면.
29 그러나 『상상계』(*L'Imaginaire*, 1940)에서 연극은 싸르트르 예술론의 중심 개념인 아날로공(analogon)을 가장 잘 드러내는 장르로 설명되고 있다. 아날로공은 '부재하는 어떤 세계를 표현해내는 물질적 매체'를 지칭하는 말로, 우리가 흔히 예술작품이라고 일컫는 것을 싸르트르는 아날로공이라고 규정한다. 작품이라는 물적 대상(아날로공)을 통해 예술가가 표현해내려 하는 어떤 것, 그리고 감상자가 그것을 통해 감지하는 어떤 것이 예술이라는 것이

에는 당시 그의 형이상학적 기획을 실현하는 데 소설보다는 희곡이 좀더 효과적이라는 판단도 있었을 것이다.

4. 전기적 환상에서 전기적 방법론으로

이제 싸르트르는 문학비평과 자서전 속에 소설적 요소를 부려놓음으로써 소설(적 욕구)을 대신하는 작업을 시작한다. 『보들레르론』(*Baudelaire*, 1946) 『성자 주네』(1952) 『집안의 천치』(*L'Idiot de la famille*, 1971~72)와 자서전 『말』은 모두 '전기의 틀'을 가지고 있다. 『구토』의 마지막에 잠복하고 있던 '전기적 환상'이 다시 살아난 것이다.

전기물에 대한 싸르트르의 집착은 그 역사가 꽤 길고 깊다. 그것은 '위인전과 삶의 모델'이라는 유년기의 통과의례 수준을 훨씬 넘어선다. 그는 스무살에도 위인들의 생애에 사로잡혀 있었고, 삼십대에도 전기물을 즐겨 읽었다. 더구나 그 이야기들 속에서 여전히 자기 삶의 예언적 징후 같은 것을 발견하고 싶어했다. 『구토』에서 전기적 환상의 파괴에 그토록 몰두했던 것도 그만큼 그가 그

다. 그러므로 싸르트르에게 예술은 실재하지 않는 것이다. 특히 그가 배우를 탁월한 아날로공으로 설명한다는 점을 떠올려보면 싸르트르의 연극관에는 분명 모순된 측면이 있다. 『사르트르의 상상계』, 윤정임 옮김, 기파랑 2010, 334~39면. 이하 『상상계』로 칭하고 국역본의 면수를 표기한다.

환각에 깊이 빠져 있었기 때문이다. 이 환상을 자기문제화하는 작업이 전쟁 중에 기록한 『기묘한 전쟁 수첩』(*Carnets de la drôle de guerre*, 1983)에서 이루어진다. 자신의 사유에 일대 변화가 일어나고 있다는 반성을 계기로 자기 안에 자리한 전기적 환상을 해부하기 시작한 것이다. 이 작업은 전기적 환상으로부터 의미있는 방법론을 찾아내는 과정이 된다.

나는 현재의 매 순간을 이미 이루어진 삶의 관점에서 바라보았다. 좀더 정확히 말하자면 전기적 관점으로…… 나는 인생에 대한 강박관념에 사로잡혀 있었다. 내게는 전기적 환상이 뼛속 깊이 스며들어 있었다. 체험된 삶은 이야기된 삶과 닮을 수 있다고 믿는 환상이……[30]

삶을 방향성 있는 전체로 구성하고 파악할 수 있다는 전기적 환상은 역사성을 전제한다. 전기적 환상에 대한 반성은 마침 역사의 영향력을 절감하고 있던 싸르트르에게 '역사를 어떻게 바라볼 것인가'라는 중요한 질문으로 다시 나타난다. "역사적 사건의 이해와 설명에 나타나는 여러 의미층의 공존"에 대한 해석 문제로 떠오른 이 골치 아픈 질문은 우연히 읽은 에밀 루트비히(Emil Ludwig)의 『기욤 2세』(*Guillaume II*)라는 전기물에서 그 실마리를 찾아낸다.

---

30 Sartre, *Carnets de la drôle de guerre*, Gallimard 1983, 277~79면.

대중소설 수준의 전기물이 싸르트르의 관심을 끌었던 이유는 일화를 다루는 작가의 방식 때문이었다. 루트비히는 한 인간의 실존에서 뼈대를 이루는 상징적 형태를 끌어내어 '소설처럼 그럴듯한 흐름'으로 삶을 재구성하는 직관적이고 종합적인 방식의 전기를 작성했다. 싸르트르는 루트비히의 책에서 "사실들에 대한 자유롭고 거침없는 해석"을 발견하고, 삶의 단순한 일대기가 아니라 '원초적 기획의 총체화 운동'을 그려낼 수 있는 가능성을 전기물의 형식에서 엿보게 된다.

하나의 사건은 다양한 각도로, 즉 경제적·사회적·문화적·심리적 등의 여러 의미로 설명될 수 있다. 문제는 그 다양한 의미층이 맞물리지 않은 채 서로 길항하며 제가끔 떨어져 있다는 데 있다. 싸르트르는 그것들을 통합할 수 있는 조건을 인간현실이라는 지점에서 발견한다. 설명을 위해 제시된 각각의 의미층은 인간현실에 의해 만들어진 '인간적인' 것이기 때문이다. 상황이란 인간이 그 상황 너머로, 그 상황을 향해 뛰어들어야 인간의 상황인 것이다. 그러므로 상황에 앞서 인간(현실)을 먼저 고려해야 하는데 바로 이 지점에 인간의 자유로운 선택이 들어선다. 고전적 역사가의 방식대로 하나의 사건 아래에서 추론되는 여러가지 사실을 열거하되, 그 사실들을 각각의 고립된 의미로 고찰하지 않고 '위계'를 설정하고자 했고, 그 위계화의 축을 '원초적 기획'과 '자유로운 선택'에서 찾아내는 것이다.

싸르트르의 전기적 방법론은 상황으로부터 인간을 설명하는 것이 아니라, 반대로 인간으로부터 상황을 설명하게 된다. 역사가들은 외부적이고 우연적인 사실처럼 상황을 제시하고 그것이 인간에게 미치는 영향만을 설명한다. 그러나 싸르트르는 그러한 상황에 대해 한 개인이 자신의 전(全)존재 속에서 전적으로 깊숙이 책임지고 있음을 보여줘야 한다고 생각했다. 상황이란 개인에게 영향을 미치는 외적 조건만이 아니라, 개인이 그것에 주체적으로 관여하는 것임을 입증하고자 한 것이다.[31] 이것이 바로 『변증법적 이성비판』과 일련의 작가연구에서 역사와 개인의 관계를 설명하는 데 사용될 "전진-후진의 방법론(méthode progressive-régressive)"의 최초 형태이다.

싸르트르는 역사의 실체를 개인과 집단의 왕복운동을 통해 파악하고자 했고 이 왕복운동을 이해하는 과정에서 개인에 대한 연구인 전기가 유용하면서도 중요한 역할을 담당한다고 생각했다. 그가 맑시즘과 정신분석의 한계를 실존주의로 돌파하려 했을 때, 개인의 삶, 특히 최초의 역사성이 기입되는 유년기를 개인과 사회의 '매개'로 중요하게 부각한 이유가 바로 여기에 있다.

싸르트르에게 문학은 "시대가 그 자체를 밝히기 위해서 생산할 수 있었던 모든 것의 종합적이고 흔히 모순된 총체"였다. '모순된'

---

31 "맑스는 대체로 가능한 두 약호 중 후자, 즉 경제적 약호를 택한 데 반해, 싸르트르는 그의 저서에서 모든 물화된 관계의 복합체를 인간행위와 인간관계라는 최초의 기본적 현실의 측면에서 다시 진술하려고 결심했다." 프레드릭 제임슨 『맑스주의와 형식』, 여홍상·김영희 옮김, 창비 2014, 346면.

이란 표현을 덧붙인 이유는 문학은 정신과 마찬가지로 "탈총체화된 총체"(totalité détotalisée)이기 때문이다. 그러므로 소설가는 "여러 국부적인 체계와 그것을 포괄하는 전체적 체계와의 관계를",[32] 즉 부분적인 체계들과 전체적 체계가 다같이 움직이고, 그 움직임들이 서로 영향을 주는 양상을 파악하면서 설명해야 한다고 했을 때 우리는 이미 전기적 방법론이 움틀 수 있는 바탕을 예감할 수 있다.

상상력과 허구라는 소설적 요소를 사용하여 과감한 해석을 시도하는 싸르트르의 전기적 방법론은 삶과 작품의 단순한 등치나 대입이 아니라, 일탈적인 선택으로서의 문학적 기도(企圖, entreprise)를 읽어낸다. "작가란 언제나 다소간의 상상적인 것을 선택"[33]하는 사람이다. "상상이란 실재하는 것을 무화하고 초월하는 의식활동"[34]이므로 현실에 구멍을 내고 현실을 무력화하려 든다. 그러므로 '왜 그런 이상한 선택을 했는지, 왜 굳이 상상적인 것으로 자신을 표현하기로 했는지'를 추적해야 한다. 글을 쓰기로 결심한 작가의 기도는 현실에 대한 상상적 기투, 실재 세계의 잠재적 파괴를 목표하는 기투이므로.

---

32 『문학론』 381면.
33 *Situations IX*, 123면.
34 『상상계』 331~32면.

글을 맺으며

소설이 제아무리 무질서를 이야기해도 그것은 무질서를 드러내는 '질서'로 보인다. 이야기를 거부하는 이야기 또한 이야기이다. 싸르트르가 '닫히고 완결된' 이야기를 거부하고 '미래적 전망과 자유'를 보여주는 소설을 희망하긴 했지만, 그것 역시 서사의 틀 안에서 '배열'(configuration)된 세계라는 사실을 부인할 수 없다. 이론적으로는 이야기를 거부했지만, 실제로는 이야기로부터 벗어날 수 없다는 사실을 싸르트르는 인식한 듯하다.

『구토』의 로깡땡은 마로니에 나무뿌리의 '묘사'에도, 롤르봉의 삶을 '서술'하는 일에도 모두 실패한다. 실존은 묘사와 서술을 넘어서는 것이기 때문이다. 묘사와 서술은 소설이란 장르가 오래도록 묶여 있던 관습이다. 문학 또한 정신과 같은 "탈총체화된 총체성"이라고 했듯이,『구토』는 '실존'의 불가능성에 빗대어 소설의 불가능성을 말한다. 싸르트르가 소설을 쓸 수 없었던 것은 어쩌면 첫 소설『구토』에서부터 예견된 '오래된 미래'였는지 모른다. 참여문학론을 주장하는 가운데 나오는 한 구절에는 소설에 대한 그의 모순된 마음이 고스란히 드러난다. 플로베르의 '무의 미학'[35]을

---

35 플로베르가『보바리 부인』을 집필하는 중에 루이즈 꼴레에게 보낸 편지에 나온 유명한 말로 플로베르의 미학과 현대소설의 변모를 얘기할 때 자주 인용된다. "내가 볼 때 아름답다고 여겨지는 것은, 내가 실천에 옮겨보고 싶은

떠올리게 하는.

우리가 바란 것은 우리의 책들이 제 스스로의 힘으로 허공에 버티고 서 있는 것이었다. 말들이 그것을 적은 작가를 향해서 뒤돌아서는 것이 아니라, 도리어 작가로부터 잊히고 고립되고 인지되지 않는 상태가 되어서, 증인 없는 세계의 한가운데로 독자를 내모는 썰매처럼 되는 것이었다. 요컨대 책이 우선 인간의 산물처럼 존재하는 것이 아니라, 사물처럼 나무처럼 사건처럼 존재하는 것이 우리의 소원이었다.[36]

플로베르에 대한 연구서인 『집안의 천치』를 출간하면서 싸르트르는 그것을 '진짜 소설'(le vrai roman, 나중에는 이 표현의 의미를 수정하고 약화하긴 했지만)로 읽어달라고 했다. 실재하지 않는 허구적 이야기가 소설이라면, 싸르트르가 말하는 '진짜 소설'이란 실제 삶에서와는 전혀 다른 방식으로 전개되는 이야기를 말한다. 『집안의 천치』는 플로베르의 삶과 작품에 바탕하고 있지만 여기에서 전개된 플로베르의 삶은 일반적으로 알려진 플로베르의 삶

것은 바로 무(無)에 관한 한권의 책, 외부세계와의 접착점이 없는 한권의 책이다. 마치 이 지구가 아무것에도 떠받쳐지지 않고도 공중에 떠 있듯이 오직 문체의 내적인 힘만으로 저 혼자 지탱되는 한권의 책, 거의 아무런 주제도 없는 아니 적어도 주제가 거의 눈에 뜨이지 않는 한권의 책 말이다."
36 『문학론』 303면.

과 사뭇 다르다. 이 책에 쏟아진 대부분의 비난도 '실제의 플로베르와 다르다'는 사실에 집중하고 있다. 이에 대해 싸르트르는 그 것은 "내가 바라본 플로베르의 진실"이라는 말로 응수한다.[37] 그 리하여『집안의 천치』는 플로베르 연구자가 아니라 싸르트르 연구자의 관심 대상이 된다.

"실제 삶에서와 전혀 다른 방식"의 소설, 허구나 공상의 소설이 아니라 지금 우리의 삶에서 출발하되 지금과는 전혀 다른 방식의 삶을 이야기하는 일. 플로베르라는 사람이 있었고 그가『보바리 부인』을 써냈다는 불변의 '객관적 진실'로부터 출발하여 그로부터 가능할 수 있는 이야기를 '내가 본 진실'로 써내는 일. 그것은 변할 수 없는 어떤 조건들로부터 출발하여 우리가 받아들이고 있는 삶과는 전혀 다른 그러나 가능한 이야기를 하는 일이 될 것이다.

싸르트르에게 상상력의 토대는 언제나 현실 혹은 실재이다. 그에 따르면, 우리는 우리가 모르는 것을 절대로 상상하지 못한다. 상상이란 현실의 한조각, 실재의 한 귀퉁이로부터 그것을 도약대로 삼아 그것 아닌 것으로 나아가는 부정과 초월의 의식활동이기 때문이다.[38] 현실에 대한 불만, 결핍, 부족감을 누구보다 예민하게 느끼는 예술가들은 그 현실의 부정과 초월을 적극적으로 수행한

---

37 '진짜 소설'과 '싸르트르가 본 플로베르의 진실'이라는 표현에 대해서는 좀더 깊은 논의가 필요할 것이다. 이에 관해서는 지영래『집안의 천치: 사르트르의 플로베르론』, 고려대출판부 2009, 163~70면 참조.
38『상상계』327~30면.

다. 그러므로 "도덕과 미학을 혼동한다는 것은 어리석은 일"[39]이며, "문학과 도덕은 전혀 다른 것이지만 미적 요청의 밑바닥에는 도덕적 요청"[40]이 깔려 있게 마련이다.

한 작가의 상상적 산물을 시대와 역사의 지평 속에 던져놓고 개인의 원초적 기획이 시간성 속에서 발화(發花)되어가는 모습을 재구성해가는 싸르트르의 '소설 같은' 전기비평은 역사와 철학과 도덕을 아우르는 인간학이 되어간다. 『성자 주네』가 악의 문제에 바쳐진 철학적 담론으로, 『집안의 천치』가 19세기 부르주아 이데올로기의 탁월한 묘사로 읽히는 이유가 여기에 있다.

---

39 같은 책 343면.
40 『문학론』 88면.

바흐찐의 소설이론과
그 현재적 의미

/ 변현태

卞鉉台 서울대 노문학과 교수. 역서로『스쩨빤치꼬보 마을 사람들』, 논문으로「바흐찐의 소설이론: 루카치와의 비교의 관점에서」「바흐찐의 라블레론」「문학의 정치: 사회주의 리얼리즘과 아방가르드」 등이 있다.

1. 들어가는 말

　최근 한국문학에서는 몇몇 논자들이 '장편소설 르네상스'라고
부르는 장편소설의 활황이 있었다. 그러나 이에 대한 평단의 평가
가 일치하는 것은 아니다. '장편소설 르네상스'가 한국문학의 새
로운 미래로 이어지기를 소망하고 확신하는 낙관론이 있는 반면,
시작이 아니라 실은 '끝'의 다른 모습일 뿐이라는 비관론도 있다.
이러한 논의를 보면서 필자가 떠올린 것은 20세기 초반 러시아문
학의 상황이다. 다소 거칠게 다음과 같이 말할 수도 있다. 한편에
서 '소설의 종말'(O. Mandelshtam, 1922)이 선언되는 동시에(물론 이
경우 만젤시땀이 염두에 두고 있는 것은 '개인'을 중심으로 하는

근대 유럽소설이다), 다른 한편에선 고전적인 리얼리즘 소설의 자기갱생과 이와 다른 미학을 내세우는 모더니즘 소설의 등장으로 나름의 활력을 보여주는 상황이 그것이다.[1]

이런 속에서 근대소설에 대한 그 어느 때보다 첨예하고 발본적인 사유가 등장했다. 이바노프(V. Ivanov)와 이 글에서 다루는 바흐찐(M. Bakhtin, 1895~1975)이 두 주역이다. 이들은 소설을 하나의 형식으로서 다시 검토의 대상으로 삼고, 그 형식의 재명명을 통해 (이바노프의 경우는 '소설-비극', 바흐찐의 경우는 '소설-대화') 소설의 새로운 길을 모색하려 했다. 흥미로운 것은 이 모색의 구체적인 근거가 다름 아닌, 근대소설의 절정 중 하나인 도스또옙스끼였다는 사실이다. 소설이론에 관심이 있는 사람이라면 이 맥락에서 자연스럽게 루카치(G. Lukács)의 『소설의 이론』(1916)을 떠올릴 것이다. 도스또옙스끼에 대한 본격적인 연구를 예비하며 쓰인 이 책도 마찬가지로 소설에 대한 재명명을 시도한다(소설-서사시). 이들이 소설을 재명명하는 방식이 다르고, 나아가 소설형식을 재형식화하는 이들의 시도가 서로 교차·대립되기도 하지만, 오늘날의 관점에서 이들의 작업이 가져다준 가장 큰 성과는 아마도 근대소설 자체에 대한 근본적인 재검토일 것이다.

물론 최근에 장편소설 논의를 야기한 상황은 이보다 훨씬 복잡해 보인다. 아쉽지만 필자에게는 이러한 모든 문제들을 감당할 능

---

1 본고에서 '소설'은 다른 맥락이 없는 한 '근대 장편소설'을 가리킨다.

력이 없다. 그럼에도 20세기 초반 러시아의 상황을 떠올리게 된 것
은 현재의 장편소설 논의가 '소설이란 무엇인가'를 질문하게 되는
지점까지 나아간다면 한결 깊고 풍부해질 수 있지 않을까 해서다.
그렇다면 바흐찐의 소설이론을 경유하는 것도 의미가 있을 법하
다. 그러나 바흐찐의 소설이론, 이 문제도 간단하지가 않다.

일반적으로 바흐찐의 소설이론이란 좁게는 1930년대 말에서
1940년대 초반에 쓰인 일련의 소설장르론 관련 논문을 가리킨다.
1960년대 초반 일군의 러시아 문학연구자들이 바흐찐을 재발견한
이후, 이 시기의 글 대부분은 바흐찐 자신이 보유하던 초고들을 손
질해서 편집한『문학과 미학의 문제들: 여러 시기의 논문들』(1975)
에 포함되어 출간된다.[2] 이러한 사정을 군이 언급하는 것은 러시
아와 서구에서, 그리고 한국에서도 바흐찐의 논저들은 원래 쓰인
시간과 무관하게 뒤죽박죽 공간되었고[3] 그로 인해 이 모든 곳들에

---

2 М. Бахтин, *Вопросы литературы и эстетики: исследования разных
  лет*, Художественная литература 1975. 이 논문집의 수록문 중 소설과 관
  련한 글들만 따로 모아 영역한 책이 *The Dialogic Imagination: Four Essays*, Ed.
  M. Holquist, Tr. C. Emerson and M. Holquist (University of Texas Press 1981)
  이고 이 책 중「소설적 말의 전사(前史)로부터」(1940)를 제외한 세편의 글을
  국역한 것이『장편소설과 민중언어』(전승희 외 옮김, 창작과비평사 1988)이
  다. '대부분'이라고 한 것은 소설장르의 문제를 검토하고 있는 바흐찐의 또
  다른 글,「교양소설과 리얼리즘의 역사에서 그 의의」(1936~38)가 그의 사후
  에 제자들이 편집·출간한 *Эстетика словесного творчества* (Искусство
  1979)에 포함되기 때문이다(원제를 직역하면 '언어창조의 미학'이며, 국역
  본은『말의 미학』, 김희숙 외 옮김, 길 2006). 본고에서 러시아어 텍스트들에
  서의 인용은 국역본에 근거하되 필요할 경우 원문과 대조해 수정했다.

서 바흐찐 수용은 언제나 왜곡을 수반했기 때문이다.

이러한 왜곡은 바흐찐의 대표적인 두 저서, 『도스또옙스끼 시학의 문제들』(1963, 이하 『시학』)과 『프랑수아 라블레의 창작과 중세와 르네상스의 민중문화』(1965, 이하 『라블레』)를 중심으로 그의 전체 사유를 자의적으로 정리하는 방식으로 나타난다.[4] 소설이론에 국한해 이야기해보면, 『시학』의 '다성악적 소설', 『라블레』의 '카니발'이나 '그로떼스끄 리얼리즘' 같은 범주들을 중심으로 이 저작들 이후에 출판된 바흐찐의 초기 철학과 미학의 범주들을 재배치하거나 혹은 바흐찐의 초기 사유에 대한 아무런 고려 없이 그의 소설이론을 구성하려는 시도들이 그렇다. 이른바 포스트모더니즘에서의 바흐찐 수용이 이런 식이며, 한국에서 대표적인 경우가 김욱동(金旭東)일 것이다.[5]

비교적 근자에 러시아와 서구에서 바흐찐을 다룬 주요 논문을 다양한 주제로 엮어서 총 4권의 책으로 펴낸 가디너(M. Gardiner)는 편집자 서문에서 바흐찐의 사유가 포스트모더니즘에 쉽게 동화되지 않는다는 사실이 최근 연구에서 밝혀지고 있다고 단정한 바 있다.[6]

---

3 가령 윤리학을 다루고 있는 바흐찐의 초기 저작 「행동철학에 대하여」(1921, 이하 「행동철학」)는 모든 곳에서 가장 늦게 출간되었다.

4 『시학』은 1929년 출간된 『도스또옙스끼 창작의 문제들』(이하 『창작』), 그리고 『라블레』는 1946년 제출된 학위논문 「리얼리즘의 역사에서의 라블레」의 개작이다.

5 김욱동 『대화적 상상력: 바흐친의 문학 이론』, 문학과지성사 1988.

6 *M. Bakhtin*, Vol 1, ed. M. Gardiner, SAGE P. 2003, IX~XXX면.

가디너가 주도한 이 작업은 1970~1980년대에 본격적으로 시작된 바흐찐 연구에 대한 일종의 '중간결산'의 성격을 갖는데, 가디너의 지적은 이를테면 포스트모더니즘에 의한 바흐찐 전유가 더이상 유효하지 않다는 사실이 명백해졌다는 것을 의미한다.

포스트모더니즘의 착취와 왜곡된 수용의 반대 극단에는 바흐찐의 전체 사유 속에서 소설이론의 입지를 부정하는 방향이 있다. 바흐찐 이론의 세계적인 확산에 기여했던 또도로프(T. Todorov)가 그 선두 격인데, 그에 따르면 바흐찐에게 소설이라는 낱말은 그의 철학(또도로프가 '철학적 인간학'이라고 명명한)의 은유일 뿐이며, 바흐찐에게 고유한 의미의 소설이론은 없다. 또도로프식 입장의 다른 면은 소설에 대한 바흐찐의 글을 스딸린 시대에 대한 일종의 게릴라 투쟁, '이솝의 언어'로 쓰인 비판으로 독해하는 방식이다.[7] 이런 맥락에서 바흐찐의 서사시 비판은 스딸린 시대의 '독백적인' 현실에 대한 비판으로, 카니발의 민중론은 소련 시절의 '인민 대중', 즉 이데올로기에 잘 조련되어 있는 '호모 소비에티쿠스'에 대한 비판으로 흔히 독해되어버린다.

그러나 바흐찐의 일련의 글 속에는 소설을 바라보는 고유의 관

---

7 소설장르론에 대한 바흐찐의 글을 이런 식으로 읽는 독법은 다분히 냉전시대의 이데올로기에 침윤된 것인데, 국내의 경우, 이득재의 「바흐찐의 소설이론」(『바흐찐 읽기: 바흐찐의 사상 언어 문학』, 문화과학사 2004, 237~52면)이 그렇다. 이득재의 바흐찐 '읽기'는 전체적으로 오히려 그 반대 방향, 이를테면 '좌파적 읽기'이다. 난맥상인 바흐찐 수용에서 바흐찐을 제대로 읽는 일의 어려움을 보여주는 한 대목이다.

점이 있으며, 이것은 또한 스딸린 비판이나 쏘비에뜨 시대의 주류 소설이론에 대한 비판을 넘어 근대소설 전체를 바라보는 어떤 시야를 확보하고 있다. 그 시야의 현재적 의미를 따져보기 위해서는 먼저 바흐찐 사유의 진화과정 속에서 그의 소설론을 파악할 필요가 있다. 여기서 한가지 개념만 짚고 넘어가자. '다성악적 소설'이 그것이다. 이 개념은 도스또옙스끼와 관련된 글에만 등장하고 정작 소설이론을 다루는 글에서는 나타나지 않는다(이 개념의 대립 짝인 '독백적 소설'도 마찬가지다). 이 개념의 문제는 '다성악'이라는 메타포가 한편으론 모호하며 다른 한편으론 강력한 폭발성을 내장하고 있을 뿐 아니라, 러시아 소설사를 양분하는 고골-도스또옙스끼라는 노선과 뚜르게네프-똘스또이라는 노선 중에서 후자를 '독백적 소설'로 묶어 배제해버린다는 것이다. 소설장르론을 다루면서 바흐찐이 뚜르게네프, 똘스또이에 대해 한층 균형 잡힌 입장을 보여준다는 사실도 지적해두자.

이와 함께, 그의 사유는 언제나 스스로 강조했던 '구체적인 시공성'(흐로노또프)과 결부되어 있었다는 사실도 기억할 필요가 있다. 가령 바흐찐 초기의 윤리학과 미학은 당시 마르부르크학파로 대표되던 신칸트주의자들의 '문화와 삶'이라는 문제설정과 공명하고 있었으며, 도스또옙스끼론은 앞서 언급한 이바노프 등의 독법과, 라블레론은 민속과 고대 및 중세의 웃음을 연구하던 쁘로쁘(V. Propp)나 프레이덴베르크(O. Frejdenberg) 같은 당대 연구자들의 작업과 — 바흐찐의 표현을 빌려 말하자면 — '대화'하고 있었던

것이다. 소설에 대한 바흐찐의 글은 많은 연구자들이 지적하고 있
듯이 당시 소련에서 기획되었던 『문학 백과사전』(1929~39)의 '소
설' 항목(1935)을 둘러싼 토론(1934~35)과 관련된다.

2. 바흐찐 소설이론의 맥락: 소설의 형성과 관련해 서[8]

이 토론은 『문학 백과사전』의 '소설' 항목에 포함될 예정이었
던 루카치의 논문 「부르주아 서사시로서의 소설」을 둘러싼 것이
었다. '소설' 항목은 루카치의 이 글과 뽀스뻴로프(G. Pospelov)가 쓴
「소설」로 구성되었는데, 뽀스뻴로프가 쓴 제목 "소설 ── 부르주아
사회에서 가장 전형적인 장르인 대서사 형식"이나, 루카치의 글
첫 대목인 "비록 고대 동양이나 고대(그리스·로마시대 ── 인용자),
그리고 중세의 문학 여러면에서 소설과 친족적인 작품들이 있지
만, 소설 자신의 전형적인 특징들은 오직 부르주아사회에서 획득
된다"라는 구절이 보여주듯이, 소설의 근대성에 대한 탐구에 집중
되었다.[9]

---

8 이하의 서술은 졸고 「17세기 러시아 산문과 소설의 발생」, 『러시아어문학연
   구논집』 17집, 2004, 121~23면 부분을 보완·발전시킨 것이다.
9 *Литературная энциклопедия* (Ком. Акад. 1929~39) 중 9권(1935), 773,
   795면. 뽀스뻴로프와 루카치가 쓴 이 항목들을 묶어 번역한 책으로 『소설의

소설의 오롯한 근대성을 주장하는 뽀스뻴로프와 루카치에 대해 뻬레베르제프(V. Pereverzev)는 근대소설 형성의 역사적 과정 문제를 거론한다. 우선 그는 고대에도 소설이 있었다고 주장한다. 가령 페트로니우스(G. Petronius, 27~66)의 『사티리콘』이나 아풀레이우스(L. Apuleius, 124~170)의 『황금 당나귀』, 그리고 『다프니스와 클로에』(2세기경) 같은 '고대소설'이 그것이다. 물론 이러한 판단은 소설을 바라보는 뻬레베르제프 자신의 관점에 바탕을 둔 것일 텐데, 그가 직접 밝히진 않았지만 그 관점이 무엇인지 파악하기는 그다지 어렵지 않다. 요컨대 소설의 핵심을 서사(narrative)와 서술(narration), 즉 시나 극과는 다른 산문의 언어적 형식으로 간주하고, 바로 그 언어적 형식을 근대소설과 공유하는 고대소설 혹은 중세소설이 있다고 주장하는 것이다. 그리고 이러한 고대소설과 중세소설이 근대소설의 형성에 중요한 역할을 했다고 덧붙인다.

근대소설의 전사(前史)에 고대소설과 중세소설이라는 서사형식이 있었다는 뻬레베르제프의 루카치 비판에 대한 응전은 루카치의 동료였던 리프시쯔(M. Lifshic)에 의해 이루어진다. 리프시쯔는 고대소설이 근대소설과 비슷한—루카치의 표현을 빌리자면 '친족적인'—성격을 갖고 있지만, 근대적인 계급갈등 혹은 사회와 개인의 갈등을 형상화하는 소설과는 질적으로 다른 것이라고 지

본질과 역사』(신승엽 옮김, 예문 1988) 참조. 이 국역본은 루카치의 항목을 둘러싼 토론을 포함하고 있다.

적한다. 리프시쯔에 따르면 고대소설은 자신의 언어적 형식으로 근대소설에 영향을 미치는 것이 아니라, 다만 근대소설에 이야기의 재료를 제공한 것일 뿐이다. 더 나아가 리프시쯔는 근대소설의 형성에 영향을 미친 것은 언어적 형식에서 근대소설과 유사한 고대의 산문이나 중세의 산문이 아니라, 오히려 16~17세기 개인과 사회의 갈등을 다루는 극이라고 주장한다.

리프시쯔의 견해를 이런 식으로 정리해볼 수 있겠다. 첫째, 서사와 서술이라는 언어적 형식으로 환원되지 않는 소설형식의 고유함이 있다. 둘째, 이 소설형식의 고유함은 개인과 사회의 갈등이라는 근대적 모순의 형상화와 관련된다. 셋째, 이 근대적 모순의 형상화야말로 소설형식의 근거가 되는 '소설적인 것'이라고 할 수 있다. 넷째, 이 '소설적인 것'의 형성은 언어적 형식에서 유사한 고대나 중세의 산문/'소설'이 아니라, 16~17세기 극에서 발견할 수 있다. 요컨대 근대소설의 전사(前史)는 '비(非)소설적' 장르인 극에서 발견된다.[10]

---

10 뻬레베르제프의 비판에 대한 루카치의 직접적인 반론은 『역사소설론』
    (1937, 이영욱 옮김, 거름 1987)에서 이루어졌다. 이 책에서 루카치는 다시
    한번 소설의 오롯한 근대성을 주장하면서, 그리스의 '소설'이나 페르시아의
    '소설'을 '부르주아 서사시'라는 독특한 근대의 소설형식과 동일하다고 하
    는 주장이 '속류 사회학의 매우 조야한 비역사주의의 결과일 뿐'이라고 단
    언한다. 이와 함께 리프시쯔와 마찬가지로, 소설의 형성에 결정적인 영향력
    을 미친 것은 고대소설이나 중세소설이 아니라 셰익스피어의 극이라고 주
    장한다.

바흐찐의 소설론은 소설의 오롯한 근대성에 입각한 루카치나 리프시쯔의 그것과도, 서사와 서술이라는 산문형식에 입각한 뻬레베르제프의 그것과도 다른, 제3의 입지에서 소설을 사유한다. 바흐찐의 입장을 요약해보자면 다음과 같다. 첫째, 바흐찐은 리프시쯔나 루카치와 마찬가지로 근대성이야말로 근대소설의 핵심이라고 판단한다. 소설장르론을 다루는 그의 글 속에서 "고대의 토양 위에서 소설은 자신의 모든 가능성을 발전시킬 수 없었고, 이 가능성은 근대에 이르러서야 비로소 개화되었다"라는 주장이 반복되는 것을 발견할 수 있다.[11] 둘째, 소설의 근대성에 대한 주장에 그치지 않고 리프시쯔나 루카치와 마찬가지로 '소설적인 것'을 설정한다. 셋째, 이 '소설적인 것'은 '개인과 계급의 갈등' 혹은 '개인과 사회의 갈등'으로 제한되지 않는다. 바흐찐은 이것을, 리프시쯔나 루카치와 달리 16~17세기의 극이나 셰익스피어의 극이 아니라 고대와 중세의 문학에서 발견한다. 그것은 주로 뻬레베르제프가 언급한 『사티리콘』이나 『황금 당나귀』 혹은 『다프니스와 클로에』 같은 작품이다. 넷째, 바흐찐의 '소설적인 것'은 뻬레베르제프의 서사와 서술로서의 소설이라는 언어적 형식과도 다르다. 예컨대 바흐찐은 그리스·로마시대의 비극 3부작에 이어지는 '사티로스극'이나 중세 말 이딸리아의 '꼬메디아 델라르떼'(Commedia dell'arte) 같은 극장르에서 '소설적인 것'을 발견할 뿐 아니라 심지

---

11 『장편소설과 민중언어』 61면.

어 이런 부류가 더 '소설적'이라고 주장하기도 한다.

바흐찐의 이러한 제3의 입지는 소설과 현실의 매개항이자 '소설적인 것'으로 '소설적 말'을 설정하고 있다는 사실에 근거한다.[12] 그렇다면 바흐찐이 말하는 '소설적 말'을 물어야 할 것인데, 1940년에 쓰인 「소설적 말의 전사(前史)로부터」가 이 문제를 본격적으로 다루고 있다. '전사로부터'라는 어구에서 드러나듯이 바흐찐은 먼저 소설의 근대성을 상정하고 그것이 형성되는 과정을 추적하려 한다.

위 글에서 바흐찐은 ─ 소설의 문체론과 관련해서 여러번 반복해서 주장하는 것이기도 한데 ─ 단일한 문체를 대상으로 하는 문체론으로는 소설의 문체를 분석할 수 없다고 주장한다. 소설은 본질적으로 다문체적이기 때문이다. 그런 다음 그는 일반적으로 러시아 최초의 근대소설로 간주되는 뿌시낀(A. Pushkin)의 『예브게니 오네긴』에 나타나는 '언어의 형상들'을 분석한다. 바흐찐이 '언어의 형상'이라고 말하는 것은 이 작품에서 인물들의 언어가 대상을 형상화하는 동시에 스스로를 형상화하기 때문이다. 형상화하면서 형상화되는 말, 바흐찐에 따르면 이 이중성이야말로 소설의 기초

---

12 여기서 '소설적 말'이라는 표현을 잠깐 살펴보기로 하자. 바흐찐은 가령 '소설의 언어'라는 표현보다 '소설적 말'(slovo)이라는 표현을 선호한다. 바흐찐의 사유 자체가 구체적인 삶과의 결합을 지향하기 때문이다(본고의 3절 참조). 러시아어 slovo는 때로 '담론'(discourse) 같은 추상적인 표현으로 옮기기도 하는데, 번역의 난점을 고려하더라도, 바흐찐 자신이라면 이러한 번역에 동의하지 않았을 것이다.

를 이룬다. 『예브게니 오네긴』에 등장하는 다양한 유형의 언어(대
표적으로는 주인공들의 언어)를 분석하고 난 후 바흐찐은 다음
과 같은 결론을 내린다. "소설의 언어는 교차하는 평면들의 체계
다. 『예브게니 오네긴』에서는 어떤 말도, 가령 서정시나 서사시에
서 그러하듯이 무조건적인 의미에서 직접적인 뿌시낀의 말이 아
니다. 따라서 소설에는 통일적인 언어나 문체가 없다. 동시에 소설
의 언어적(말적-이데올로기적) 중심이 존재한다. 작가는 평면들
이 교차하는, 조직된 중심에 위치한다."[13]

과연 일반적인 의미의 문체론으로 소설의 문체를 다루는 것은
불가능해 보인다. 왜냐하면 소설의 문체가 다양하기 때문일 뿐 아
니라 문체론의 직접적인 대상, 즉 '작가의 말'이 작품에는 등장하
지 않기 때문이다. 더 나아가 바흐찐은 부분적으로 반영론을 의식
하면서 다음과 같이 주장한다. "벨린스끼(V. Belinskij)는 뿌시낀의
소설을 '러시아 삶의 백과사전'이라 불렀다. 그런데 이 백과사전
은 말없는 사물과 세태의 백과사전이 아니다. 여기서 러시아적 삶
은 자신의 온갖 목소리로, 시대의 온갖 언어들과 문체들로 말한다.
(…) 뿌시낀의 소설, 이는 그 근본적인 경향들, 장르적·세태적인 변
종들의 상호관계라는 길을 통해 실현된, 그 시대 문학어(literaturnyj
jazyk, literary language)에 대한 자기비판이다."[14]

---

13 М. Бахтин, *Вопросы литературы и эстетики: исследования разных
лет*, 415~16면.
14 같은 책 416면.

"그 시대 문학어에 대한 자기비판"으로서 소설에 관해서는 뒤에서 더 살펴보기로 하자. 앞서 인용한 부분에서 소설에 대한 바흐찐의 기본적인 상을 대략이나마 이해하기는 어렵지 않다. 이에 대해서는 바흐찐의 이러한 소설관이 현실을 언어로 대체하는 것은 아닌가라는 비판이 가능하다. 소설과 현실 사이에 '소설적 말'이라는 매개항을 설정한 것은 바흐찐의 기여인 동시에 한계일 수 있는데, 적어도 바흐찐이 세계와 그에 대한 말의 동일성을 주장하는 것은 아님을 염두에 둘 필요가 있다. 그에 따르면 "세계는 세계에 대한 말로 완전하게 맞아떨어지지 않"으며,[15] 서사시나 비극과 달리 소설적 말은 이 제한성을 뚜렷하게 의식하고 있는, 이를테면 '비판적 성격'을 갖고 있다. 바흐찐에 따르면 서사시나 비극을 특징짓는 것은 스스로가 형상화 대상을 완전히 장악했다고 간주하는, 대상에 대한 '직접적이고 진지한 말'이다. 이에 대립되는 소설적 말은, 바로 그 진지함이 일면적이고 따라서 제한적이라는 사실, 대상에는 '직접적이고 진지한 말'로 환원되지 않는 '잉여'가 있다는 인식에서 출발한다. 말의 제한성에 대한 이 비판적 인식은 이러한 '직접적이고 진지한 말'을 향할 뿐 아니라 스스로에게도 향한다. 바로 이러한 자기비판적인 소설적 말에서 "말의 진정한 리얼리즘적 형식들의 창조를 위해 필수적인 조건이 되는, 언어와 현실의 거리가 창조"된다고[16] 바흐찐은 말하고 있는 것이다.

---

15 같은 책 413면.

그런데 이같은 다문체적인 소설적 말은 어떻게 형성되었을까? 바흐찐은 여러 복합적인 과정이 있었지만 가장 본질적인 것은 두 요소, 즉 '웃음'과 '다언어'(多言語, mnogojazychie)라고 주장하면서 다음과 같이 말한다. "웃음은 (…) 언어의 형상화의 오래된 형식들이었다. 다언어와 그와 연관되어 있는 언어들의 **상호조명**은 이 형식들을 예술적-이데올로기적 차원으로 옮겼으며, 바로 그 차원에서 소설장르가 가능해졌다."[17] 소설의 가능성은 바로 이 '다언어'라는 조건하에서 소설로 전화될 수 있는 현실성을 획득하게 되는 것이다.

그런데 웃음이 '언어의 형상화의 오래된 형식들'이라는 것은 어떤 의미인가? 여기서 바흐찐이 염두에 두는 것은 패러디나 트라베스티(travesty, 익살시) 같은 장르들인데, 바흐찐은 이러한 장르들이 대상 자체를 조롱하는 것이 아니라 대상에 대한 특정한 태도, 즉 진지함을 향한다고 말한다(웃음의 반대말은 '진지함'이다). 요컨대 웃음은 대상에 대한 진지한 태도를 — 항상 그런 것은 아니지만 — 바로 그런 태도 자체의 문체를 빌려서 형상화의 대상으로 만든다. 이러한 맥락에서 바흐찐은 웃음을 언어 내부적인 이질발화(異質發話, raznorechie)와 연관시킨다.

바흐찐의 소설론에서 '대화'나 '대화적'이라는 표현보다 더 자

---

16 같은 책 425면.
17 같은 책 417~18면. 강조는 바흐찐.

주 등장하는 것이 '이질발화'와 '다언어' 같은 용어인데, 이들이 항상 일관되게 사용되는 것은 아니다. 다만 이질발화가 말 그대로 한 언어의 다양하고도 차별적인 쓰임새(러시아어 razno는 다양함을 뜻하기도, 차별적임을 뜻하기도 한다)를 지칭한다면(그래서 바흐찐은 간혹 "언어 내의 이질발화"라는 표현을 사용한다), '다언어'는 말 그대로 다수의 '언어들'의 공존과 투쟁을 뜻한다. 여기서 '언어'는 일차적으로는 개별 민족어를 지칭하지만, 동시에 민족어 내에서의 분화를 뜻하기도 한다는 사실을 염두에 둘 필요가 있다. 가령 『예브게니 오네긴』은 바로 이 분화된 '언어들'의 형상 위에 구축되어 있다.

그렇다면 소설의 가능성들(내적인 이질발화에 근거하는)이 근대에 와서 개화되었다는, 그리고 이 개화에 다언어가 결정적으로 작용했다는 바흐찐의 주장을, 유럽에서 소설이 라틴어라는 중세 보편어가 개별 민족어(속어)로 대체되는 과정에서 생겨났다는 통념과 비교해서 이해해볼 수 있겠다. 실제로 바흐찐은 라블레의 소설이 등장하는 과정이 최소한 네가지 언어, 즉 당시에 사용되던 라틴어, 르네상스가 부활시키고자 했던 고전 라틴어, 프랑스어, 그리고 당시 프랑스에 영향을 미치고 있던 이딸리아어 등, 말 그대로 '다언어'가 상호조명하는 상황이었음을 언급한다. 이 언어들의 투쟁을 거쳐 단일한 근대 프랑스 문학어/표준어가 형성되었다. 그런데 여기서 '문학어에 대한 자기비판'으로서의 소설이라는 규정이 의미심장하다. 바흐찐에 따르면 "주요한 시적 장르들이 언어/

이념적 삶의 통일적이고 집중적이며 구심적인 힘들의 영향하에서 발전하고 있을 때, 소설과 소설 지향적인 예술 산문은 탈중심화를 도모하는 원심적 힘들 속에서 형성되고 있었다."[18] 요컨대 라블레의 소설은 단일한 근대 프랑스 문학어/표준어 형성과정에 저항하며 등장했다. 이러한 논리는 문학어/표준어에 대한 바흐쩐의 독특한 관점과 관련된다. 바흐쩐은 문학어/표준어의 규범성이나 체계성보다 그 형성과정에서 다양한 언어들의 투쟁과 상호갈등을 강조한다. 그리고 소설적 말은 바로 문학어/표준어에 각인되어 있는 이러한 투쟁과 상호갈등의 흔적을 생생하게 만들며 그런 맥락에서 문학어/표준어에 대한 자기비판이 된다.

바흐쩐의 논의를 소설과 신문이 근대 민족국가 형성에 기여한다는 베네딕트 앤더슨(Benedict Anderson)이나 카라따니 코오진(柄谷行人)의 그것과 비교해보자. 앤더슨은 『상상의 공동체』에서 소설과 신문이 갖는 '동질적이고 공허한 시간성'과 활자어(print-languages)적 성격을 지적하면서, 모든 시간대를 동질한 시간대로 느끼게 만드는 소설과 소수의 활자어들에 근거해서 이루어지는 소통의 통합적 성격이 독자로 하여금 민족이라는 상상된 공동체로 편입되게 만드는 효과를 갖는다고 주장한다.[19] 카라따니 또한 소설이 "'공감'의 공동체, 즉 상상의 공동체인 네이션의 기반"이

---

18 『장편소설과 민중언어』 79면.
19 베네딕트 앤더슨 『상상의 공동체: 민족주의의 기원과 전파에 대한 성찰』, 윤형숙 옮김, 나남출판 2004, 45~75면 참조.

된다고 지적하면서 "소설이 지식인과 대중 또는 다양한 사회적 계층을 '공감'을 통해 하나로 만들어 네이션을 형성"한다고 본다.[20]

소설의 활자성이나 단일한 민족 문학어/표준어 형성과정에서 소설이 기여한 바 같은 문제를 여기서 자세하게 살펴보기는 어렵다. 다만 소설의 '탈중심화 경향'을 언급할 때 바흐찐이 강조하는 것은, 소설이 이질적인 감각을 만들어냄으로써 이러한 단일화과정에서 벗어나려고 한다는 사실, 심지어 소설이 언어의 중심화(가령 문학어/표준어의 형성)에 기여하는 경우조차 언어들의 상호투쟁을 기억하고 반영함으로써 '자기비판적'일 수밖에 없다는 사실임을 기억할 필요가 있다.

시간에 대해서도 마찬가지다. 가령 괴테가 하나의 현상 속에서 과거와 현재, 미래를 동시에 보는 법을 설명한 바흐찐의 묘사에서 잘 나타나는데, 근대소설의 다시간성에 대한 바흐찐의 강조는 과거와 현재, 미래를 동질화하는 것과는 거리가 멀다. 바흐찐이 자주 사용하는 "목소리들의 공존"이나 "시간대들의 공존" 같은 표현에서 우리가 먼저 떠올려야 하는 것은 평화로운 공존이 아니라 시끄럽고 치열한 상호투쟁의 이미지다. 이 공존은 유사성으로 귀결되는 화합이 아니라 차이를 드러내는 분열이기 쉽다. 더 나아가 그가 소설과 시간의 관계를 다룰 때 늘 '현재의 미완결성', 곧 '~이 되어가고 있는 중의 현재'를 언급하며, 바로 이 '현재의 미완결성'에

---

20 가라타니 고진 『근대문학의 종언』, 조영일 옮김, 도서출판b 2006, 51면.

서 진정한 미래의 가치가 열린다고 강조한다는 사실을 기억할 필요가 있다.

결국 이질발화, 다언어, 다시간성 같은 바흐찐 소설론의 주제들은 모두 하나의 범주, 즉 '대화'로 귀결될 것이다. 이제 이 부분을 살펴보기로 하자.

3. 삶과 대화: '삶의 형식'으로서의 소설

주지하듯이 바흐찐에게서 대화 범주가 등장하는 것은 1929년의 『창작』에서다. 대화란 일차적으로 작가와 주인공 사이의 대화를 의미한다. 여기서 우리는 바흐찐에게서 대화란 작가와 주인공이라는 상이한 위치를 전제하는 것임을 알 수 있다. 이러한 바흐찐 사유에는 일련의 전사가 있는데, 「예술과 책임」(1919)에서 출발해서 「행동철학」, 그리고 「미적 활동에서의 작가와 주인공」(이하 「작가와 주인공」)에 이르는 사유의 전화(윤리학에서 미학으로)가 그것이다.[21]

바흐찐의 출발점은 문화와 삶의 분리라는 현대의 위기다(그는 이를 '행동의 위기'라고 정식화한다). 근대에 이르러 문화의 각 부

---

21 더 자세하게는 졸고 「바흐찐 읽기(I): 대화주의 이전의 대화주의」, 크리티카 동인 『크리티카』 vol 1, 이가서 2005, 217~53면 참조.

문(무엇보다 진·선·미로 대표되는 학문·윤리·예술)이 자율적인 영역을 구성했으며(예컨대 예술의 자율성 테제), 그 자율성으로 인해 삶과 유리되기 시작했다는 것이다. 이를테면 예술의 시적 성격과 삶의 산문적 성격의 대립이 그렇다. 바흐찐의 표현을 빌리자면, "인간이 예술 속에 있을 때 그는 삶 속에 없으며, 그 역도 마찬가지다."[22] 「예술과 책임」에서 『라블레』를 거쳐 1960~1970년대의 단편적인 논문들에 이르는 바흐찐의 전체 사유는 이러한 분리된 삶과 문화의 통일에 대한 모색으로 귀결되는데, 여기서 바흐찐은 언제나 삶의 편에 발 딛고 예술의 자율성 너머에서 예술과 삶의 통일을 사유하고자 했다는 점을 강조할 필요가 있다. 그리고 이 점에서 바흐찐 미학은 예술의 자율성 테제에 대한 가장 근본적인 비판의 하나가 된다.

「행동철학」에서 바흐찐은 문화에는 통일성 혹은 단일성이라는 특징을, 삶에는 유일성이라는 범주를 각각 부여하면서 문화와 삶의 분리를 사고한다. 문화는 그 속에서 살아가는 주체들을 묶는다는 점에서 통일적이며, 그 묶음이 하나의 표지(標識)를 주체들에게 부여함으로써 이루어진다는 점에서 단일하다. 문화에 범주적으로 대립되는 개인은 그것이 다름 아닌 '바로 나'라는 점에서 유일하고 반복 불가능하다. 개인의 유일성과 반복 불가능성에 입각해서 문화와 삶의 통일을 모색하는 아슬아슬한 사유의 줄타기를 보여

---

22 『말의 미학』 26면.

준 끝에, 바흐찐은 이러한 통일이 이론 혹은 철학의 차원에서 불가능하다고 단정한다. 기실 「행동철학」은 바흐찐의 글 중에서도 가장 반(反)이론적인 면모를 보여주는데, 개인에 대한 모든 이론적·철학적 사유가 개인의 유일성을 문화의 통일성 속으로 끌어와 해체해버린다고 판단하기 때문이다.

여기서 바흐찐은 윤리학에서 미학으로 전향한다(「작가와 주인공」). 예술영역과 삶의 유사성이 그 근거인데, 여기서 작가는 문화를, 주인공은 삶을 각각 대표한다. 여기에 문화의 통일성에는 '종결성'이라는 범주가, 삶의 유일성에는 '비종결성'이라는 범주가 덧붙여진다. 일단 삶은 종결 불가능한 것이다. 과연 그럴듯한바, 삶이란 무엇보다도 종결에 저항하는 것이기 때문이다. 바흐찐의 표현을 빌리자면, "살기 위해서는 종결되어 있지 않아야 하며, 자신에게 열려 있어야 한다."[23]

작가는 종결되지 않는 주인공의 삶에 형식을 부여함으로써, 즉 삶에 처음과 끝을 부여함으로써, 하나의 '전체'(celoe)로서 종결짓는다.[24] 이후 바흐찐은 전기, 자서전, 소설 등을 통해서 이러한 종결성이 실현되는 형태들을 확증하고자 한다. 흥미로운 것은 그가 이 모든 형태들 속에서 종결짓고 형식화하려는 작가의 시도에 저

---

23 같은 책 38면.
24 이 '전체'에 대한 바흐찐의 강조가, '다양성' '개별성' '복수성'을 일면적으로 주장하면서 '이질적인 감각'을 내세우는 포스트모더니즘과의 차이를 드러낸다. 이에 대해 더 자세하게는 「바흐찐 읽기(I)」 236~39면 참조.

항하는 삶의 형식을 발견한다는 사실이다. 바흐찐 자신의 은유로 말하자면, 존재와 삶에는 '개구멍'이 있어서 작가가 주인공의 삶을 형식화하는 순간 주인공은 그 '개구멍'을 통해 빠져나가버린다. 이후 그는 소설을 검토하는 자리에서 이 상황을 "인간성의 잉여"라고 정식화한다. 이 정식화는 개인의 형상화와 관련되는 것이기도 한데, "소설의 근본적인 내적 주제 중 하나는 주인공이 그의 운명과 상황에 맞지 않는다는 것이다. 인간은 그의 운명보다 위대하거나 그의 인간성보다 왜소하다. (⋯) 미완결된 현재, 따라서 미래와의 접촉영역 자체가 그러한 인간의 자신과의 불일치를 만들어낸다. 인간 속에는 언제나 실현되지 않은 잠재력, 실현되지 않은 요구가 남아 있다."[25]

이 인간성의 잉여를 문화의 단일성에 대립하고 저항하는 삶/개인의 복수성이라고 해석할 수도 있겠다. 요컨대 삶/개인에게는 단일화하고 통합하고자 하는 문화의 그물망을 빠져나갈 수 있는 '개구멍'이 늘 있으며, 이 '개구멍'은 개인의 유일성을, 실은 그 '개구멍'을 빠져나가 스스로를 '다른 나'로 정립할 수 있는 어떤 가능성, 즉 복수성으로 전화할 수 있게 해준다.

바흐찐의 '인간성의 잉여'라는 테제는 도스또옙스끼의 저 유명한 '인간 속의 인간(들)'이라는 말의 다른 표현이기도 한데,[26] 이

---

25 『장편소설과 민중언어』 57~58면.
26 도스또옙스끼의 말을 직접 인용해보기로 하자. "완전한 리얼리즘 속에서 인간 속의 인간을 발견하는 것. (⋯) 나를 심리학자라고 부른다. 틀린 말이

점에서 바흐찐의 미학이 도스또옙스끼 작품론으로 옮겨가는 것은 필연적이기도 하다. 앞서 언급했듯이 도스또옙스끼 작품론을 다루는 『창작』에서 대화 개념이 도입되었다. 전기·자서전·소설 등에 대한 분석을 통해 작가/문화의 통일성/단일성으로 환원되지 않는 주인공/삶의 유일성/복수성을 확인한 이후, 이 유일성/복수성을 그 자체로 보존하면서 형식화할 수 있는 원리에 대한 모색이 주인공과 작가의 대화적 관계로 귀착되고 있는 것이다.

여기서 대화란 무엇보다 삶의 원칙이라는 사실을 기억할 필요가 있다. 바흐찐에 따르면, 존재한다는 것은 곧 대화한다는 것이다. 예술의 자율성 테제에 대한 발본적인 비판으로서 바흐찐 미학이 드러나는 대목도 바로 이 지점인데, 도스또옙스끼 '시학'의 원칙인 대화는, 다름 아닌 소설이라는 기존의 예술형식을 삶의 형식으로써 파괴하는 것을 의미하기 때문이다. 요컨대 바흐찐에게서 도스또옙스끼의 작품세계는 대화를 그 속성으로 하는 존재와 삶 그 자체의 세계이며, 도스또옙스끼의 다성적 소설이란 삶 그 자체가 가진 다성성의 예술적 복원이다.

도스또옙스끼론에서 소설이론으로의 전화는 예술적 원칙을 삶의 원칙으로 대체하는 것이 도스또옙스끼 소설뿐 아니라 소설장

다. 나는 한층 높은 의미에서 리얼리스트일 뿐이다. 즉 나는 인간 영혼의 심연을 묘사한다." ф. М. Достоевский, *Полн. соб. соч.*, Т. 27, Наука 1964, 65면. 바흐찐의 '말 속의 말'이라는 표현은 '인간 속의 인간'이라는 도스또옙스끼의 말의 변형이다.

르 일반의 특징일 수 있다는 발견에 근거한다. 소설이 갖는 반(反)규범성, 소설형식의 '비종결성'에 대한 바흐찐의 언급은, 소설이란 실은 '삶의 형식'에 대한 존재론적 혹은 육체적인 미메시스라는 주장이기 때문이다(삶이 비종결적이듯, 그 삶을 육체적으로 미메시스하는 소설도 비종결적이다).

바흐찐의 이러한 소설이론을 당대 쏘비에뜨의 소설이론에 나타나는 일련의 규범에 대한 비판으로 읽을 수 있다. 가령 쏘비에뜨의 소설이론은 '리얼리즘'이라는 방법으로 '현실에 대한 총체적인 상'을 제시하라는 '규범'을 제시했다. 물론 그것이 정말 '리얼리즘'이고, 정말 '총체적인 상'이었는지를 의심해볼 근거는 충분하다. 설령 그렇다 하더라도 어떤 규범으로 제시되는 한 바흐찐의 대답은 단호한 부정이 될 것이다. 바흐찐의 소설이론이 스딸린주의 소설이론에 대한, 그 서사시적 총체성에 대한 비판이 될 수 있다는 사실은 이견의 여지가 없다. 그러나 이에 대한 바흐찐의 대안이 기존의 규범을 비판하면서 새로운 소설미학을 내세우는 미학주의로 귀결되지 않는다는 사실도 명백하다. 바흐찐에게서 기존의 소설 규범에 대한 비판의 유일한 근거는 삶/현실과의 유관성이기 때문이다. 바흐찐에게서 소설이 만들어내는 어떤 이질적인 감각은 새로운 미학 자체가 아니라 삶으로부터의 구체적인 감각에서 기인하는 것이다. 이 삶의 구체적인 감각을 무시하고 오로지 자신의 영감에 근거해 '이질적인 감각'을 주장하는 것은, 바흐찐에 따르면, "홀림", 즉 '귀신들림'일 뿐이다.[27]

4. 맺음말

현재 우리의 장편소설 논의가 '소설이란 무엇인가'라는 발본적인 고민의 출발점이 되기를 소망하면서 이 글을 시작했다. 그리고 바흐찐의 소설론을 빌려, 근대소설은 이를테면 허구적인 상상의 공동체를 만들어내는 국민국가의 문법에서 일탈하는 것이며, 이 일탈은 예술의 자율성에 기대는 것이 아니라 소설의 '삶-되기'에 근거한다고 주장했다. 어쩌면 바흐찐의 소설'이론'이 함의하는 바는 그 이상일 수도 있다. 앞서 바흐찐의 소설이론이 실은 바흐찐 철학의 메타포일 뿐이며 따라서 체계적으로 구성될 수 없는 것이라는 또도로프의 주장을 언급한 바 있는데, 또도로프와 다른 의미에서 바흐찐의 소설이론의 불가능성을 이야기할 수도 있다. '개구멍'을 통해 빠져나가는 삶을 재현하면서, 소설은 자신에 대한 이론화로부터 언제나 일탈한다. 그러나 바흐찐의 사유가 보여주듯이 이것이 소설에 대한 체계적인 고찰이 불가능함을 의미하진 않는다. 소설이란 무엇인가라는 질문, 이 자체가 어쩌면 불가능한 무언가를 포착하고자 하는 시도다. 그리고 지금 우리에게 필요한 것도 바로 이러한 불가능한 무언가를 포착하고자 했던 바흐찐의 태도일지도 모르겠다.

27『말의 미학』26면.

96

"책에 따라 살기"

유리 로뜨만의 문화유형론과 '러시아'라는 유령에 관하여

/ 김수환

金修煥 한국외대 러시아학과 교수. 인문예술잡지 『F』 편집위원. 저서로 『책에 따라 살기』 『사유하는 구조』 등, 역서로 『문화와 폭발』 『기호계』가 있다.

1. 후기(後記) 2015

"책에 따라 살기"는 10년 전인 2005년에 내가 한 학술지에 발표했던 논문의 제목이다.[1] 사실 이것은 18세기 러시아에서의 문학의 역할과 위상을 논하는 한 글에서 로뜨만(Yuri Lotman, 1922~93)이 직접 사용했던 표현이다. 그는 당시 문학 텍스트가 현존하는 실제 독자가 아니라 이상적으로 구축된 독자의 형상을 지향했으며, 실제 독자들 역시 이런 이상화된 모델을 일종의 규범으로서 적극적으

---

1 김수환 「책에 따라 살기: 러시아적 문화유형의 매혹과 위험」, 『러시아연구』 15권 1호, 서울대 러시아연구소 2005, 35~59면.

로 받아들였기에, 사실상 "독자들에게는 책을 읽을 것이 아니라 책에 따라 살아갈 것이 요구되었다"[2]고 주장했다. 발표 당시 나는 "러시아적 문화유형의 매혹과 위험"이라는 부제하에, "책에 따라 살기"라는 독특한 화용론적 모델의 매혹적인 '앞면'과 더불어 그것의 위험한 '뒷면'을 생각해보려 했다.

10년이 지난 지금, 나는 같은 제목을 단 또 한편의 글을 쓰려고 한다. 이 글에서 내가 하려는 이야기는 크게 두가지다. 첫째, 나는 텍스트를 대하는 저 독특한 러시아적 태도를 러시아문화의 유형론적 특성과 관련시켜 분석할 것이다. 어정쩡한 중간항, 절충과 타협의 결과로서의 제3항을 거부하는 전형적인 러시아적 입장이 삶과 예술의 경계, 책과 현실 간의 거리를 고집스럽게 거부하는 그들의 태도와 맞물려 있음에 주목할 것이다. 이를 위해 나는 로뜨만의 문화유형론[3] 중 가장 흥미로운 지점으로 간주되는 러시아문화의

---

2 Ю. М. Лотман, "Очерк по русской культуре XIII века," *Из истории русской культуры том IV*, М. 1996, 112면.

3 유리 로뜨만의 이론이라 하면 흔히 구조시학(詩學)이나 기호학적 문화이론을 떠올리기 마련이지만 사실 러시아 문학과 문화에 관심을 둔 이들에게 가장 흥미롭게 다가오는 분야는 따로 있다. 그것은 로뜨만의 문화사 읽기, 그 중에서도 문화유형론(typology of culture)이라 불리는 영역이다. 문화유형론은 사상사에 토대를 둔 문예학자 로뜨만의 본래적 정체성을 제일 잘 보여주는 분야이며, 동시에 기호학자 로뜨만과 여타 기호학자들을 구별하게 하는 가장 독창적인 영역이기도 하다. 바로 이 영역에서 발언할 때 로뜨만은 가장 인문적이며 제일 그답다. 관련된 복잡한 이론적 전제들을 제쳐두고 핵심만 요약하자면, 문화유형론은 특정 문화가 스스로를 인식하는 방식, 곧 문화의 '자기이해'를 다루는 학문분야다. 문화가 스스로에게 부여하는 '이데

"이원적 구조"를 비판적으로 재고해볼 것이다.

둘째, 나의 의도는 같은 제목의 두 글 사이에 가로놓인 의미심장한 '격차'를 성찰해보는 데 있다. 나는 지난 10년의 세월 동안 내 생각이, 그리고 나를 둘러싼 세계가 처음으로부터 얼마나 멀리 떨어져 있는지를 보여주고, 그 현기증 나는 '거리'에 관해 함께 생각해보는 기회를 가져보고 싶다. 그러니까 이 글은 우리를 거쳐간 지난 10여년의 세월을 되돌아보는 간략한 회고담이자, 10년 전의 내 글에 대한 후기(post-script)의 성격을 띤다. 하지만 동시에 이는 러시아문화의 이원론적 성격을 바라보는 로뜨만의 미묘한 시각 변화를 확인하는 기회인 동시에 마치 '유령'처럼 귀환하고 있는 우리 시대의 몇몇 개념들(유토피아주의, 파국, 종말, 광신 등등)을 재성찰해보는 계기가 될 것이다.

2. "책에 따라 살기": 문학 이상의 문학

러시아의 문화적 삶에서 문학이 언제나 '문학 이상의 어떤 것'

올로기적 자화상'을 기호학의 언어로 풀어내는 것, 한마디로 문화적 '자기기술'(self-description)의 메커니즘에 관한 학문이 문화유형론이다. 그런데 유형론이라는 말이 보여주듯이, 그것은 이 기술의 유형(type)을 따져 묻는 접근법이기에 본질상 '비교학적' 성격을 띨 수밖에 없다. 문화유형론과 관련된 로뜨만의 다양한 분석에서 중심을 차지하는 것은 당연히 특정 유형으로서의 '러시아문화'다.

으로 받아들여져왔다는 사실은 잘 알려져 있다. 물론 사회적 가치의 중심 기제로서 문학이 지니는 특별한 위상은 지난 200년 동안 전유럽에 걸친 보편적 현상이었다. 하지만 문학의 사회적 위상과 역할에 대한 러시아적 태도는 그중에서도 매우 극단적인 경우에 속한다. 뿌시낀(A. Pushkin) 이후의 러시아 인텔리 계층은 자신들의 문학을 문화의 얼굴이자 심장으로 여겨왔다. 개인성, 자유, 도덕을 포함한 거의 모든 종류의 철학적·이념적 사유는 예외 없이 러시아 '문학'이라는 심장부를 통과했다. 만일 서구에서라면 철학자나 비평가, 혹은 정치가나 법률가가 해결했을 문제, 언론인이나 역사가가 담당했을 일이, 러시아에서는 문학의 대상이 되었고 작가에 의해 처리되었던 것이다.

19세기 중엽에 비평가 벨린스끼(Vissarion Belinsky)는 러시아인을 "책을 읽는" 민족으로 정의했다. "오직 러시아문학을 사랑하고 이해하는 자만이 러시아인이 될 수 있다. 말하자면 여기서 민족을 결정짓는 요인은 피도, 계급도 아닌 독서의 재능인 것이다."[4] 19세기 러시아문학의 '작은 인간'(가령, 도스또옙스끼의 소설 『가난한 사람들』의 주인공 제부시낀)은 같은 계급의 프랑스인과 달리, 사회적 신분의 상승을 꿈꾸지 않는다. 그 대신 그가 꿈꾸는 것은 훌륭한 글쓰기(의 재능)이다.[5] 러시아에서 작가는 언제나 일종의 비

---

4 С. Ю. Бойм, *Общие места: мифология повседневной жизни*, М. 2002, 125면에서 재인용.

5 제부시낀이 편지 상대자인 바르바라에게 최종적인 이별통보를 받고 슬퍼하

공식적 권력, 말하자면 '두번째 정부'로 간주되어왔지만, 다른 한편으로, 실제의 통치자들 역시(예까쩨리나 2세부터 레닌에 이르기까지) 부단하게 스스로를 문학가로 표상하려 시도했다. 레닌은 문학비평가, 스딸린은 언어학자, 흐루쇼프(Nikita Khrushchyov)는 현대예술 비평가, 브레즈네프(Leonid Brezhnev)는 소설 3부작을 쓴 작가였다.[6] 요컨대, 문학이면서 동시에 언제나 '문학보다 더한 어떤 것'이어야 했던 러시아문학은 철학적 사유의 시험대이자 사회변혁을 위한 프로그램이었으며, 민족의 과거를 이해하는 방법이자 미래를 향한 예언의 기초였던 것이다.[7]

'뿌시낀 — 우리의 모든 것' 혹은 '뿌시낀 공동체로서의 러시아' 같은 유명한 구절들이 함축적으로 요약하는바, 이런 극단적인 '문학 중심주의적' 태도는 흔히 근대 러시아사회가 처해 있던 역사적 조건에 기인하는 것으로 설명되곤 한다. 사회적·법률적·경

는 대목을 보라. "아아, 사랑하는 바르바라, 안됩니다. 이것이 마지막 편지가 되어버리지 않도록 해주십시오. 이 편지가 마지막이라니, 그런 말이 어디 있습니까? 게다가 내 문장도 틀이 잡혀가고 있지 않습니까? 아아, 아니에요. 문장 따위가 무슨 상관이 있겠습니까? 단지 당신에게 몇줄이라도 더 쓰고 싶은 것뿐입니다. 아아, 나의 귀여운 바르바라, 나의 그리운 바르바라, 나의 사랑하는 바르바라!"(강조는 인용자) 이 소설의 가장 안타까운 대목 중 하나는 실제로 그의 문체가 작품의 말미에 이를수록 현저히 좋아지고 있다는 사실이다.

6 С. Ю. Бойм, 앞의 책 126면

7 B. Gasparov, "Introduction," Iurii Lotman, *The Semiotics of Russian Cultural History: essays*, Ithaca 1985, 13면.

제적 기제들의 자율적 성장이 상대적으로 억압되었던 제정러시아의 사회정치적 상황에서, 문학은 그들 모두의 역할을 대신하는 '대체물'로 기능해야 했으며, 그런 점에서 당시로서는 유일하게 기능할 수 있는 사회적 소통구였다는 것이다.

그러나 문학과 작가에게 '그보다 더한 어떤 것'을 요구하는 이런 관념은, 다른 각도에서 설명될 수도 있다. 즉 우리는 문학이 경험적 현실보다 더 높은 어떤 진리와 관련된다는 사고를 중세적 가치구조의 연장으로 간주할 수 있다. 이를테면 신성한 '말'(logos)의 힘과 권위에 의존했던 중세의 종교적 권위성의 자리를, "신성함의 자리는 결코 비워지는 법이 없다"는 원칙에 따라 다름 아닌 '말'의 예술, 즉 (세속) 문학이 차지하게 된 것이다. "(과거의) 성스러운 텍스트들을 대체하면서, 문학은 그것들의 문화적 기능을 상속받았다. 18세기에 일어난 이 대체는 이후 러시아문학의 영속적인 특징이 되었다."[8]

하지만 이와 관련해 더욱 흥미로운 지점은 따로 있다. 로뜨만에 따르면 이 문제는 러시아적 근대의 특정한 세계인식과 밀접하게 관련되어 있다. 주목할 것은 문학에 대한 이런 태도가 추상적 이념의 세계와 물리적 경험 세계 간의 대립적 안티테제를 의미하지 않는다는 사실이다. 여기서 물리적 삶과 이상적 세계는 각기 독자적인 닫힌 세계로서 대립하지 않는다. 오히려 이때의 이상적 질서는

---

8 Ю. М. Лотман, "Очерк по русской культуре XIII века," 앞의 책 89면.

아직 도래하지 않았으나 언젠가 반드시 도래해야만 하는, 말 그대로 완전히 '지상적인' 어떤 것으로 간주되어야 한다.

러시아의 근대적 세계감각의 핵심은 어디에 있는가? 세계의 창조 과정이 아직 완결되지 않았다는 것, 러시아에서 문화는 아직까지 건설된 바 없으며, 이제 바야흐로 '창조'되어야 하는 어떤 것이라는 인식에 놓여 있다. 이 인식이 문학을 신성시하는 중세적 태도와 결합되었을 때, 진리탐구의 수단으로서 문학이 지니는 실질적 중요성과 가치는 명백해진다. "러시아의 문화적이고 도덕적인 건설의 길은 아직 완결되지 않았다. 그리고 이 길이 지니는 목적과 그것의 최종적 형상을 구현하고 있는 것은 바로 문학, 곧 책과 무대다. 18세기의 인간은 바로 문학으로부터 자신들의 정신적 체험의 모델과 행위 규범들을 길어올렸던 것이다."[9]

당연하지만 이런 상황에서 문학(및 작가)에게 부여되는 사회적 역할은 원칙적으로 창작을 넘어서는 것이 될 수밖에 없다. 작가는 단지 작품을 창조하는 자가 아니다. 그는 그런 작품들을 포함하고 있는 문화 자체를 창조하는 자이다. "작가는 문화적 상황을 뒤쫓아가는 것이 아니라 적극적으로 그것을 창조한다. 그는 텍스트를 창조해야 할 필요성뿐 아니라 그것을 읽을 독자들, 나아가 그런 문화 자체를 창조해야 할 필요성으로부터 출발한다."[10] 이는 텍스트와 독자의 상호관계에 있어, 동시대 서구예술의 일반적인 규

---

9 같은 글 110면.

범에서 보면 완전히 '뒤집어진' 상황을 창출하게 된다. 예컨대 작가는 현실에 존재하는 실제 독자(구매자)가 아니라 (그 자신이 창조해내야 하는 목표로서의) 미래의 이상적 독자를 지향하게 된다. 다시 말해 텍스트가 자신의 내부에 상정하고 있는 것은 현실의 독자가 아니라 이상적으로 구축된 미래의 독자 형상이다. 이런 상황에서, 당대 문학을 대하는 독자에게 요구되었던 것은, 실제로 그러한 (이상적인) 독자가 '되는 것,' 좀더 정확히 말하면 문학작품이 제시하는 모델에 따라서 자기 자신을 '새롭게 바꾸는 것'이었다. 요컨대, 독자에게는 "책을 읽을 것"이 아니라 "책에 따라 살 것"이 요구되었던 것이다.

다시 강조하건대 여기서 책의 세계, 이념의 공간은 현실과 따로 존재하는 이상적인 영역에 머물지 않는다. 그것은 그에 따라 현실을 재구축하기 위한 실질적인 원칙이자 프로그램(모델)이다. 그리고 바로 이 대목에서 "책에 따라 살기"라는 독특한 (화용론적) 모델은 러시아문화의 근본에 뿌리박힌 특정한 구조적 모델과 분명하게 공명한다. 현실을 기준으로 이상을 조정하는 게 아니라 이상을 기준으로 현실을 변혁하려는 지향, 현실 자체를 이상적으로 바꿔놓으려는 강력한 지향을 지니는 이 특정한 구조를 로뜨만

---

10 같은 글 107면. 18세기에 책의 출간부수가 실질적인 판매량, 즉 실제로 그것을 구입한 독자 수와 무관했다는 사실은 이 점에서 매우 시사적이다. 출간부수는 실제로 책을 구입할 독자들의 수요를 예상한 것이 아니라 그 책이 지니는 문화적 가치, 즉 '있어야만 할 독자들'의 수를 가리켰다.

은 "이원적 모델"이라 불렀다. "책에 따라 살기"의 모델은 바로 이 "이원적 모델"의 흥미로운 분신이자 그것의 결과인바, 전자는 후자에 대한 이해 없이 결코 온전히 파악될 수 없다.

3. 러시아문화의 "이원적 모델": 종말론적 유토피아주의

"이원적 모델"이란 무엇인가? 1977년에 발표한 한 논문[11]에서 로뜨만은 러시아문화를 서구의 "삼원적 모델"과 구별되는 "이원적 모델"로 규정한 바 있다. 이원적 모델의 특징은 "가치의 중립지대"로서의 중간항을 모른다는 것이다. 서구 가톨릭에서 내세는 천국, 지옥, 그리고 연옥으로 구성되는데, 이때의 연옥이란 일정한 시험을 거친 후에 내세에서의 구원이 허용되는 '중립적' 행동의 영역을 말한다. 이 가치의 중립지대는 미래의 씨스템을 숙성시키는 구조적 비축(備蓄)의 영역으로서, 과거와 미래 사이의 연속성을 보장해준다. 이와 달리 러시아정교회(正教會)의 세계관은 명확

---

11 Ю. М. Лотман, "Роль дуальных моделей в динамике русской культуры (совместно с Б. А. Успенским)," *История и типология русской культуры*, СПб. 2002, 88~116면. 국역본으로는 로트만·우스펜스키 「러시아 문화의 역학에 있어 이원적 모델의 역할(18세기 말까지)」, 『러시아 기호학의 이해』, 이인영 엮음, 민음사 1993, 44~96면.

한 이원론에 기초한다. 러시아정교회는 천국과 지옥 사이에 연옥이라는 중립지대 개념을 만들지 않았다. 때문에 이 모델은 새로운 것을 (과거에서 미래를 향하는) '연속'으로서가 아니라 모든 것의 종말론적 '교체'로서 사고한다. 새로운 세계, 그것은 오직 과거의 철저한 파괴를 통해서만, 말하자면 구세계의 종말론적 폐허 위에서만 구축될 수 있다.

중립지대를 모르는 양극단의 입장, 로뜨만이 말하는 이원적 구조의 '원형적' 모델은 정교회 씨스템에 기초했던 중세 러시아에서 발견된다. 원칙상 대립되는 두 문화영역, 즉 성(聖)과 속(俗)의 '양극적 배치'로써 실현되는 러시아 중세의 씨스템에서 "문화의 기본 가치들은 명확한 경계에 의해 분리되어 가치론적 중립지대를 알지 못하는 절대적 가치계 속에 자리잡고 있다."[12] 문제의 핵심은 이런 이원적 사회구조하에서는 "문화적 역동성의 형태가 근본적으로 다른 성격을 띠게 된다"는 점에 있다. 거기서 "변화는 선행단계로부터의 과격한 분리"를 통해 이루어진다.

그러니까 이원적 구조하에서 모든 변화는 연속성을 결여한 과격한 단절로서 표상된다. 모든 새로움은 오직 과거로부터의 철저한 분리로써만 달성될 수 있는바, 이는 베르쟈예프(Nikolai Berdyaev)의 다음과 같은 저명한 언급이 잘 보여준다. "단절은 러시아 역사의 특징이다. (…) 러시아의 역사에는 다섯개의 시대(끼예프, 타타

---

12 Ю. М. Лотман, 같은 글 89면; 국역본 46면.

르 지배, 모스끄바 공국, 뾰뜨르, 쏘비에뜨)가 존재하는데, 각각의 시대는 서로 상이한 모습을 보여줄 뿐만 아니라 완전히 별개의, 전혀 새로운 러시아로 나타난다. 러시아의 발전은 파국적이다."[13]

체계의 중립지대를 보존하는 서구식 삼원 모델과 러시아식 이원 모델을 가르는 결정적인 차이점은 파괴의 성격과 범위에 놓여 있다. "삼원적 구조는 이전 시기의 일정한 가치들을 체계의 중심부로부터 주변부로 이동시키면서 보존해낸다. 반면에 이원적 체계의 이상은 기존에 존재하던 모든 것을 올바르지 못한 과오로 간

---

13 Н. А. Бердяев, "Русская идея," *О России и русской философской культуре: философы русского после октябриского зарубежья*, М. 1990, 44~46면; 국역본은 니꼴라이 베르쟈예프 『러시아 사상사』, 이철 옮김, 범조사 1985, 14~17면. 그런데 사실 논문 전체에 걸쳐 나타나는 로뜨만의 진짜 관심은 이런 파국적 단절 모델의 이면(裏面)을 향해 있다. 그에 따르면 외견상의 불연속성 아래에는 최초 모델의 변형된 무한반복이 놓여 있다. 즉 러시아문화사의 각 단계에서 확인되는 '새로움'을 향한 강력한 지향은 전 시기에 대한 과격한 거부의 몸짓을 통해 역설적으로 "옛것의 발생기" 역할을 하게 된다. 예를 들어, 스스로를 역사의 완전히 새로운 단계로서 표상했던 뾰뜨르 이후의 18세기 근대문화는 일반이 생각하는 것보다 훨씬 더 '전통적인' 문화였다. '서구적인 것'이라고 주관적으로 체험한 것들이 사실은 옛것의 뒤집힌 반복에 불과했던 것이다. 결국 로뜨만의 날카로운 통찰은 "역사적 전통은 전통과의 단절이 주관적으로 의도되고 있는 바로 그곳에서 자주 모습을 드러내며, 반대로 혁신은 인위적으로 구성된 '전통'에 대한 광적인 집착을 자주 노출시킨다"(Лотман, 앞의 글 115면; 국역본 96면)라는 데 있다. 단절과 연속성, 혁신과 전통의 미묘한 착종을 바라보는 이런 관점은 당연히 '역사의 완전히 새로운 단계'로서 스스로를 유표화한 또다른 체계, 즉 동시대 쏘비에뜨 사회를 향한 암묵적 비판으로 읽힐 수 있다.

주해 모조리 파괴해버린다."[14] 다른 한편으로, 삼원적 사회구조에서는 가장 격렬하고 심오한 폭발조차도 사회 층위들의 복잡한 풍요로움 전체를 포괄하지 못한다. 물론 중심 구조는 그런 격렬하고 재앙적인 성격의 폭발을 경험할 수 있고, 그 굉음이 문화의 전지층에 울려퍼질 수도 있다. 하지만 삼원적 구조의 조건하에서 기존 체계의 모든 구조가 완전히 몰락한다는 것은 (시간이 지나면 허위로 판명될 뿐인) 자기기만이나 효과적인 구호에 불과하다.[15]

요컨대 삼원적 체계하에서 폭발적 과정들이 문화의 전지층을 장악하지 못하는 반면에 이원적 체계에서는 폭발적 변화가 일상적 삶의 전영역을 장악할 수 있으며, 또 반드시 그래야만 한다. 이원적 모델의 특징은 그 변화가 전인류사를 통틀어 비교대상이 없는 독특한 것으로서 체험된다는 점이다. 그러니까 폐기되어야 하는 것은 역사적 발전의 어떤 구체적인 층위가 아니라 역사 자체이다. 가장 이상적인 경우 그것은 '더이상 시간이 존재하지 않는' 상태, 곧 '종말'의 시간이 된다. 절대적 폐허로서의 종말, 그것은 완

---

14 Ю. М. Лотман, *Культура и взрыв*, СПб.: Семиосфера 2000, 141면; 국역본은 유리 로트만『문화와 폭발』, 김수환 옮김, 아카넷 2014, 280면.

15 가령 정치, 국가구조, 넓은 의미에서 전 문화의 공시적 폭발을 동반했던 나뽈레옹 제국의 몰락은 지대 소유권을 건드리지 못했다. 크롬웰의 유토피아나 자꼬뱅 독재처럼, 삶의 모든 공간을 절대적으로 재건하려는 시도조차 본질적으로는 삶의 지극히 제한된 영역을 장악했을 뿐이다. 일찍이 까람진(Nikolai Karamzin)이 지적한 대로, "국가 집회나 극장에 열정이 들끓고 있을 때조차 빨레루아얄 지역의 빠리 거리에서는 정치와 동떨어진 즐거운 삶이 펼쳐지고 있었던 것이다." 같은 책 291면.

전히 새롭게 시작하기 위해 불가피한 조건에 해당한다.

삶의 현장을 끝없는 역사적 '실험대'로 바꿔놓는 이런 이원적 구조가 삶의 구체적인 풍경을 어떤 상태로 몰고 갔는지를 추측하는 것은 어렵지 않다. 하지만 여기서는 이 문제를 잠시 접어두고, 그것의 다른 측면에 눈을 돌려보기로 하자. 무엇보다 먼저 강조할 것은 이런 태도의 '원칙주의적' 성격이다. 타협과 절충을 거부하는 정신구조의 직접적인 결과 중 하나는 '이념에 대한 특수한 태도'다. 이념이란 무엇인가. 그것은 세계와 인간에 대한 지성적 가설이다. 그러나 때로 그 이념은 세계를 해석하기 위한 (지적) 프레임을 넘어서 그에 따라 세계를 변화시킬 (현실적) 매뉴얼이 되기도 한다.

이원적 모델의 문화는 이념의 실현을 가설이 아닌 명령으로서 받아들인다. 예컨대 '범인들의 도덕률을 초월할 수 있는 초인은 가능하다'는 니체적 명제를 19세기 러시아의 법과대학생 라스꼴리니꼬프(『죄와 벌』의 등장인물)가 어떻게 받아들이는지를 보라. 그는 이러한 가설적 명제를 현실에서 '실험'하기 위해 직접 도끼를 손에 쥔다. 19세기 독일 관념론이 실질적인 사회개혁의 프로그램으로 진화한 곳은 러시아였다. 맑스의 이념이 혁명의 과업으로 실현된 곳도, 또 과격하기로 유명한 20세기 아방가르드의 예술 프로그램이 현실구축의 강령으로 실험된 곳 역시 러시아였다. 라트비아 출신의 사상가 이사야 벌린(Isaiah Berlin)에 따르면, 19세기 러시아 인텔리겐치아는 무엇보다 먼저 '행동'하는 인간이다. 그가 묘사하고 있는 이 독특한 청년 무리는 "유럽사회에서 누구도 필적하지 못할 만큼 관념에 대한 열정을 지니고 있고, 어떤 관념이 서구로부터 유입되는 즉시 과도한 열정을 품은 채 그것을 받아들이고 재빨리 실용적인 것으로 바꾸어놓으려고 고심하는 그런 인물들"[16]이다.

말하자면 여기서 이념은 그저 이념이 아니다. 그것은 현실 자체가 그에 따라 변화되어야 하는 목표이자 그를 위한 청사진이다. 주목할 것은 이념과 현실 간의 이런 관계가 '텍스트와 삶'이라는 또다른 이원항의 짝패라는 사실이다. 이념에 대한 태도는 결국 텍스트에 대한 관점과 다르지 않다. 이로부터 텍스트와 삶의 관계를 바라보는 독특한 '러시아적' 태도가 도출된다. 이사야 벌린은 문학을 대하는 러시아 인텔리겐치아의 특징을, "삶과 예술을 가르는 경계를 고의로 뚜렷하게 긋지 않는 태도"라고 불렀다(이 점에서 러시아적 태도는 프랑스적 태도와 구별된다). 그가 "러시아인들의 공로로 생각하는 부분은 대단히 윤리적인 그들의 태도이다. 삶과 예술에 대한 그들의 태도는 서로 일치하며, 그것은 궁극적으로 윤리적이다."[17] 삶과 예술에 대한 태도의 일치는 그러나 완벽한 묘사라고 볼 수 없다. 더 정확한 진단은 따로 있다. 일단 이념을 받아들이고 나면 (더이상 이전처럼 살 수 없기에) 반드시 '그 이념

---

16 이사야 벌린 『러시아 사상가』, 조준래 옮김, 생각의 나무 2008, 214면.
17 같은 책 221면.

에 따라 살 것'을 지향하는 태도, 즉 '책을 읽는 것'이 아니라 '책에 따라 살 것'을 지향하는 태도가 그것이다. 원칙주의를 지향하는 이원적 모델의 흥미로운 부산물, 그것이 바로 '책에 따라 살기' 모델인 것이다.

4. 행위시학: 삶의 예술에서 미학적 유토피아주의로

기호와 현실, 예술과 삶을 서로 섞어놓으려는 경향, 좀더 정확하게는 예술(기호)을 삶(현실)을 위한 일종의 '모델'로서 받아들이고자 하는 의식적인 지향은 이른바 '행위시학'(poetics of behavior)이라 불리는 로뜨만의 독특한 연구영역의 집중적인 고찰 대상이 된다. 행위시학이란 무엇인가? 그것은 "날마다 반복되는 평범한 행위들이 의식적으로 예술 텍스트의 규범과 법칙을 지향했으며 직접적으로 미학적인 것으로 체험되는"[18] 상황을 가리키는 말이다. 고전주의에서 낭만주의에 이르는 18~19세기 초반, 로뜨만의 표현을 빌리면 "예술이 삶에 배치되지 않은 채 마치 그것의 일부인 것처럼 나타났던 시대"[19]에 사람들은 의식적으로 "자신들의 개인적

---

18 Ю. М. Лотман, "Поэтика бытового поведения в русской культуре XVIII века," *История и типология русской культуры*, 233면; 국역본은 「18세기 러시아 문화에 있어서의 일상행위의 시학」, 『러시아 기호학의 이해』, 221면.

19 Ю. М. Лотман, *Беседы о русской культуре*, 209면; 국역본 『러시아문화

행위, 일상적 담화, 결국에는 삶의 운명까지를 문학적·연극적 범례를 따라 구축했으며,"[20] 나아가 그것들을 직접적인 미학적 체험으로 받아들였다.

당연하게도 이런 상황에서 당시 사람들의 (일견 수수께끼 같은 것으로 여겨질 수 있는) 행위, '텍스트'를 해독할 수 있도록 해주는 숨겨진 '코드'란 그들의 행위가 지향한 일련의 '문학적' 모델들에 다름 아니다. 가령, 라디셰프(A. Radishchev)의 수수께끼 같은 자살이 공포로 인한 맹목적 선택이 아니라 오랫동안 숙고된 '지성적 행위,' 곧 나름의 '저항 방식'이었다는 점을 밝혀내려면 어떻게 해야 하는가? 우리는 반드시 애디슨(J. Addison)의 비극 『카토』(1713)라는 코드(모델)를 경유해야만 한다. 황제와의 독대 이후 많은 이들의 예상을 거스르며 돌연 퇴직했던 차다예프(P. Chaadaev)의 행위에 숨겨진 진정한 의미를 밝혀내려면, 그가 '러시아의 포자 후작'(실러의 비극 『돈 까를로스』의 등장인물)을 연기하려 했다는 사실을 고려해야 한다. 고작 석달을 함께 산 남편을 따라 고된 시베리아 유형에 함께한 12월당원의 아내 마리야 볼꼰스까야(M. Volkonskaya)의 이해하기 힘든 행위 역시, 그녀가 릴레예프의 시를 읽고 거기서 제시된 영웅적 행위 프로그램을 따르고자 했다는 사실을 통해서만 온전히 해명된다.[21]

에 관한 담론 1』, 김성일·방일권 옮김, 나남 2011, 486면.

20 Ю. М. Лотман, "Театра и театральность в строе культуры начала XIX века," *Об искусстве*, СПб. 1998, 612면.

그런데 문제는 책에 따른 삶이라는 이 모델의 작용이 로뜨만이 선택한 시기에만 국한된 현상이 아니라는 점에 있다. 18세기 러시아에서 최초로 정립된 이 모델은 19~20세기를 거치면서 공공연히 '부활'했을 뿐 아니라 지속된 과정에서 모종의 '변화'를 겪었다. 이 변화의 본질이 무엇인가를 문제 삼는 일, 과연 무엇이 지속되고 무엇이 바뀌었는지를 따져 묻는 일은 '책에 따라 살기'라는 보편 모델을 로뜨만이 주목한 시기를 넘어 이후로 폭넓게 확장함을 의미한다. 그뿐만 아니라 그것은 이 모델이 지니는 '또다른' 얼굴을 드러내는 일, 요컨대 이 두 얼굴을 모두 지니는 러시아문화의 온전한 본성과 마주하는 일이 될 수밖에 없다.

　18세기 러시아 근대문학의 시작과 함께 나타난 이 태도는 낭만주의-리얼리즘-모더니즘을 거치면서 일종의 불변적 항수로서 '유지'되었을 뿐 아니라, 러시아문학의 유기적 성장과 더불어 점

---

21 Ю. М. Лотман, "Поэтика бытового поведения в русской культуре XVIII века," *История и типология русской культуры*, 250~25면; Ю. М. Лотман, "Декабрист в повседневной жизни," *Избранные статьи*, Т. 1., 311~17면. 영국작가 애디슨의 비극의 주인공인 카토는 로마 공화정 말기에 카이사르의 독재에 항거하는 뜻으로 자살한 인물로, 권력의 지배에 맞서 자기 운명의 주인이 될 자유를 상징하는 역사적 모델이 되었다. 쉴러의 비극에 등장하는 포자 후작은 플랑드르의 자유운동을 대변하는 인물로, 이념을 위해 자발적으로 자신을 희생하는 캐릭터이다. 이상주의자인 그는 목숨을 내걸고 폭군에게 약탈당한 인권의 반환을 요구한다. 마리야 볼꼰스까야는 12월당원의 핵심 멤버인 쎄르게이 볼꼰스끼 공작의 부인으로, 1812년 조국전쟁(나뽈레옹 전쟁)의 영웅인 라옙스끼 장군의 딸이기도 하다. 남편의 시베리아 유형을 함께 따라 나선 그녀는 혁명가의 아내의 표상이 되었다.

점 더 '강화'되었다. 예컨대, 낭만주의적 행위시학의 '부활'이었던 러시아 상징주의의 프로그램은 동시에 그것의 극대화였던바, 이제 예술은 실제 삶으로, 삶은 예술로 변하면서 (진정한) 하나가 된다. 상징주의의 잘 알려진 "삶-창조"²² 프로그램은 삶과 예술의 안티테제를 통합하려는 낭만주의적 지향이 더욱 '극단적으로' 복원된 형태에 해당한다.

한편, 더욱 흥미로운 것은 상징주의 전 단계, 그러니까 외견상 그와 정반대의 지향을 갖는 19세기 리얼리즘의 시기에조차 이 모델의 흔적이 발견된다는 점이다. 실증주의적 리얼리즘의 절정이라 할 1960년대의 과격한 리얼리스트들은 (기독교 전통으로부터 끌어낸) 갱생과 개조의 메타포를 당대의 실증주의적 맥락에 적용하였다. "새로운 인간들에 관한 이야기로부터"라는 부제를 달고 있는 소설 『무엇을 할 것인가』(1863)에서 체르니셉스끼(N. Chernyshevsky)는 자신이 꿈꾼 사회적 유토피아에서 살아갈 '완전히 새로운 인간'의 탄생을 선언했다. 당대인들의 회상과 연구에 따르면, 1860년대 러시아의 급진주의적 젊은이들은 이 책을 일종의 '계시'로 이해하면서, 그 속에서 '따라야 할' 행위 프로그램을

---

22 삶-창조(zhiznitvorchestvo)는 상징주의를 비롯한 러시아 모더니즘 아방가르드에서 주창된 미학적 이념으로서, 삶과 창조를 결합한 용어이다. 삶의 창작 혹은 삶과 창작의 종합이라는 두가지 의미를 지니며, 그런 뜻에서 '창생(創生)'이라 번역되기도 한다. 예술가 자신의 삶 자체를 텍스트로 인식하고 미학적으로 조직화하려는 지향을 가리킨다.

발견했다. 체르니솁스끼는 이 작품을 통해 사회적 삶 속에서 구현될 예정인 '새로운 인간'의 모델을 건설하는 일에 의식적으로 천착했다. 그의 실증주의적 리얼리즘의 인식과 모델 속에는 인성과 사회의 '변형'에 관한 낭만주의적 믿음이 명확하게 보존되어 있다.[23]

이렇게 볼 때 우리가, 애초에는 일정 정도 비유적인 양상을 띠었던 '책에 따라 살기'라는 행위 모델이 러시아 모더니즘의 끝자락(미학적 아방가르드)에서 가장 극단화된 형태로 탈바꿈하는 것, 말하자면 그것의 '글자 그대로'의 실현을 마주하게 되는 것은 지극히 의미심장하다. 세기 전환기에 유럽을 물들였던 '끝'과 '시작'에 대한 첨예한 감각이 마침내 눈앞에서 현실화된 혁명 이후의 러시아에서, '새로운 세계' '새로운 인간' '새로운 문화'의 창조라는 명제는 더이상 예술운동의 영역에 한정된 미학적 구호가 아니었다. 혁명적 미래주의 아방가르드 멤버들 다수가 포함된 레프(LEF) 이론가들은 상징주의의 '삶-창조' 개념을 사회적이고 기술적인 뉘앙스가 담긴 '삶-건설'의 개념으로 분명하게 수정했다.[24]

---

23 И. А. Паперно, *Семиотика поведения: Николай Чернышевский — человек эпохи реализма*, М. 1996, 168면.

24 "생산의 예술과 일상의 예술이라는 구호 속에 집약된 '삶-건설'로서의 예술, 바로 이것이 우리 시대가 내놓은 구호이다. 문학에서 이 구호는 우리 시대의 건설(생산, 정치혁명, 일상)에 작가가 직접적으로 참여하는 것, 그리고 그의 모든 저술들을 구체적인 필요와 결합시키는 것으로 풀이할 수 있다. 예술에 관한 새로운 과학(이제 '미학'이라는 단어는 버릴 때가 되었다)은 삶을

문제는 새롭게 건설되는 혁명 이후의 사회에서 이제 새로운 문화, 새로운 인간의 창조는 결코 전위적 예술가만의 전유물이 아닌 것으로 판명되었다는 점이다. 그것은 새롭게 창조되는 세계의 선봉에 서서 구세계의 파괴와 새 시대의 창조 작업에 직접적으로 관여하는 볼셰비끼의 구호가 되었다. 현실(삶) 속에서 이념(책)의 육화를 지향하던 예술운동이 '이념(책)에 따른 현실(삶)의 구축'을 지향하는 정치 프로그램으로 전화하는 이 지점을 둘러싼 가장 급진적인 견해가 존재한다. 이 견해에 따르면, 말레비치로 대변되는 러시아의 전위적 아방가르드는 현실의 아방가르드였던 스딸린 권력에 의해 결정적으로 패배했지만, 사실 후자에게 '이 세계의 총체적이고 전면적인 재건과 창조'라는 원리와 방법을 알려준 것은 말레비치 자신이었다. 그러니까 스딸린은 말레비치가 꿈꾸던 바로 그것을, 다름 아닌 그의 방식대로 실현한 정치예술가였던 것이다.[25]

'정치의 미학화' 대 '예술의 정치화'라는 벤야민의 저명한 테제를 떠올리기 이전에 먼저 확인해둘 것이 있다. 유토피아적 미학주의가 미학적 유토피아주의와 몸을 섞게 되는 이 전화의 순간이란

재건함으로써 현실을 바꿀 것을 제안한다." Н. Ф. Чужак, "Литература жизнестроения," *Литература Факта Первый сборник материалов работников ЛЕФа*, М. 2000, 61면.

25 B. Groys, *The Total Art of Stalinism: Avant-Garde, Aesthetic Dictatorship, and Beyond*, Verso 2011.

결국 '책에 따라 살기'라는 시원적 모델의 전면적이고 축자적인
실현, 그것의 가장 '극단화된' 최대치에 다름 아니다. 20세기 쏘비
에뜨 사회와 18세기 러시아문화가 둘 사이에 가로놓인 아득한 거
리를 뛰어넘어 '같은 얼굴'을 드러내는 이 순간, 우리는 '책에 따
라 살기'라는 불변의 모델 속으로 러시아 근대 문화의 전역사가
한꺼번에 빨려들어가는 듯한 느낌을 경험하게 된다.

5. 10년의 격차: '메시아의 귀환'

'가치'에 대한 원칙주의적 태도, "종말론적 유토피아주의"라는
말로 요약될 수 있는 러시아적 이원론에 대한 과거의 내 입장은
책에 따라 살기라는 러시아식 모델을 바라보는 관점과 뗄 수 없이
연결되어 있다. 당시 내가 보기에 문학을 포함한 러시아예술을 대
할 때 우리가 느끼게 되는 깊은 매혹은, 러시아의 역사를 관통해온
저 악명 높은 '원칙주의적 실험성'과 결코 무관하지 않았다. 러시
아적 문화유형이 지니는 근본적인 매혹과 위험이란 결국 '책에 따
라 살기'라는 유토피아적 모델이 내포하는 본질적인 긍정성과 부
정성의 다른 이름일 것이다. 그렇다면 러시아문학의 거부할 수 없
는 매력, 이념의 차원에서 그것이 보여주는 고도의 원칙주의와 이
에 동반되는 극단적인 실험성을 이야기할 때, 우리는 그와 같은 심
미적 사유의 '거친' 현실화가 야기하게 될 불행한 결과들을 또한

상기해야 하는 게 아닐까. 리꾀르(P. Ricoeur)가 지적하듯이, 때로 "유토피아는 유토피아가 퇴치하려는 폭군보다 더 나쁠 수도 있는 미래의 폭군들을 예고"[26]하는 게 아닐까.

10년 전의 나는 그렇게 생각했다. 그러니까 2005년의 그 글은 '책에 따라 살기'로 대변되는 러시아적 태도의 '극단적 원칙주의'에 대한 내 나름의 반성적 성찰의 시도였던 것이다. 그 글을 쓰면서 나는 러시아의 실험적 삶이 동반해야 했던 온갖 구체적인 고통들을 생각했고, 구세계를 밑바닥까지 파괴한 후 그 폐허 위에서만 새 세계를 건설할 수 있다는 이원론의 모델이 러시아의 역사에 남긴 지속적인 상흔을 떠올렸다. 그리고 언젠가 로뜨만이 그랬던 것처럼, 새로운 세기의 포스트-쏘비에뜨 러시아가 마침내 이원론의 모델이 아닌 삼원론의 모델로, 계약과 합의, 절충과 타협에 기초한 새로운 시기로 이행할 수 있게 되기를 기대했다. 러시아의 문화사를 다룬 한 논문에서 찾아낸 로뜨만의 아래 구절은 그러한 판단의 뚜렷한 근거가 되어주었다.

"이원적 구조의 정치적 실현은 현실 속에서 다만 극단적인 독재를 야기할 뿐인 지상천국을 향한 희망 없는 시도이다. 바로 이로부터 문화의 두번째 층위, 즉 이념과 예술의 영역에서 이원적 구조가 지니는 의심할 바 없는 긍정적 의미와, 정치적 현실의 영역에서 그

---

26 폴 리꾀르 「이데올로기와 유토피아: 사회적 상상의 두 표현」, 『텍스트에서 행동으로』, 박병수·남기영 편역, 아카넷 2002, 409면.

것을 실현하려는 시도가 지니는 마찬가지로 의미심장한 위험성이 나온다. (…) 똘스또이와 도스또옙스끼 없는 삶이란 도덕적·정신적으로 빈곤한 것이 되겠지만, 똘스또이와 **도스또옙스끼를 따르는 삶**이란 결코 실현될 수 없는 끔찍한 것이 될 것이다."[27]

그런데 10년의 세월이 흘러 또다시 같은 제목을 글을 쓰고 있는 지금, 애초의 생각으로부터 얼마나 멀리 와 있는지를 느끼며 스스로 놀라워한다. 똘스또이와 도스또옙스끼를 '읽는 것'에 머물지 않고 직접 그들을 '따르려는' 삶, 이 불가능한 원칙주의적 태도를 바라보는 내 시각의 변화에 대해 말하려면 아무래도 지난 10여 년간 우리를 스쳐간 변화에 관해 짧게나마 언급하지 않을 수 없을 것 같다.

모두가 기억하듯이, '근대문학의 종언'이라는 테제가 한국문단을 휩쓸고 지나간 게 지난 2006년의 일이다. 알다시피 카라따니 코오진(柄谷行人)의 종언 명제는 소위 '근대문학'이 담당했던 비범한 위상과 역할이라는 전제에 근거했다. 그 전제를 한마디로 요약하기에 '문학 이상의 문학'보다 더 나은 표현을 찾기는 어려울 것이다. 그에 따르면 바야흐로 종언을 고한 것은 문학 자체가 아니다. 돌이킬 수 없이 끝나버린 것은 문학의 저 특별한 위상이다. 문학이 '문학 이상의 어떤 것'이 되기를 요구받고, 또 실제로 그렇게 기능

---

27 Ю. М. Лотман, "Механизм Смуты," *История и типология русской культуры*, 45면.

할 수 있었던 시기가 (미국, 일본, 그리고 한국에) 존재했던가? 이에 어떻게 답하든 간에, 러시아 근대문학이 이 전제를 '문자 그대로' 실현하는 데 매우 가까웠다는 사실은 부정하기 어렵다. 과연 코오진은 미련 없이 문학을 떠나 철학을 향해 나아갔던바, 사실 그 같은 행보의 원형적 모델을 보여준 것은 바로 19세기 러시아 작가 똘스또이가 아니었던가.

한편, 그후 5년쯤 지나자 흥미롭게도 '종언'의 발신지였던 바로 그 나라로부터 사뭇 다른 목소리가 들려오기 시작했다. 이번에는 스스로의 지나온 길을 냉정하게 회고하는 대가의 목소리가 아니라 이제 막 사상의 장에 발을 내디딘 젊은이의 목소리였는데, 놀랍게도 그는 이렇게 외치고 있었다. "왜 사람은 책을 성실하게 받아들이지 않을까요? 왜 책에 쓰여 있는 것을 그대로 받아들이지 않는 걸까요? 왜 읽고서 옳다고 생각했는데도 그대로 받아들이지 않은 채 '정보'라는 필터를 꽂아 무해한 것으로 만들어버리는 것일까요? 아시겠지요. 미쳐버리기 때문입니다."[28] 다소 우스꽝스러울 정도의 기개를 담아 '책을 읽는다는 것'의 의미를 역설하는 사사끼 아따루(佐々木中)는, 오늘날 우리가 잃어버린 가장 중요한 무언가를 이렇게 요약하고 있다. "반복적으로 읽는다는 것은 정면으로 받아들일 수밖에 없게 된다는 것을 의미합니다. 그리고 그

---

28 사사키 아타루 『잘라라 기도하는 그 손을』, 송태욱 옮김, 자음과모음 2012, 37~38면.

렇게 살아갈 수밖에 없게 된다는 것을 의미합니다. 정말 어리석은 일이지요. 그러나 우리에게는 이런 어리석음이 결여되어 있습니다."[29]

불과 5~6년을 사이에 두고 나타난 이 격차를 어떻게 받아들여야 할까? 아니 그보다 근대문학의 종언을 둘러싼 이 설왕설래가 문학의 위상에 대한 논의를 거쳐 책읽기의 문제, 그러니까 책에 대한 수용자의 태도 문제를 곧장 겨냥하는 이런 현상을 과연 우연으로 볼 수 있을까? 그가 책읽기와 관련해 다른 어떤 것도 아닌 '광기'의 문제를 파고들고 있다는 사실을, 우리는 그저 예사롭게 넘길 수 있을까? 앞서 나는 '책에 따라 살기'라는 러시아문화의 화용론적 태도가 '극단적 원칙주의'와 '종말론적 유토피아주의'를 요체로 하는 이원적 모델과 깊숙하게 연결되어 있다고 썼다. 지금 여기서 내가 주목하는 것은 이미 사라져버린 것으로 간주되어온 저 '책읽기 모델'의 부활이, 이제껏 묻혀 있던 또다른 많은 것들의 공공연한 귀환과 '나란히' 진행되었다는 점이다. 그중 대표적으로 두가지만 꼽자면 파국(혹은 종말)과 유토피아를 들 수 있다. 우리가 지난 몇년간 국내외에서 꾸준하게 목도해온 모종의 경향, 그것은 바로 이 두 단어의 공공연한 귀환이 아니었던가.

우리 시대를 사유하기 위한 키워드로 '파국(종말)'의 개념을 내세운 두권의 책이 연달아 출간된 것이 지난 2011~2012년이었다.

---

29 같은 책 43면(강조는 인용자).

『파국의 지형학』(문강형준 지음, 자음과모음 2011)과 『묵시록의 네 기사』(복도훈 지음, 자음과모음 2012)가 그것인데, 우리 시대를 둘러싼 각종 파국의 기미와 그에 관한 상상력의 다채로운 풍경을 따져 묻는 이 책들이 전제로 하는 것은 '파국 혹은 종말의 감수성'이다. 쉽게 짐작할 수 있듯이, 이런 공통의 감수성은 이른바 '역사 이후 멈춰버린 현재'라는 특정한 세계감각의 결과이지만 동시에 그 세계에 대한 일정한 이론적 해석의 영향하에 도출된 산물이기도 하다. 발터 벤야민(Walter Benjamin), 특히 그의 메시아적 역사철학에서 출발하는 정치적 기획은 데리다(Jacques Derrida)와 아감벤(Giorgio Agamben) 같은 현대적 해석자를 경유하여 어느새 진보적 이론진영의 가장 중심적인 쟁점이 되었다.

벤야민의 "신적 폭력" 개념이 명시적으로 드러내는바, 이들 논의에서 메시아적 시간성이란 현재를 지배하는 질서에 의해 규정되는 시간성과는 전적으로 다른, 어떤 근본적인 이질성의 도래를 향한 '급진적인 단절'의 요청에 다름 아니다. 이들은 역사의 절단, 시간성의 분할, 말하자면 역사라는 기차를 멈출 진정한 단절의 사건을 요청하고 있다. 그것도 '도래할 메시아'의 이름으로 말이다.[30] 대략 2000년대 중반경부터 뚜렷해진 이런 새로운 경향이 주

---

30 물론 이들의 논의가 "메시아의 귀환"으로 한꺼번에 뭉뚱그려질 수 있는 것은 결코 아니다. 이들은 문제의식 자체는 공유하지만, 각자 자신의 이론적 맥락에 맞춰 고유한 방식으로 이를 전유한다. "메시아주의적 전회"로 불리는 진보 정치철학의 새 경향을 벤야민, 데리다, 아감벤의 논의를 중심으

는 '낙차'의 감각은 지난 20세기 동안 파국이니 메시아니 하는 단어들(더 넓게는 신학적 패러다임 자체)의 뚜렷한 부정적 색채를 떠올리는 것으로 충분히 실감할 수 있을 것이다. 지난 세기 동안 역사의 근본적 단절에 관한 사유, 로뜨만식으로 말해 '계승'의 가능성을 부정하는 모든 사유형식은 안이하고 낭만적일 뿐 아니라 몹시 위험하고 유해한 것으로 판정되었다. 그것은 악 그 자체는 아닐지라도 (어쩌면 그것이 몰아내고자 하는 어떤 것보다 더 나쁜) 최악을 불러올 수 있는 위험한 유혹으로 여겨졌다. 이렇게 볼 때, '(정치)신학적 전환'이라는 새 경향이 애초부터 종말론과 불가분의 짝패를 이루었던 또 하나의 경향, 즉 '유토피아주의의 귀환'을 동반하게 되는 것은 극히 자연스럽다.

주지하다시피, 오늘날 지젝(Slavoj Žižek)과 바디우(Alain Badiou)를 위시한 진보적 이론진영의 핵심 주장 중 하나는 다름 아닌 '유토피아의 (재)발명'이다. 그들에 따르면, "역사의 종말"이란 기실 "유토피아의 종말"의 다른 이름에 불과한바, 이런 거짓 신화와 맞서 싸우기 위해 가장 긴급하게 요청되는 것은 유토피아의 (재)발명, 최소한 그에 상응하는 "유토피아적 제스처"다. 20세기가 남긴

로 '시간성'의 차원에서 고찰한 글로 정정훈 「시간과 메시아: 메시아 담론에 대한 비판적 고찰」, 『오늘의 문예비평』 2011년 가을호, 98~120면을, 벤야민과 하이데거에 대한 데리다의 독해를 중심으로 '메시아주의적 정치'의 철학적 원천과 대안을 모색한 글로 진태원 「시간과 정의: 벤야민, 하이데거, 데리다」, 『철학논집』 34권, 서강대학교 철학연구소 2013, 155~95면을 참고할 수 있다.

최악의 이름들, 가령 전쟁, 인종주의, 전체주의 따위의 단어들과 결부됐던 유토피아주의는 이제 '괴물과도 같은' 광기의 주체성을 가리키는 새로운 이름이 되어 공공연히 귀환했다. 때로는 '정치적 계산'의 좌표계를 돌파하는 레닌의 선택으로, 때로는 절충적 실용주의의 위안을 거부하고 강경하고 고집스러운 윤리학을 되풀이하는 안티고네와 바울의 행위로서 말이다.

그리고 마침내 2013년 말에『광신』이라는 책이 번역되었다. "우리의 정치적 어휘 사전에서 가장 논쟁적이고 혼란스러운 용어 중 하나"이면서 언제나 "유토피아적 오만함이나 전체주의적 망상의 기운"을 풍기는 한 저주받은 개념에 대한 계보학을 지향하는 이 책에서, 광신은 어떻게 규정되고 있을까? 광신은 "어떤 원칙과 믿음에 있어 타협을 거부하는 태도"[31] 혹은 그에 따른 "신념의 윤리"로서 규정된다. 그것의 지배적인 이미지는 "모든 반대자의 의견이나 믿음을 파괴할 때까지 멈추지 않는, 종교적 정신의 정치적 도착(倒錯)이자 신의 규율에 대한 파괴적이며 전염적인 집단적 고착"[32]이다. 그러면 천년왕국운동에서 시작해서 계몽주의와 칸트, 헤겔, 맑스, 그리고 오늘날의 메시아(주의)에까지 이르는 이 특별한 계보학을 통해 저자가 말하고자 하는 바는 무엇일까? "광신의 긴 역사를 (…) 단순히 묵살하거나 병리화하는 것을 경계해야 한

---

31 알베르토 토스카노『광신』, 문강형준 옮김, 후마니타스 2013, 12면.
32 같은 책 14면.

다. 타협의 거부, 원칙의 긍정, 격정적 당파성은 현 상황의 급진적 변혁을 갈구하는 모든 정치의 계기들이다."[33] 요컨대 싸워야 할 전투가 있는 한 광신 없는 역사는 없다는 것, 바로 이 점이 핵심이다.

지금껏 약술한 몹시 빈약한 요약만으로도 "책에 따라 살기"라는 동일한 제목 앞에서 지금 내가 느끼는 현기증 나는 격차가 어느 정도 전달되었으리라 생각한다. 저 뿌리 깊은 러시아적 이원론에 대한 20세기적 해석을 공유했던 내가 21세기에 경험하고 있는 이 당혹스러운 거리를 어떻게 설명해야 할까. 아니, 그보다 지난 10년간 우리에게는, 그리고 이 세계 속에서는 대체 무슨 일이 일어난 것일까. 한가지 분명한 사실은 있다. 만일 내가 지금 이 순간 10년 전의 그 글을 다시 쓴다면, 그때와는 사뭇 다른 접근을 하게 될 거라는 것이다. 분명 나는 "책에 따라 살기"라는 러시아적 모델의 현실적인 위험성이 아니라 그와 같은 강박의 '불가피성,' 혹은 최소한 그것의 포기할 수 없는 '가치'에 관해서 더 많이, 그리고 더 깊게 이야기하게 될 것 같다.

6. 문화와 폭발: 러시아라는 유령

러시아식 이원론에 대한 이런 '양가적' 감정과 태도는 나만의

---

33 같은 책 410면.

것이 아니다. 그것은 로뜨만에게도 해당되는바, 어떤 점에서 문제를 복잡하게 만든 것은 로뜨만 그 자신이다. 죽기 1년 전인 1992년에 로뜨만은 자신의 마지막 저서를 출간하는데, 그 책은『문화와 폭발』이라는 의미심장한 제목을 달고 있다. 이 책에서 로뜨만은 문화의 역동적 전개과정을 "점진적 과정"과 "폭발적 과정"으로 구분하는데, 전자의 과정이 '계승'과 '연속성'에 기초한다면 후자의 과정은 '단절'과 '혁신'에 기초한다. 로뜨만에 따르면, 모든 문화는 이 두 메커니즘의 동시적 혹은 순차적 작동에 기반한다. 그런데 제목이 보여주듯이, 로뜨만의 '마지막' 책은 역사의 불연속성과 급격한 단절을 본질로 삼는 폭발적 과정의 창조적 잠재력에 온전히 바쳐져 있다고 해도 과언이 아니다.

그가 말하는 폭발이란 곧 '결절(結節)'의 국면에 다름 아니다. 점진적이고 예측 가능한 문화의 자기인식의 연속적 과정 중에 갑작스레 발생한 파국의 순간, 바로 그것이 폭발이다. 이전의 모든 과정이 일시적으로 중단되는 순간, 미래의 방향이 비결정성의 문턱에 머무는 '정지'의 순간이 바로 폭발의 국면이다. 그런데 역사의 예측 불가능한 도약과 변화를 겨냥하는 이 개념은, 쉽게 짐작할 수 있듯이, 이원적 문화모델의 전형적인 특징이다. "러시아문화는 스스로를 폭발의 범주 속에서 인식한다."[34] 러시아문화야말로 문화의 폭발적 전개의 대표적인 사례이다. 그렇다면 로뜨만은 생애 말

---

34 Ю. М. Лотман, *Культура и взрыв*, 148면; 국역본 291면.

년에 이르러 러시아문화의 이원적 구조에 대한 자신의 견해를 수정한 것일까?

그렇다고 단언하기에는 로뜨만의 입장이 여전히 조심스럽다. 러시아문화의 근간에 뿌리박힌 이원적 정신구조의 흔적과 그 영향을 너무나도 잘 알고 있는 그는, 문화의 폭발적 전개에 뒤따르는 현실적 위험성을 결코 간과하지 않는다. 그렇다면 그는 폭발을 두려워하는 것일까? 그럴지도 모른다. 하지만 무언가를 두려워한다는 것과 부정한다는 것은 같은 말이 아니다. "폭발은 복잡하고 양가적인 가치다. 이원적 문화 맥락에 그것이 가져올 수 있는 위험에 민감하지만 그럼에도 로뜨만은 폭발적 국면을 사랑한다. 그런 파열의 순간들에서만 잠재성의 직접적이고 풍부한 증식이 가능해진다. 이 잠재성들은 아직 조직되지 않았지만 그렇다고 점진적 과정들의 실용적이고 예측 가능한 산물도 아니다. 약간의 민족적 자긍심을 곁들여, 로뜨만은 이원적 환경이 부서지기 쉽고 파국적이긴 하지만, 그에 본질적인 '심오한 위기'가 '근본적인 혁신'을 가져오기 쉽다고 인정한다."[35]

요컨대 "기호학적 지층에 뚫린 창문"[36]으로서 폭발은 불가피하

---

35 Caryl Emerson, "Pushkin's *Anzhelo*, Lotman's Insight into It, and the Proper Measure of Politics and Grace," *Lotman and Cultural Semiotics: Encounters and Extensions*, Andreas Schönle ed., Madison: University of Wisconsin Press, 104면.

36 Ю. М. Лотман, 앞의 책 30면; 국역본 47면.

다. 예술이 그렇듯이, 폭발은 우리의 문화와 역사를 (죽음과도 같은) 동어반복으로부터 구해내는 절대적 계기다. 만일 그 창문이 없다면, '기호계' 역시 존속할 수 없다. 창문(폭발) 없는 기호계(문화)는 더이상 약동하는 생성의 메커니즘이 아닌 죽어버린 감옥일 뿐이다. 폭발에 뒤따르는 "심오한 위기", 그것은 (연속성의 삼원모델이 결코 도달할 수 없는) "근본적인 혁신"의 다른 이름이다.[37]

1992년 그해 로뜨만은, 쏘비에뜨라 불리던 20세기가 만든 가장 중대한 유토피아의 기획이 한꺼번에 무너져내리는 '폐허'의 현장을 목도하고 있었다. 그는 그 몰락이 완전히 새로운 어떤 것을 낳게 될 진정한 폭발이기를 기대했다. 1년 후인 1993년 데리다는 (이른바 메시아주의적 전환의 개시를 알린) 『맑스의 유령들』을 썼고, 얼마 지나지 않은 1995년에 한 평자는 당대의 묵시를 "새로운 시작에 대한 희망과 기대를 상실해버린" 억눌린 상상력으로 진단했다.[38] 그리고 그로부터 다시 20여년이 흘렀다.

"자본주의의 근본적 변화보다는 오히려 지구의 종말을 상상하

---

37 '폭발' 개념과 관련해, 과연 로뜨만이 러시아의 이원론에 대한 과거의 비판적 관점을 수정했는지 여부는 연구자들 사이에서도 의견이 엇갈리는 논쟁적 테마다. '폭발' 개념에 대한 상세한 분석과 그것이 보여주는 로뜨만의 변화된 인식 문제에 관해서는, 졸저 『사유하는 구조』(문학과지성사 2011) 12장 (「로트만의 폭발」)과 졸역 『문화와 폭발』의 옮긴이 해제(301~36면)를 참고할 수 있다.

38 크리샨 쿠마르 「오늘날의 묵시, 천년왕국 그리고 유토피아」, 맬컴 불 엮음 『종말론』, 이운경 옮김, 문학과지성사 2011, 255~87면.

는 게 더 쉬워진" 오늘날 한편에서는 "레닌을 반복하자"는 목소리가 들려온다. 모두가 알고 있듯이, 이제 아무도 더는 "책에 따라" 살려 하지 않는다. 마찬가지로 오늘날 우리는 유토피아적 이념의 현실화는커녕 유토피아의 가능성 자체를 믿지 않는 듯 보인다. 부분적인 보완과 개선은 가능할지라도 현실의 근본적인 변혁이란 절대 불가능하며, 그런 변혁의 시도는 더욱 끔찍한 파국과 불행(가령 파시즘)을 가져올 뿐이라고 굳게 믿게 된 시대, 우리는 그런 시대에 살고 있다. 정녕 종말론적 유토피아주의, 저 오래된 파국의 상상력은 이 끔찍한 "노년의 세기"를 위한 새로운 대안이 될 수 있을까?

파국에 관한 앞선 책의 한 대목에서 저자는 이렇게 썼다. "모든 파국은 유토피아의 계기를 만들어낸다. 중요한 것은 그 계기를 놓치지 않는 일이다. 설사 실패하여 모든 것이 조각난다 하더라도(역사는 그런 실패투성이다) 그 조각난 '어제'가 반드시 되살아나 그 조각으로 씨스템을 찢는 '지금'이 언젠가 도래할 것이기 때문이다."[39] 이는 결국 모든 것의 절멸이면서 동시에 완전히 새로운 시작을 뜻하는, 독이면서 약인 파국의 이중성을 가리키는 말일 것이다. 독/약으로서의 파국, 곧 파국의 "파르마콘". 하지만 나로서는 이 말을 조금 다르게 번역할 수도 있을 것 같다.

러시아 출신의 예술사가이자 미디어학자인 보리스 그로이스

---

39 『파국의 지형학』110면.

(Boris Groys)는 일찍이 1980년대 후반에 "서구의 무의식으로서의 러시아"[40]라는 테제를 내놓은 바 있다. 그에 따르면, 러시아(적인 어떤 것)는 서구적 의식이 애써 억압하고자 하는 중대한 '타자'에 해당하며, 그것은 때가 되면 반드시 되돌아온다. 그렇다면 지금 우리가 목도하고 있는 이 모든 '귀환'의 풍경을 러시아적인 어떤 것의 되돌아옴이라고 부를 수도 있지 않을까. 단순한 광기와 극단이 아니라, 이성의 중핵에 존재하는 본질적 타자로서의 그것, 바로 '러시아라는 이름의 유령' 말이다.

---

40 Борис Гройс, "Россия как подсознание Запада," *Искусство утопии*, Москва 2003, 150~68면.

들뢰즈의 강렬도 미학과
장편소설론

/ 김성호

金成鎬 서울여대 영문학과 교수. 역서로 『24/7─잠의 종말』 등, 근래에 쓴 글로
「존재 리얼리즘을 향하여」와 「감정사(感情史)의 개념과 쟁점」 등이 있다.

1. 이론의 영토성

질 들뢰즈(Gille Deleuze, 1925~95)가 우리 사회에서 본격적으로 논의되기 시작한 것은 그가 타계한 1995년 전후일 것이다. 그와 비슷하거나 조금 앞선 시점에 우리의 담론장에 진입한 푸꼬, 데리다, 라깡과 더불어 들뢰즈는 1990년대 말과 2000년대 전반에 거의 대중적이라 할 만한 인기를 누렸다. 이 시기에 들뢰즈의 주요 저작 대부분이 번역되었고, '유목주의'나 '노마드'라는 말이 유행하기 시작했으며, '도주'냐 '탈주'냐, '판'이냐 '구도'냐 하는 번역어 논쟁이 있었다. 지금은 어떨까? 들뢰즈에게 영감을 받은 이들과 다시 그들에게 영감을 받은 이들의 활동은 더 폭넓고 다양하게 이뤄지고 있다. 들뢰즈에 관한 새 책이 계속 등장하고, '기계' '리좀(뿌리줄기)' '도주선(탈주선)' '되기' '탈영토화' 같은 표현이 어디선가 줄기차게 들려온다. 이를 보면 들뢰즈의 이론은 그사이 세를 확장해왔음이 분명하다. 그런데 희한하게도 이제 들뢰즈는 들뢰즈주의자들이 세워놓은 장벽의 바깥으로 좀처럼 나오지 않는 느낌이다. 탈영토화 이론의 영토화라고나 할까?

이론의 영향력이 확대되면서 그 자기충족적이고 자기지시적인 성격이 강화되는 경향을 '이론의 영토화'라고 부를 수 있을 것이다. 생소한 개념들이 더이상 쑥스러워하지 않고 자신의 무한복제를 시작할 때, 또는 이론이 현실의 구체적 상황이나 다른 이론과의 대결보다 내부적 논쟁을 더 흥미로워할 때는 영토화를 의심할 만하다. 개념의 사용이 불가피하듯 이론의 영토화는 얼마간 불가피하다. 그 주요 추진체가 다름 아닌 학적 엄밀성의 추구와 정서적 투신(둘 다 이론의 발전에 긴요하다)이기 때문이다. 그러나 역사는 영토화의 극단에 이론의 정신착란이 있음을 보여준다. 이때 이론은 황홀한 동어반복의 행위가 된다. 자기 모양대로 창조된 현실을 자기 모양에 따라 설명하는 데서 자기의 존재이유를 발견하는 것이다.

물론 이는 하나의 위험이고, 들뢰즈주의뿐 아니라 라깡주의 같은 다른 이론도 경계해야 마땅한 위험이다. 이를 환기하는 것이 현재 들뢰즈를 지적·실천적 원천으로 삼고 있는 많은 이들의 진정성을 폄훼하는 일이 되지 않기를 바란다. 그들 덕분에 바로 이 글도 가능해진 것이다. 이 글에서 염원하는 바는 들뢰즈가 더 풍요롭게, 더 열린 광장에서, 더 많은 이질적 이론들과 '접속'되는 가운데 논의되는 것이다. 이를 들뢰즈 이론의 탈영토화라고 표현해도 좋겠다. 탈영토화가 이론의 대중화나 실천적 활용만을 가리키는 것은 아니다. 탈영토화 또는 도주는 들뢰즈 자신의 표현을 빌리면 "체계로 하여금 도주하게 하는 것"[1]이기도 한데, 우리의 경우에는 이론이 자신의 잠재력을 해방하여 자신의 현재적 한계, 즉 해석적 동일성의 체계를 넘어섬을 뜻할 것이다.

　이 글의 의도는 들뢰즈의 비평적 발언에 연루된 미학적 문제들, 특히 소설론의 관점에서 제기되는 몇가지 문제를 검토하는 것이다. 들뢰즈 미학이나 문학론의 충실한 재현도, 그 난점과 공백에 대한 본격적인 논의도 이 글의 목적이 아니다. 우선 들뢰즈 미학의 일반적 특징을 살펴보고, 이어 카프카론을 중심으로 그의 소설미학에 대해 생각해보려 한다.

---

1 Gilles Deleuze and Claire Parnet, *Dialogues*, trans. Hugh Tomlinson and Barbara Habberjam, New York: Columbia UP 1987, 36면. 이 글에서 들뢰즈의 모든 인용은 영어 번역본에 기초한다. 들뢰즈 저작의 영어본과 우리말본의 표현이 상응하지 않는 경우가 종종 있으나 매번 원본을 찾아 대조해보지는 못했다. 필요에 따라 들뢰즈의 용어 뒤에 영어를 병기하되 프랑스어를 함께 쓸 경우에는 "agencement/assemblage"처럼 프랑스어를 앞세운다.

2. 강렬도 미학

예술과 문학에 대한 들뢰즈의 생각은 일목요연하게 정리되어 있지 않고 여러 저작에 산포되어 있다. 때로는 이 저작들 간에 분명한 이념적·개념적 연속성이 나타나기도 한다. 가령 「영미문학의 우월성에 관하여」라는 제목이 붙은 『대화』(*Dialogues*, 1977) 제2장의 일부 대목은 들뢰즈와 가따리(Félix Guattari)의 공저 『카프카: 소수문학을 위하여』(*Kafka: Pour une littérature mineure*, 1975, 이하 『카프카』)의 축약판처럼 읽힌다. 『카프카』와 『천개의 고원』(*Mille plateaux*, 1980) 사이에도 널따란 공통지대가 있다. 그러나 들뢰즈의 논평들이 미학적으로 서로 다른 곳을 향하는 듯이 보일 때도 있다. 그가 『의미의 논리』(*Logique du sens*, 1969)에서 루이스 캐럴(Lewis Carroll)의 작품을 두고 펼치는 시뮬라크르와 '표면'의 담론은 『니체와 철학』(*Nietzsche et la philosophie*, 1962)에서 니체의 '징후학'을 매개로 전개하는 '힘'의 담론과 얼마나 다른가. 범박하게 말해 전자가 포스트모던한 '깊이 없음'이나 '무근거'의 미학을 지향한다면 후자는 좀더 모더니즘적인 깊이의 미학을 지시하는 듯하다. 물론 이 깊이의 미학은 본질의 재현을 추구하는 또다른 깊이의 미학과는 구별되어야 한다. 들뢰즈에서 '깊이' ─ 힘, 잠재태, 감각, 강렬도적인 개체화[2], 그밖의 용

---

2 강렬도(intensité/intensity)의 장 속에서 성립하는 개체화에 대해서는 Gilles

어들로 지칭될 수 있는 내용 —— 의 예술적 표현은 실재의 재현이나 재인(再認, recognition)이 아니라 그 발생적 전개로 이해될 것이기 때문이다.[3]

　예술적 표현을 실재의 발생적 전개로 이해한다는 것은 표현을

Deleuze, *Difference and Repetition*, trans. Paul Patton, New York: Columbia UP 1994, 151~53, 246~54면 등(우리말 번역본은 질 들뢰즈 『차이와 반복』, 김상환 옮김, 민음사 2004, 335~38, 523~39면 등) 참조. 이 책은 이후 *DR*로 약칭한다. 강렬도 자체에 대해서는 여기서 약간의 부언이 필요하겠다. 강렬도는 힘(force)의 개념을 함축하는데 이 힘은 본래 하나의 실체가 아니라 차이를 가리킨다. "강렬도는 감지 가능한 것(the sensible)의 이유가 되는 한에서의 차이의 형식이다. 모든 강렬도는 변별적이며 그 자체로 하나의 차이다" (*DR* 222). 존재가 차이로서 사유되는 한 강렬도는 존재의 본질을 이루며, 사유가 차이의 사유인 한 사유를 촉발하는 것 역시 강렬도이다. "우리에게 사유가 일어나는 것은 언제나 강렬도를 통해서이다"(*DR* 144). 들뢰즈의 철학에서 강렬도는 실로 핵심적인 위치를 차지한다.

3　두말할 필요 없이 이는 스피노자의 '표현' 개념에 의거한다. 그런데 '재현'이 실재(또는 실체)의 본질의 재현인 한 그것은 이미 경험한 것의 '재인'과 구별되어야 한다. 물론 그렇다고 '재현'과 '표현'의 차이가 사라지지는 않지만, 들뢰즈의 공공연한 반재현주의에도 불구하고 그의 미학이 재현의 이념과 반드시 배치되지는 않는다는 점을 이해하기 위해서는 재현과 재인을 무작정 동일시하지 않는 것이 중요하다. 들뢰즈와 재현의 관계는 뒤에 더 구체적으로 살펴보고자 한다. 한편 들뢰즈에서 '힘의 미학' 또는 '정서(affect)의 미학'을 추출해내면서 이를 (재인과 구별되지 않는) 재현의 미학에 대립시키는 논의로 다음 두편의 글을 참조할 수 있다. Ronald Bogue, "Gilles Deleuze: The Aesthetics of Force," *Deleuze: A Critical Reader*, ed. Paul Patton, Cambridge, MA: Blackwell 1996, 257~69면; Simon O'Sullivan, "The Aesthetics of Affect: Thinking Art Beyond Representation," *Angelaki* 6.3, 2001, 125~35면.

실재에 대해 그저 이차적이지 않고 그 자체로 실재적이며 현재적인 사건으로 파악한다는 뜻이다. 예술적 표현은 현재진행형의 강렬도적 사건인바, 이 사건 안에서 잠재태는 현행의 체계와 질서에 대립하는 힘으로 자신을 드러내며, 그럼으로써 예술작품을 다른 존재자의 변용(affection)의 원인으로 만든다. 이런 의미에서 잠재태는 현실적이지 않지만 실재적이다. 그런데 이렇게 보면 앞서 대립했던 '깊이'와 '깊이 없음'의 차이는 모호해질 수 있다. 미학에서 깊이란 일반적으로 형상(형식, 외연)과 그것이 지시하는 내용(내포) 사이의 거리를 가리킬 것이다. 깊이가 성립할 때 현재적인 강렬도적 사건은 형상에 의해 재현된다기보다 우회적으로 지시된다.[4] 하지만 사건이 형상을 극도로 왜곡하거나 폭파시킬 경우 그런 우회적 지시의 기능마저 붕괴된다. 형상과 내용의 거리는 사라지거나 극소화된다. 재현하는 형상 대신 어떤 것도 모방하지 않고 모방되지도 않는 강렬도 및 특이성들(singularities)의 세계가 들어선다.

이런 맥락에서 우리는 들뢰즈의 미학을 '강렬도 미학'으로 통칭해도 좋을 것이다. 그것이 모더니즘적이냐 포스트모더니즘적이냐 하는 것은 사실 중요한 문제가 아니다. 그런 구분을 모호하게 만들면서, 혹은 그 두 종류의 (그리고 그밖의) 미적 정향을 모두 수용

---

4 여기서 '깊이'의 개념이 미학적 통념을 반영하기는 하지만, "깊이는 존재의 강렬도이고 그 역도 참이다"라고 보는 들뢰즈의 관점에서 그리 멀지는 않다. *DR* 231면.

하면서 예술의 현재성을 조명하는 것이야말로 강렬도 미학의 한 가지 강점이랄 수 있다. 물론 들뢰즈가 강렬도적 사건의 비형식성 또는 반형식성을 강조하는 것은 사실이다. 국내외의 들뢰즈 해석자들 역시 형식의 해체에 역점을 두고 그의 미학을 설명함으로써 들뢰즈의 '탈근대성'을 부각시키려는 경향을 보인다. 그러나 그가 말하는 '형식'의 의미를 따져보면 문제는 그렇게 간단하지 않다. 이는 길게 논할 만한 쟁점이지만 여기서는 간략하게 짚고 넘어가기로 하자.

「문학과 삶」이라는 글에서 들뢰즈는 다음과 같이 주장한다.

> 글쓰기란 확실히 체험이라는 질료에 (표현의) 형식을 부여하는 것이 아니다. 오히려 곰브로비치(Witold Gombrowicz)가 말하고 또 실천했듯이 문학은 형식이 제대로 갖춰지지 않은 것 또는 미완의 것을 향한다. 글쓰기는 되기의 문제이며, 언제나 미완이고, 언제나 형성되는 와중에 있는바, 그것은 여하한 체험이나 체험 가능한 것이라는 질료를 넘어선다. 그것은 하나의 과정, 즉 체험 가능한 것과 체험된 것 모두를 가로지르는 '삶'의 도정(a passage of Life)이다.[5]

---

5 Gilles Deleuze, "Literature and Life," *Essays Critical and Clinical*, trans. Daniel W. Smith and Michael A. Greco, Minneapolis: U of Minnesota P 1997, 1면. 이 책은 이후 *ECC*로 약칭한다. 여기서 묘사의 대상이 아니라 글쓰기 자체가 "'삶'의 도정"으로 제시된다는 데 유의할 필요가 있다. 한편 이 "'삶'의 도

이 반(反)아리스토텔레스적 진술에서 들뢰즈는 글쓰기를 질료와 형식의 인과론에서 빼내온다. 글쓰기는 질료가 형상을 향해 나아가는 것이 아니라 질료와 형식을 동시에 넘어서서 특이성의 지대를 향해 나아가는 것이다. "되기는 하나의 형식(동일시, 모방, 미메시스)에 도달하는 것이 아니라 근방역(近方域), 식별 불가능성 또는 미분화(未分化)의 지대(the zone of proximity, indiscernibility, or indifferentiation)를 발견하는 것이다. 여기서 우리는 (⋯) 예견되지도 선재(先在)하지도 않는 존재, 하나의 형식 속에서 결정되는 대신 무리 가운데서 특이화된(singularized) 존재다."[6] 여기서 형식이 글쓰기의 원인[7]이 아닌 것은 외연이 강렬도의 원인이 아니고 자아가 강렬도적인 개체화의 원인이 아닌 것과 같다. 형식, 외연, 자아는 오히려 강렬도적 사건으로부터 출현하며 그것에 의해 붕괴되기도 한다.

강렬도, 다시 말해 순수 차이가 동일성으로서의 형식에 전복적임은 물론이다. 들뢰즈가 강렬도적 차이를 감각의 문제, 정확히 말해 "감각 불가능한 것이자 동시에 오로지 감각밖에 될 수 없는 것"[8]

정"에 연관된 "가로지르는"(traverses)이란 표현이 초월이 아닌 관통을 함축하는 한, 들뢰즈는 문학과 경험적 현실(또는 그에 기초한 상상)의 관련성을 무조건 부인하기보다 나름의 방식으로 긍정하고 있는 것으로 보인다.

6 같은 글 1면.

7 주지하듯이 아리스토텔레스는 질료처럼 형식도 하나의 사물이 그것으로서 존재하는 원인으로 본다.

8 *DR* 230면.

의 문제로 제기하기 때문에 기표를 특권화하는 이론들에 적대적인 것도 사실이다.[9] 그런데 여기서 두가지를 고려해야 한다. 첫째, 들뢰즈가 형식의 원인적 지위를 부정한다고 해서 형식의 필연성을 부정한다고 볼 이유는 없다. 물질적 개체에서나 글쓰기에서나 강렬도적 사건은 형식을 전제한다. "정신착란"으로서의 문학[10]도, 그것이 문학인 한, 의미연쇄의 완전한 파괴 위에 성립하지 않는다. 들뢰즈가 '자유'가 아닌 '도주'에 대해 말하는 이유다. 둘째, 들뢰즈가 "동일시, 모방, 미메시스"와 동렬에 놓은 형식은 주체화의 형식인데, 이런 의미의 형식이 문학작품, 특히 장편소설의 형식까지 포괄할 수 있는지는 의문이다. 뒤에 다시 다루겠지만, 장편소설에서 형식은 들뢰즈가 "배치"(配置, agencement/assemblage)라고 부르는 것에 더 연관되어 있을 듯하다(물론 배치가 형식은 아니다). 이 '배치'에 대해 그는 이렇게 말한다. "영토 없는 배치, 영토성이 없는, 온갖 종류의 책략을 포함하는 재영토화가 없는 배치는 없다. 그러나 탈영토화의 첨점(尖點)이 없는 배치, 그것을 새로운 창조나

---

9 이런 맥락에서 들뢰즈와 데리다의 차이를 거론한 예로 O'Sullivan 27면과 서동욱 「들뢰즈의 문학론은 일관성을 가지고 있는가?: 프루스트론과 카프카론을 중심으로」, 『철학과 현상학 연구』 38, 한국현상학회 편, 2008, 115~16면 참조. 오설리번은 '해체'의 작업이 결국 사건으로서의 예술을 부정한다고 비판한다. 서동욱은 들뢰즈의 '표현적 언어' 개념이 비분절적 소리의 전복적인 기능을 보여주는 것으로, 언어를 기본적으로 '분절' 또는 '기의 없는 기표'의 차원에서 파악하는 데리다와 대립한다고 주장한다.
10 *ECC* 4면.

아니면 죽음으로 이끄는 도주선이 없는 배치가 과연 있겠는가?"[11] 이를 참조할 때 예술의 형식이란 단지 공격의 대상이 아니라 공격 자체의 형식으로 이해되어야 한다. 다시 말해 우리는 강렬도적인 형식, 차이의 형식에 대해 생각해보아야 한다. 그것은 영토성과 탈영토화 사이의, 의미와 무의미 사이의, 이데올로기와 정서[12] 사이의 길항의 형식일 것이다.

사실 형상이나 형식이 해체되거나 심하게 뭉개져야만 현재적인 삶이 가능해지는 것은 아니다. 『대화』에서 들뢰즈가 도주의 예시로 드는 작가들 가운데 하디(Thomas Hardy), 멜빌(Herman Melville), 로런스(D. H. Lawrence) 등은 서사형식을 실험하기는 했지만 파괴했다고 보기는 어려운 경우다. 심지어 이들은 리얼리즘의 전통을 창조적으로 계승하면서 거기에 모더니즘적인 충동을 용해시켰다고 할 수 있다. 이를 고려하면 들뢰즈는 자신의 저서가 암시하고 있는 미학적 가능성들을 모두 충실히 따라가지는 않은 셈이다. 그의 카프카론이나 프루스뜨론, 또는 「바틀비」론이 '언어의 도주'에 집중하는 대신 "체험 가능한 것과 체험된 것 모두를 가로지르는 '삶'의

---

11 *Dialogues* 72면.

12 여기서 '정서'는 윌리엄스(Raymond Williams)의 'feeling'을 옮긴 것인데, 이 용어는 사실상 '정서' '감각' '감정'을 모두 포괄하는 의미를 지닌다. 정서에 대한 윌리엄스의 역사주의적 접근은 강렬도 미학의 발전에 디딤돌이 될 수 있는데, 들뢰즈에게도 역사주의가 없는 것은 아니다. 정서와 이데올로기의 변증법에 대한 윌리엄스의 생각은 Raymond Williams, *Marxism and Literature*, Oxford: Oxford UP 1977, 128~35면 참조.

도정"을 더 깊이 다루었다면 어땠을까? 혹은 형식의 불가피함을 인정하는 데서 더 나아가 형식이 "'삶'의 도정"을 어떻게 굴절시키는지를 더 구체적으로 탐구했다면?

이는 들뢰즈의 비평적 글쓰기에서 아쉬운 대목이지만, 그의 풍요로운 통찰과 암시 들을 더 발전시키는 일은 우리의 과제로 남는다. 강렬도 미학을 구성하는 그의 통찰을 한가지만 더 살펴보자. 바로 문학의 비인칭성(impersonality)에 관한 것으로, 이는 앞서 언급한 '식별 불가능성'이나 '특이성'의 지대와 연관된다. "문학은 (…) 외관상의 개인들 아래에서 비인칭의 힘을 발견할 때에야 비로소 존재한다. 비인칭은 일반성이 아니라 최상의 특이성이다. (…) 우리에게서 '나'라고 말할 수 있는 힘을 빼앗는 어떤 3인칭(블랑쇼의 '중성적인 것')이 우리 안에 태어나는 순간에야 비로소 문학은 시작된다."[13] 들뢰즈에게 문학은 '3인칭'의 문제다. 사회적 주체로서 '나'와 '너'가 하는 말, 또는 작가와 인물의 말이 문학의 본질이 아니라는 것이다. 그들의 목소리를 빌릴 뿐인 어떤 '3인칭'이 하는 말, 그것으로 하여금 말하게 하는 것, 이것이 문학이다. 여기서 '3인칭'은 '비인칭'이라는 다른 표현을 볼 때나 블랑쇼의 '중성적인 것'(le neutre)에 비추어볼 때, '그'나 '그녀'조차도 아닐 것이다. 성을 따질 수 없는 것, 어떤 동일성에도 귀속되지 않는 것, 인간적 주체가 아니며 '존재'조차 아닌 것, 차라리 순수한 과정, 종착지를

---

13 *ECC* 3면. '개인들'은 'persons'를, '비인칭'은 'an impersonal'을 옮긴 말이다.

설정해놓지 않은 과정 — 요컨대 '삶의 도정'. 여기에 신비주의가 끼어들 틈은 없다. '삶의 도정', 강렬도적 사건은 언제나 구체적이다. 그것은 구체적 시공간 속의 사건일 뿐 아니라, 한 개인 안에 집합적으로 존재하는 감각들 사이의, 그리고 그 감각들과 다른 존재의 감각들 사이의 '조우'에서 비롯되는 집단적·관계적 사건이기 때문이다. 이 사건의 비인칭성(몰인격성)은 소설가 로런스가 말한 바 있는 '그것'(IT)의 비인칭성을 닮아 있다. "우리는 스스로 생각하는 것처럼 그렇게 경이로운 선택자나 결정자가 아니다. '그것'(IT)이 우리를 대신해 선택하고 우리를 대신해 결정한다. (…) 우리가 근원에 맞닿아 있는 살아 있는 인간이라면 '그것'이 우리를 몰아가고 우리를 결정한다. 우리는 〔그것에〕 복종하는 한에서만 자유롭다."[14] 로런스에게 문학적 진리는 작가가 숱한 '거짓말'을 통해 오묘하게도 '그것'을 드러낼 때 생겨난다. '그것'은 결코 의식이 직접 접근하거나 재현할 수 있는 것이 아닌 까닭이다. 들뢰즈가 '진리'의 개념에서 로런스와 완전히 일치하는지는 더 따져봐야겠지만 그것의 (그리고 '그것'의) 과정적·비실정적 성격에 대한 생각은 공유했음이 분명하다. 이들이 공히 전통 형이상학을 불신하는 데는 이유가 있다.

---

14 D. H. Lawrence, *Studies in Classic American Literature*, Harmondsworth: Penguin 1971, 13면.

3. 소수문학의 정치성과 배치의 미학

강렬도의 미학이 카프카의 소설언어와 만나면서 저 유명한 '소수문학론'이 탄생한다. 들뢰즈와 가따리의 『카프카』는 일차적으로 카프카 문학의 특수성을 밝히는 비평적 작업이지만 우리는 그것을 '문학의 정치'에 관한 선구적 입론이자 '배치' 개념을 중심으로 장편소설의 미학을 논하는 독창적 장르론으로도 읽을 수 있다. 저자들이 카프카를 제대로 이해했느냐는 이 글의 관심사가 아니다.[15] 이 글은 소수문학의 정치성과 장편소설론에 집중한다.

프라하의 유대인 사회에서 자란 카프카는 체코어도, 히브리어도, 이디시어도 아닌 독일어로 글을 썼는데, 프라하의 독일어는 체코어와 이디시어의 영향을 받아 굴절된 언어였다. 들뢰즈/가따리는 이런 특수성이 카프카를 '언어의 탈영토화'로 이끌었다고 본다. 저자들에 따르면 그의 문학은 지시하지도, 은유하지도 않는 언어, 의미가 중화된(사라진) 언어, (「변신」의 주인공이 내는 소리 같은) "생생한 표현적 질료"로서의 언어를 선보인다.[16] 카프카

---

15 카프카의 '작은 문학'(kleine Literatur) 개념에 관한 까사노바(Pascale Casanova)와 들뢰즈/가따리의 상이한 이해에 대해서, 진은영 「문학의 아나크로니즘: '작은' 문학과 '소수' 문학을 중심으로」, 『인문논총』 67, 서울대 인문학연구원 편, 2012, 273~97면 참조. 진은영은 까사노바가 펼치는 세계문학론의 맹점과 들뢰즈/가따리 문학론의 실천적 의의를 동시에 탁월하게 밝혀낸다.
16 Gilles Deleuze and Félix Guattari, *Kafka: Toward a Minor Literature*, trans.

는 언어의 의미적이거나 기표적인 사용 대신 "순전히 강렬도적인 (intensive) 사용"을 택하는데, 프라하의 독일어를 그 빈곤하고 건조한 상태 그대로 취해서 의미가 탈각되고 강렬도만 남는 지경으로 탈영토화를 밀고 나아간다.[17] 들뢰즈/가따리의 글에서 이같은 언어의 '강렬도적' 사용은 그 '소수적'(mineur/minor) 사용으로도 불리며, 이를 구현한 문학은 '소수문학'이라 불린다. 소수문학은 소수언어(또는 방언)를 사용하거나 소수민족의 삶을 반영하는 데 그 본질이 있지 않다. 그것은 표현의 수단이나 주체나 소재의 문제가 아니고 표현 방식의 문제인 것이다. 카프카의 관심은 "그 자신의 언어를 — 그것이 유일한 언어이고, 다수적(major)이거나 지금까지 다수적이었던 언어라고 가정할 때 — 소수적으로 활용할 수 있는 가능성"에 있다.[18] 다시 말해 그것은 "다수적 언어의 소수적 사용을 발명하는" 것, "이 언어를 소수화하는(minorize)" 것이다.[19]

소수문학은 카프카의 프라하나 조이스·베께뜨의 아일랜드 같은 특수 환경에서만 가능한가? 들뢰즈/가따리는 그렇게 보지 않

Dana Polan, Minneapolis: U of Minnesota P 1986, 21면. 이후 이 책은 *Kafka*로 약칭한다.

17 같은 책 19면. 들뢰즈/가따리는 카프카의 방식을 언어의 탈영토화가 취할 수 있는 두가지 방향 중 하나로 보는데, 다른 하나는 언어를 인위적으로 풍요롭게 만드는 것이다. 저자들은 후자의 예로 조이스(James Joyce)를, 전자(카프카 방식)의 다른 예로 베께뜨(Samuel Beckett)를 든다.

18 같은 책 26면.

19 "He Stuttered," *ECC* 109면.

는 것 같다. 그들은 문화적·언어적 특수상황의 중요성을 인정하면서도 여러 곳에서 '소수성'을 문학 일반의 특성처럼 제시한다.「문학과 삶」에서 "언어에 대한 문학의 효과"는 이렇게 기술된다. "문학은 언어의 내부에 일종의 외국어를 펼쳐놓는데, 이는 (…) 언어의 다른 것-되기, 이 다수적 언어의 소수화다."[20]『카프카』에서 소수성은 문학 자체의 변신을 가능하게 하는 요소이자 혁명적이거나 민중적인 문학의 핵심으로까지 묘사된다. "'소수적'이란 이제특정 문학들을 가리키는 것이 아니라 거대한 (또는 기성의) 문학으로 불리는 것의 심장부에 있는, 모든 문학의 혁명적 조건을 가리킨다. (…) 다수적 언어의 소수적 실행을 그 내부로부터 수립할가능성만이 민중문학, 주변문학 등등을 규정할 수 있게 해준다."[21]이런 관점에서 보면 소수적이지 않은 혁명문학은 없다.

　그런데 이런 유사정치적 담론은 오히려 소수문학의 정치성을미심쩍은 것으로 보이게 할 수 있다. 들뢰즈/가따리의 '혁명'은 순전히 언어 내적이거나 문학 내적인 사건이 아닌가? 그들은 언어적실험의 의의를 과장하거나, 혹은 그런 실험이 동반되지 않은 혁명적 문학이나 민중문학의 의의를 축소하지 않는가?

　이 질문은 사실 잘못 제기된 것이다. 탐구의 대상인 언어적인 것과 사회적인 것의 관계를 자명한 대상으로 전제하기 때문이다. 우

---

20 *ECC* 5면.
21 *Kafka* 18면.

리가 다시 물어야 할 질문은 두가지다. 첫째, 어떤 식으로든, 그리고 어느정도로든 '다수적 언어의 소수적 사용'을 동반하지 않는 혁명적 문학이나 민중문학이 있는가? 혹은 그런 '다수적' 문학을 혁명적(민중적)이라고 부를 수 있는가? 둘째, 이념이나 정서에서 혁명적이지 않으면서 언어에서 소수적인 문학은 없는가? 언어적 소수성과 협의의 정치적 보수성은 결합할 수 없는가?

첫번째 질문에 우리는 단호한 부정으로 답해야 한다. 소수적이지 않은 혁명적(민중적) 문학은 없다. 혁명적(민중적) 문학이 모두 카프카의 소설처럼 씌어졌거나 그래야 한다는 말은 물론 아니다. 다수적 언어, 즉 지배문화가 배어 있는 언어 안에서 자기만의 언어를 발명하고 이를 통해 욕망의 싸움을 벌이지 않는 문학은 궁극적으로 혁명적(민중적)이라고 할 수 없다는 뜻이다. 우리는 이 문제에 역사적으로 접근해야 한다. 세가지 경우를 생각해보자. (i) 혁명적(민중적) 문학은 발전의 초기 국면에 지배계급의 언어를 광범위하게 가져다 쓰지만 거기서 의미의 이탈, 문법 파괴, 양식상의 변형이 일어나는 한 그 문학은 소수적인 것으로 규정된다.[22] (ii) 패러디와 아이러니의 대가 디킨스(Charles Dickens)가 예시하듯

---

22 윌리엄스가 19세기 영국 노동계급의 예를 들어 설명하듯이 새로운 계급의 부상과 그 진정한 문화적 표현 사이에는 시차가 있고 문화 자체 내에도 발전의 불균등성이 있다. 신생계급의 문학은 비교적 뒤늦게 발전하는데, 이는 문학이 기성의 언어와 형식을 발전의 모태로 삼을 뿐 아니라 바로 그 때문에 줄곧 지배문화에 의한 통합의 압력을 받기 때문이다. *Marxism and Literature* 124~25면 참조.

이 19세기 서구 리얼리즘 소설도 다수의(multiple) '언어들'은 물론, '다수적 언어의 소수적 사용'을 폭넓게 보여준다. (iii) 혁명적(민중적) 문학이 완숙의 경지를 넘어 자기복제를 시작할 때 그 소수성은 사라진다. 1934년의 작가동맹 제1차 대회 이후 쏘비에뜨 러시아의 공식 미학이 된 사회주의 리얼리즘이 대표적인 예가 될 것이다. 언어의 '다수적 사용'에 익숙해진 '혁명문학'은 더이상 혁명적이지 않다. 결국 소수문학은 이데아가 아니라 다양한 모양과 수준으로 존재하는 역사적 실존이다.

두번째 질문, 보수적 이념이나 정서와 결합한 소수문학의 가능성에 관한 질문에 우리는 분명한 긍정으로 답해야 한다. 이것은 언어와 욕망, 언어와 사회의 연관성을 부정하는 답변이 아니다. 카프카에게 언표행위(enunciation)가 "언제나 역사적이고, 정치적이고, 사회적"이며, "하나의 미시정치학, 모든 상황을 문제 삼는 욕망의 정치학"[23]이었는지는 따로 밝힐 일이지만, 일반적으로 언표행위에 세계에 대한 근본적 태도가 연루되어 있음은 쉽게 수긍할 수 있다. 그러나 이는 언표행위가 모든 것의 집결지라거나 모든 것의 궁극적 심급이라는 뜻은 아니다. '다수적 언어의 소수적 사용'에는 기성체제와의 불화가 함축되겠지만, 그 불화에 언제나 발화자의 모든 욕망과 이념과 정서가 녹아 있는 것은 아니라는 것이다.

---

23 *Kafka* 42면.

들뢰즈가 말하듯이 개인의 감각은 집합적인데,[24] 그 집합은 종종 그 내부에서 모순적이다. 언표행위의 급진성, 즉 지배적 약호(코드)나 기표를 해체하고 언어를 의미와 주체가 사라지는 '식별 불가능성'의 지대로 몰아가는 행위는 지배의 물적 체제에 대한 몰이해, 심지어는 그에 대한 선호와 얼마든지 공존할 수 있다. 의식과 욕망이 모순된다기보다 두가지 욕망이 모순을 일으키며 공존하는 것이다. 맥락은 다르지만 들뢰즈와 가따리 자신도 욕망과 법 각각의 두가지 상태 ── 선분(線分, segment)[25]에 포획된 욕망과 선 전체에 걸쳐 탈주하는 욕망, 초월적·편집증적인 법과 그것의 배치를 해체하는, "정의처럼 기능하는" 내재적·정신분열적인 법 ── 가 한데 뒤섞여서, 역사가 더 진전되기 전에는 선한 욕망과 악한 욕망

---

24 하디의 작중인물들에 대해 들뢰즈는 말한다. "그들 각각은 그런 (강렬도적 감각들의) 집합, 다발, 가변적 감각들의 블록이다(each is such a collection, a packet, a bloc of variable sensations)." *Dialogues* 40면.

25 '선분'은 말 그대로 선을 나눠놓은 것으로, 들뢰즈와 가따리에 따르면 "선분적 동물"인 인간은 상층계급/하층계급, 남/녀처럼 "이항적으로 선분화"되거나, 나의 일/동네의 일/도시의 일/나라의 일/세계의 일처럼 점점 커지는 원들 속에서 "원형적으로 선분화"되거나, 또는 개인이 차례로 겪어나가는 가족/학교/군대/직장처럼 "선형적으로 선분화"된다. 이처럼 "선분성"(segmentarity)은 인간의 삶에 내속한다. Gilles Deleuze and Félix Guattari, *A Thousand Plateaus: Capitalism and Schizophrenia*, trans. Brian Massumi, Minneapolis: U of Minnesota P 1987, 208면 이하 참조. 이 책의 우리말 번역본에서 김재인은 '선분'과 '선분성'을 각기 '절편'과 '절편성'으로 옮긴다. 질 들뢰즈·펠릭스 가타리 『천 개의 고원: 자본주의와 분열증 2』, 김재인 옮김, 새물결 2001, 397면 이하 참조.

을 구별해낼 수 없는 상황에 대해 말한다.[26] 혁명적이면서도 이미 관료적이거나 파시즘적인 요소를 지닌 운동을 염두에 둔 말이지만, 언표행위에 연루된 욕망과 실천상의 욕망이 다르거나, 또는 언표행위 자체에 상이한 방향의 두 욕망이 연루될 수 있는 가능성을 암시하기도 한다. 가령 해체의 욕망이 급진정치 진영의 언어 — 그것이 그 진영 내부에서 '다수화'되었다는 전제하에 — 만을 선택적으로 향할 때 글쓰기는 '보수적 소수문학'이 될 수 있다. 또 기표나 형식을 무력화하거나 과잉생산을 통해 그 허구성을 드러내기 위한 작업에 온 힘을 쏟는 글쓰기는 그 자체로 편집증적 욕망에 사로잡힌 것일 가능성이 많다.

요컨대 소수적이지 않은 혁명적(민중적) 문학은 없지만 혁명적(민중적)이지 않은 소수문학은 있다는 것이다. 소수성은 혁명적(민중적) 문학의 필요조건이지만 충분조건은 아니다. 이는 들뢰즈/가따리가 제시한 '다수적 언어의 소수화', 다시 말해 언어의 탈영토화의 의의를 인정하되 그것을 '전술'이 아닌 '전략'의 차원으로 승격시키는 일은 경계해야 함을 의미한다.[27] 소수화가 진정으

---

26 *Kafka* 59~60면 참조.
27 플랜트는 "약호화와 안정성이 유용할 수 있을 때조차 그것을 주도면밀하게 회피할 위험성, 들뢰즈와 가따리의 유목적인 전술이 특정한 사회적·정치적 상황 속에서 그 상황에 대처하는 가치있는 일시적 전술이 되는 대신 전략으로 승격되어 규제적이고 보편적인 것이 될 가능성"을 우려한다. Sadie Plant, "Nomads and Revolutionaries," *Journal of British Society for Phenomenology* 24.1, 1993, 99면.

로 혁명문학, 민중문학, 프롤레타리아문학, 주변문학 등을 공통으로 규정하는 핵심요소가 되려면 그것이 글쓰기의 더 큰 '전략' 안에 배치되어야 한다.

그런데 이상의 논의에서 소수문학의 정치성은 분명하게 정의되지 못했다. 우리가 파악한 것은 소수문학이 언어의 탈영토화를 통해 의미와 연관된 기성의 욕망의 배치를 뒤흔들고, 이를 매개로 집단적 삶이나 현실정치와의 연관성을 획득한다는 것 정도이다. 여기에 제시된 언어-욕망-정치의 연속성은 랑시에르(Jacques Rancière)가 말하는 '문학의 정치'와 흡사한데, 주지하듯이 후자에서는 욕망의 배치 대신 '감지 가능한 것의 분배(혹은 분유分有)'[28] 개념이 등장한다. 랑시에르에게 문학의 정치는 무엇보다 의미화 체계로서의 언어적·감각적 위계를 부수고 세우기를 끊임없이 반복하는 문학적 무정부주의를 뜻한다.[29]

---

28 partage du sensible. 영어권에서는 여기서의 'partage'를 'distribution'(분배) 외에 'partition'(분할)으로 옮기기도 하는데, 'partage'는 어휘의 원뜻도 그렇지만 특히 랑시에르의 맥락에서 'sharing'(공유)의 의미까지 포괄한다.

29 랑시에르의 '문학의 정치'는 그간 동명의 저서를 중심으로 활발히 논의되면서 그 민주주의적-평등주의적 논리가 부각된 바 있다. 이 논리의 연장이면서 그의 문학론을 좀더 분명하게 표현하는 말이 '문학적 무정부주의'가 아닐까 생각되는데, 문학에 관한 글은 아니지만 그의 무정부주의적 발상을 이해하는 데에 "무-질서의 조직"(the organization of dis-order)으로서의 공산주의를 논한 「공산주의 없는 공산주의자들?」("Communists without Communism?," *The Idea of Communism*, ed. Costas Douzinas and Slavoj Žižek, London: Verso 2010, 167~77면)이 참조가 될 만하다.

그러나 이런 무정부주의적 기능을 파괴적인 것으로만 이해해
서는 안될 것이다. 위계의 와해는 종종 사물에 대한 새로운 감각
을 공유하는 집단의 도래와 맞물려 있으며, 랑시에르가 의도하는
'정치적인' 문학은 도래할 공동체와 적극적으로 — 즉 창조적으
로 — 관련을 맺기 때문이다. (이 새로운 공동체가 기존의 것에 비
해 더 선하거나 성숙한 집단인가는 별개의 사안이다.) 우리는 들
뢰즈/가따리의 '소수문학'에 대해서도 기본적으로 같은 이야기를
할 수 있다. 그들에게도 문학, 적어도 장편소설은 도래할 공동체의
'표현'인데, 바로 이 지점에서 (대단히 모순적으로 들리지만) '표
현적 재현' 또는 '선취적 재현'이 성립할 여지가 생겨난다. 이 논
의에서 핵심적인 개념은 앞서 언급했던 '배치'다.

들뢰즈/가따리는 배치를 "장편소설의 최상의 대상"으로 보면
서 장편소설에서 "구체적인 사회정치적 배치"가 지니는 중요성을
거듭 강조한다.[30] 이들이 개념화하는 배치의 특징을 몇가지 들어
보자. 첫째, 배치는 일원적이다. 배치는 언표행위의 배치이자 욕망
의 기계적(machinique/machinic) 배치[31]인데, 이는 정신과 물질, 또는

---

30 *Kafka* 38, 48, 81면 등 참조.
31 '욕망의 기계적 배치'란 생산의 힘들이나 의지들이 서로 접속되어 체계를
   이루고 있는 상태를 가리킨다. 근대의 '기계적'(mécanique/mechanical) 제
   도와 사고방식에 대한 혐오가 체질화된 작가나 비평가에게 들뢰즈/가따리
   의 저작에서 종종 만나는 '기계'라는 표현은 좀처럼 소화되지 않는 껄끄러
   운 용어 중 하나임이 분명하다. 그러나 '동일성의 사유'를 배척하는 들뢰즈
   와 가따리 역시 근대 기계주의를 혐오하지 않을 리 없다. 그들이 재개념화한

의식과 무의식처럼 이원화되어 있지 않다. "기계적 배치로서 욕망의 사회적 배치가 아닌 것은 없으며, 욕망의 사회적 배치로서 언표행위의 집단적 배치가 아닌 것은 없다."[32] 둘째, 배치의 속성은 양면적이다. 그것은 한편으로 "선분적"이면서 다른 한편으로는 "탈영토화의 첨점"을 지니고 "내재성의 무제한적인 장 위로 연장되거나 그것을 관통한다."[33] 그리하여 배치는 항상 '해체'(démontage/dismantling)의 계기를 지니는데, 카프카 소설에서 배치는 "그것이 기계와 재현에 초래하는 해체를 통해서만 작동한다."[34] 셋째, 배치는 언제나 집합적이다. 언표행위나 욕망은 어떤 경우에도 개인의 것이 아니다. 그렇다고 하나의 동질적 집단에 귀속된다는 말도 아니다. "모든 배치는 집합적이며 그 자체로 하나의 집합이므로, 실

'기계'는 단적으로 말해 '흐름을 절단하는 체계'를 뜻하는데, 이 '절단'은 이항적인 것의 접속에 의해 이뤄진다. 다시 말해 하나의 기계는 관계 속에 위치하며 관계에 의해 그 성격이 규정되는바, 관계(접속)의 변화는 기계 자체의 성격을 변화시킨다. 하나의 기계는 다른 기계들과 결합하여 '기계들의 기계'를 만들고 이는 더 큰 기계의 일부가 되기도 하는데, 결합의 대상은 곧잘 변하고 해체의 가능성은 상존하므로 이 거대 기계에서 꼭 전체주의를 상상할 필요는 없다. '기계들의 기계'나 '기계적 배치'는 이른바 영토성을 지니지만, 동시에 '탈영토화의 선들'이 그 위를 가로질러간다고 들뢰즈/가따리는 보고 있다.

32 *Kafka* 82면. 들뢰즈/가따리의 구도에 따를 때 이 기계-언표-욕망의 스피노자적 일원성은 장편소설에서 펼치는 세계의 특징이자 또한 그 소설의 실재적(표현적) 지위를 밝혀주는 원리이기도 하다.

33 같은 책 85~86면.

34 같은 책 48면.

로 모든 욕망은 민중의 일, 또는 대중의 일, 분자적인 일(a molecular affair)인 것이 사실이다."[35] 다른 언표들과 더불어서만 의미를 지니는—바흐찐(M. Bakhtin)의 맥락에서 '대화적'인—개인의 언표, 그리고 타인의 욕망과의 상호작용 속에서만 생겨나고 작동하는 개인의 욕망은 "민중의 일", 즉 사회적인 사건이다. 그러나 또한 "분자적인 일"인 개인의 욕망과 그 욕망이 관통하는 언표는 '이데올로기적 호명', 즉 주체화의 문제로 환원되지 않는다.[36]

---

35 *Dialogues* 96면.

36 이런 면에서 '배치'는 맑스주의에서 발전시켜온 개념으로서의 '구조'와 다르다. '생산력과 생산관계(의 모순)'이든, '토대와 상부구조'든, '담론구성체'든, 모든 '구조'는 자기 재생산과 지속, 그리고 자신을 구성하는 요소들에 대한 결정의 관념을 내포한다. 맑스주의의 헤겔적 전통에서 구조는 내재적 모순에 따라 스스로를 전개하는 주체이자 전체다. 알뛰세르(Louis Althusser)가 맑스주의에 도입한 구조적 인과성의 개념(부분은 전체의 효과일 뿐 아니라 그 원인이다)은 이런 구조-전체의 관념을 전복하기보다 오히려 거기에 활력을 불어넣은 것으로 보이는데, 그에게서 주체적 실천의 효과는 다름 아닌 구조로 나타나기 때문이다. 들뢰즈의 '배치'는 유기적 구조도, 자기지양적 구조도, '중층결정'의 구조도 아니며, 주체(실천)와 구조(결정)의 '변증법적 관계'로도 환원되지 않는다. 배치, 또는 ('기계들의 기계들'이 작동하는) '배치들의 배치'가 그 나름대로 '전체'의 관념을 내포한다면, 이 '전체'는 들뢰즈가 휘트먼(Walter Whitman)을 참조하면서 말한 바, "전체화될 수 없는 파편들" 사이의 "선재하지 않는 관계"(nonpreexisting relations), 또는 "가변적 관계들의 망(web)"에 가깝다("Whitman," *ECC* 56~60면 참조). 여기서 두가지 문제에 관한 판단은 유보하기로 하자. 첫째, 맑스주의적인 '구조' '전체' 그리고 '필연'의 관념은 들뢰즈의 '배치' 개념과 절대적으로 양립할 수 없는가? 가령 전자가 후자 안에 배치될 수는 없는가? 둘째, 미학적 범주로서의 '총체성'이 '배치' 개념에 의거해서 재구성될 수는 없는가?

욕망이 '분자적'이라면 집합적인 배치는 현행성만이 아니라 잠재성의 층위도 포괄하는 셈이다. 장편소설 특유의 '해체'의 방법이 진가를 발휘하는 것은 바로 이 층위에서다. 들뢰즈/가따리에 따르면 카프카가 구사하는 "능동적 해체의 방법"은 "사회적 장을 이미 가로지르고 있는 운동 전체를 연장하는 데, 가속화하는 데 있다. 그것은 아직 현행적이지는 않지만 이미 실재적인 잠재성(virtuality) 속에서 작동한다. 배치는 (…) 탈약호화와 탈영토화 속에서, 그리고 이 탈약호화와 탈영토화의 소설적 가속화 속에서 나타난다."[37] 여기서 '가속화'의 효과는 현상하지 않지만 잠재적으로 이미 당대의 배치를 구성하고 있는 미래의 집단적 요소를 포착하는 데 있다(카프카에게 그것은 파시즘, 스딸린주의, 아메리카주의 등이었다). 이 가속화 속에서 한 개인의 언표가 잠재적 공동체를 표현할 때 문학은 비로소 "앞서가는 시계"이자 "민중의 관심사"라는 자신의 본질을 구현하게 된다. "하나의 언표는 언표행위의 집단적 조건을 앞서가는 독신자(bachelor)에 의해 '취해질' 때 문학적이다. (…) 현행적 독신자와 잠재적 공동체 ─ 양자는 모두 실재적인데 ─ 는 하나의 집합적 배치의 구성요소들이다."[38]

이런 소설적 가속화의 담론과, 소설은 운동하는 현실의 본질적·전형적 재현 속에서 미래를 선취한다고 보는 루카치(György Lukács)

---

37 *Kafka* 48면.
38 같은 책 84면.

나 블로흐(Ernst Bloch)의 리얼리즘론 사이의 거리는 그리 멀지 않은 듯하다. 물론 두 담론이 꼭 동일한 이야기를 하고 있는 것은 아니다. 루카치의 '당파성'과 블로흐의 '유토피아적 기능' 또는 '선현'(先現, Vorschein)은 그 나름으로 배치에 내재하는 잠재성으로서의 미래적인 힘과 소설의 관계를 밝히는 개념이지만, 여전히 잠재성을 포함한 실재를 '객관적'인 대상으로서 '본다'는 시각적 패러다임을 함축하고 있다.[39] 이에 비해 '소설적 가속화'는 발생적 전개로서의 '표현'의 패러다임을 함축한다. 소설은 어떤 의미에서 잠재적 공동체를 '발명'한다. "문학으로서, 글쓰기로서의 건강함은 어떤 사라진 민중(a people who are missing)을 발명하는 데 있다. (…) (중부 유럽을 위해) 카프카는, 그리고 (미국을 위해) 멜빌은 문학을 소수적 민중의, 또는 모든 소수적 민중들의 집단적 언표행위로서 제시하는바, 이 민중들은 그 작가 안에서만 그리고 그를 통해서만 자신의 표현을 얻는다."[40]

그러나 '표현'이 순전한 창조는 아니다. 소설이 벌이는 '가속화'의 실험이 문자 그대로 '상상의 나래를 펼치는' 데 불과하다면 소

---

39 블로흐의 '선현' 개념에 내재하는 객관주의에 대한 간략한 논의로 졸고 「유토피아주의에서 반반(反反)유토피아주의로: 세계화, 제임슨, 박민규」, 『안과밖』 31, 영미문학연구회 편, 2011년 하반기, 36면 참조.

40 *ECC* 4면. 진은영은 소설의 이런 과업을 다음과 같이 풀어낸다. "기존의 정체성에 자신을 동일시하는 대신 현실의 양자택일로부터 벗어나 새로운 정체화의 과정을 수행하는 아나크로닉한 활동 속에서 도래할 민중이 구성된다"(진은영, 291면).

설은 표현의 지위를 획득하지 못한다. 사실 반영이냐 창조냐 하는 이분법은 여기서 무용하다. 소설이 표현하는 잠재적 공동체는 모든 현행적 '기계들'과 더불어 구체적인 집합적 배치의 일부를 구성하며, 한편 소설이 하나의 표현이라면 그것은 **소설 자체가 배치**의 일부인 한에서 그러하다. 소설은 실재의 일부인 잠재성의 연장이다. 소설적 언표들이 주관적 상상이 아니라 실재에서 출발한다는 사실, 그러나 어디까지나 실재의 연장이지 반복이 아니라는 사실, 바로 여기에 '표현적 재현'의 가능성이 있다. 이 가능성 안에서 강렬도의 미학은 재현과 창조적 사유의 일치를 주장해온 존재리얼리즘의 미학[41]과 만난다.

---

41 '존재리얼리즘'이라는 신조어로 가리키고자 하는 것은 무엇보다 루카치 등의 통찰을 부분적으로 수용하면서 재현을 (인식의 문제를 포함하되 그것을 넘어서는) 존재의 문제로서 제기해온 백낙청의 리얼리즘론이다. 강렬도 미학과 이 입장을 연결시킨 것은 후자 역시 문학예술이 어떤 잠재적 실재를 드러내는 동시에 새롭게 이룩하는 면을 강조하기 때문인데, 물론 더 따지고 들어가면 양자의 차이도 적지 않을 것이다. 가령 '영토성'의 사실주의적 재현과 '탈영토화의 가속화'가 얼마나 긴밀히 연관되어 있는지, 소설적 성취의 본질을 설명하는 데 잠재성이나 탈영토화의 개념이 얼마나 유용한지 등의 문제에서 양자의 입장이 일치할 것 같지는 않다. 그러나 이 글에서는 양자의 소통 가능성을 제기하는 선에서 논의를 멈추려 한다. 이 글의 논의와 연관될 법한 백낙청의 글로는 여러편 가운데 특히 「로렌스와 재현 및 (가상)현실 문제」, 『안과밖』 창간호 (1996년 하반기), 270~308면을 꼽을 수 있다.

사실주의 소설의 정치성

자끄 랑시에르의 소설론[*]

/ 황정아

———
黃靜雅 한림대 한림과학원 HK교수. 저서로『개념 비평의 인문학』, 역서로『패니
와 애니』(공역)『역사를 읽는 방법』(공역)『왜 마르크스가 옳았는가』등이 있다.

1. 랑시에르 참조의 두가지 경향

잘 알려져 있다시피 자끄 랑시에르(Jacques Rancière, 1940~)가 한국에서 널리 거론된 결정적 계기는 '문학과 정치'를 둘러싼 논의였다. 어렵사리 성취한 민주주의가 거침없이 잠식되는 한편으로 공동체의 트라우마로 남을 고통과 죽음이 계속되는 사태를 맞아 현실에 그 어느 것보다 예민한 문학이 스스로의 정치성을 새롭게 돌아보게 되었고 랑시에르는 그 과정에 상당한 추동력을 제공해

* 이 글은 2007년 정부(교육과학기술부)의 재원으로 한국연구재단의 지원을 받아 수행된 연구이다(NRF-2007-361-AM0001).

주었던 것이다. 문학이 근본적으로 또 구성적으로 정치를 내장한다는 사실을 입증하는 데서 그의 영향은 특히 뚜렷했다. 그러나 좀 더 구체적이고 정교한 문학론의 측면에서 랑시에르의 주장을 조명하거나, 그의 주장이 문학론으로서 얼마나 구체적이고 정교한가 하는 차원을 점검한 시도는 상대적으로 드물었다.

문학/미학의 정치를 논하는 랑시에르의 담론에 핵심적인 '감지 가능한 것의 배분'(distribution of the sensible)이라는 개념 역시 널리 통용된 바 있다. 감지 가능한 것, 곧 감각 체험으로 기입되는 것과 그렇지 않은 것 사이의 경계를 정하고 그 경계 내부에서 기입된 것들 간의 몫과 역할 등을 배정하는 일을 가리키는 이 개념이 문학과 직접 관련될 것은 자명하다. 더욱이 이런 일이 근본적으로 공동체의 층위에서 이루어진다고 하면 문학 혹은 미학 일반과 정치의 내재적 관계 또한 자연스럽게 드러나며, 바로 거기에 이 개념의 남다른 장기가 있다. '문학과 정치' 논의에서 실제로 쟁점이 된 사안은 문학 일반이 갖는 근원적인 정치성의 확인, 다시 말해 어떤 문학이든 정치적일 수밖에 없다는 확인을 넘어, 정치적으로 진보적이고자 하는 문학이 '감지 가능한 것의 배분'에 어떤 방식으로 개입할 것인가 하는 문제였다. 이 대목에서 자주 인용된 것은 '치안'(police)과의 대립을 통해 규정된 랑시에르의 '정치' 개념이었다. '감지 가능한 것의 배분'이라는 견지에서 볼 때 치안은 잘 정비되어 합의로 정착된 배분인 반면, 정치는 안팎의 경계든 내부의 경계든 그런 배분의 질서를 교란하며 이질적인 것을 도입하는 행위를 말한다. 그런 의미의 정치는 흔히 '(기존의 배분에서) 몫 없는 자들의 몫'을 가시화하는 일로 표현되었고 그 다른 이름이 민주주의였다.

'감지 가능한 것의 배분'을 매개로 문학 혹은 미학과 정치를 촘촘히 연결한 것이 랑시에르의 '문학의 정치' 담론의 한 축이라면, 다른 한 축은 '감지 가능한 것의 배분'이 이루어지는 방식의 변화를 중심으로 예술의 체제를 역사적으로 분류한 작업이라 할 수 있다. 각각 플라톤과 아리스토텔레스로 대변되는 '윤리적 체제'와 '시학적 혹은 재현적 체제', 그리고 18세기를 거치며 확립된 '미학적 체제'가 그 분류의 세목이며 우리가 알고 있는 대로의 '문학'(literature)은 그 자체가 근대 미학적 체제의 산물이다. 역사적 예술 체제에 관한 랑시에르의 설명이 누누이 강조하는 초점은 재현적 체제와 미학적 체제의 차이로, 이 차이는 치안과 정치의 차이와 여러모로 흡사하다. 재현적 체제가 사회의 위계적 질서에 조응하여 재현의 형식과 장르와 소재를 배정하는 체제인 데 반해, 미학적 체제는 한마디로 재현적 체제가 조직화한 온갖 위계와 경계와 규칙을 위반하고 뒤섞는 것으로 정의된다. 여기서 문학의 정치가 민주주의임이 재차 확인된다.

그간의 논의를 통해 알려진 이런 내용을 새삼 요약한 이유는 한국의 담론지형에서 랑시에르의 '문학의 정치'가 참조되는 방식을 짚어보기 위해서인데, 이 참조방식이 갖는 두가지 특징은 위에서 정리한 그의 논의의 두가지 축에 각각 연결해볼 수 있다. 첫째,

'감지 가능한 것의 배분' 개념으로 문학의 내재적 정치성을 해명한 랑시에르의 시도는 대체로 '새로움의 미학'이라는 틀에서 해석되는 것으로 보인다. 그의 설명이 기존의 배분을 끊임없이 교란하는 행위로 귀결되므로 새로움의 강조가 근거없는 발상은 아니라 할 수 있다. 그러나 문학의 정치가 단순히 옛것과 대비되는 새것의 도입이나 과감한 형식적 실험에 그치지 않고 한 공동체의 '감지 가능한 것'의 경계까지 파고드는 행위여야 하며 마찬가지로 '몫 없는 자들의 몫'을 환기하는 일이 단순히 약자 혹은 타자의 재현으로 환원되지 않는다는 점은 상대적으로 주목을 덜 받았다.

두번째 특징은 예술의 역사적 체제 분류와 관련되는데, '문학의 정치'를 사실상 배태하고 구현했다고 설명되는 근대의 미학적 체제가 비재현 혹은 반재현을 내용으로 한다는 암암리의 전제가 그것이다. 이런 이해는 랑시에르가 미학적 체제를 그보다 앞선 재현적 체제의 교란 혹은 역전으로 제시한 데서 비롯된다고 하겠는데, '재현적'이라는 명명 자체가 그런 오해를 부추기는 면이 없지 않다. 하지만 랑시에르의 논의에서 재현적 체제가 실제로 의미하는 바는 재현에 (정치적·사회적 위계와 상동관계에 있는) 엄격한 위계를 부과한다는 것이다. 따라서 미학적 체제가 뒤엎은 것은 재현 자체가 아니라 재현에 부과된 온갖 제약이고 따라서 말 그대로 어떤 것이든 어떤 방식으로든 재현할 자유를 정착시킨 점이야말로 이 역사적 체제의 주된 성과다.

이와 같은 '새로움의 미학'과 '반재현'의 해석 경향은 모더니즘에서 포스트모더니즘으로 이어지는 계열의 특징과 맞닿아 있다. 랑시에르 자신은 모더니즘과 포스트모더니즘이 내세우는 의제나 자기주장에 회의적일 뿐 아니라, 그런 것들이 예술의 역사적 체제에 관한 인식 부족에서 기인한 혼란이며 특히 미학적 체제가 수립되면서 이미 성취했거나 열어놓은 모순적 가능성을 이해하지 못한 탓으로 일축하는 편이다.[1] 그런 몰이해로부터 "옛것과 새것, 재현적인 것과 비재현적 혹은 반재현적인 것 사이의 단순한 이행이나 단절을 추적하며 열광하거나 개탄하는" 사태가 빚어진다는 것이다.[2]

물론 랑시에르가 실제로 그런 이야기를 한 바가 없다는 점을 들어 그의 담론이 특정한 방향의 해석을 조장하는 측면까지 온전히 무화할 수는 없을 것이다. 일정하게 오해를 부추기기도 하고 또 교정하기도 하는 그의 '문학의 정치' 담론이 갖는 전모 역시 서두에 언급했다시피 논의를 구체화할 때 드러나리라고 본다. 그런 시도의 하나로서 이 글에서는 플로베르(Gustave Flaubert)로 대표되는 사

---

1 여기에 관해서는 '근대성' 개념을 중심으로 모더니즘과 포스트모더니즘을 논한 Jacques Rancière, *The Politics of Aesthetics*, trans. Gabriel Rockhill, London: Continuum 2004, 25~30면 참조. 랑시에르는 재현과 단절하고 예술이 그 자체의 물질성에 집중하는 것이 예술적 근대성이라 보는 틀이 모더니즘의 패러다임이라 본다. 그에 따르면 이런 패러다임은 예술과 예술 아닌 것의 경계 해체를 특징으로 하는 미학적 예술체제에 대한 극히 편향된 이해이며 포스트모더니즘은 단순히 이런 편향을 지적한 데 불과하다.

2 같은 책 24면.

실주의 소설에 관한 분석에 초점을 두고 랑시에르의 '문학의 정
치' 담론의 세부를 조명하는 한편 그 담론이 문학비평으로서 갖는
면모와 함의에 주목하려 한다.

2. 사실주의적 '과잉'의 정치성

사실주의[3] 소설을 대상으로 삼은 이유는 그것이 랑시에르의
'문학의 정치' 담론에서 중요한 결절을 구성하기 때문이다. 미학
적 예술체제의 성립을 설명할 때 그가 주요하게 평가하는 것은 칸
트와 실러의 기여지만, 이 체제의 산물이며 19세기에 들어 비로
소 오늘날의 개념적 의미로 정착된 '문학'과 관련해서는 워즈워
스(William Wordsworth)와 코울리지(Samuel Taylor Coleridge)를 특히 언
급하며 이들 영국 낭만주의 1세대 시인들이 신고전주의의 시적
위계를 깨뜨리며 내놓은 문학적 혁명선언인 『서정담시집』(*Lyrical
Ballads*) 서문의 의의를 높이 산다. 하지만 "『서정담시집』 서문에서
공식화된 혁명 원리는 플로베르에 의해 취해져서 그 논리적 결론
으로 이르게"[4] 된다는 것이 랑시에르의 주장이니만큼, 그의 '문학

---

3 여기서 '사실주의'(Realism)는 서구에서 19세기에 절정에 도달한 문학사조
로서의 사실주의를 지칭하며 한국문단의 리얼리즘 담론이 제시하는 바 세계
관과 방법론을 아우르는 하나의 문학이념 혹은 문학정신으로서의 리얼리즘
과는 구분된다는 점을 밝혀둔다.

의 정치'에서 가장 즐겨 다루어지는 작가가 플로베르가 될 것은 당연하다. 다만 여기서 플로베르는 위고와 발자끄와 졸라와 프루스뜨 등이 포함된 하나의 흐름의 대표자로 호명될 뿐 어떤 고유한 작가적 단독성이라는 면에서 부각되는 게 아니라는 사실은 덧붙여둘 필요가 있다.

"'문학'으로 알려진 글쓰기 예술의 새로운 형식을 발명한"(PL 37) 플로베르들이 달성한 문학의 정치를 설명하는 과정에서 랑시에르는 사실주의를 두고 제기된 비판을 여러 각도에서 참조한다. 실제로 이 작가들을 두고 당대의 많은 비평가들은 "'무한하고 영원하며 원자적이고 무분별한' 묘사행위"를 지목하면서 이런 묘사 과잉으로 세부들 사이의 중요성의 차이가 지워진 나머지 "무의미함(insignificance)이 완벽한 평등에 육박"할 지경이라 개탄한 바 있다. 랑시에르에 따르면 이런 비평은 "고전적인 재현 논리를 구조화하는 원칙들에 입각"한 것으로, 예술을 하나의 유기적 전체, 곧 머리(head)가 내리는 명령에 따라 필요한 팔다리(limbs)를 형식적 통일성 속에 잘 모아놓은 살아 있는 신체, 혹은 '아름다운 동물' (the beautiful animal)로 본다. 그런 관점에서 사실주의 소설이 갖는 문제는 전체의 통일성과 무관한 불필요한 세부가 있다는 점, 다시

---

4 Jacques Rancière, *The Politics of Literature*, trans. Julie Rose, Cambridge: Polity 2011, 10면. 이 책은 이하 *PL*로 약칭한다. 2006년 *Politique de la Littérature* (Editions Galilée)로 처음 출간되었으며, 한국어 번역본으로는 『문학의 정치』(유재홍 옮김, 인간사랑 2011)가 있다.

말해 '팔다리'가 '머리'의 말을 듣지 않는다는 점이다. 그 비평가들이 사실주의를 "문학에서의 민주주의 혹은 민주주의로서의 문학"으로 진단한 사실은 그들이 무엇보다 사실주의적 글쓰기가 갖는 정치적 의미에 예민하게 반응했음을 보여준다.[5]

플로베르에 대한 이런 당대적 비판은 랑시에르가 말한 재현적 예술체제의 특징을 압축하고 있으며, 특히 그 체제를 뒷받침해주는 사회적 토대가 어떤 것인가를 직설적으로 드러낸다. 모든 것이 있어야 할 자리에 있는 유기적 전체로서의 예술작품이라는 발상은 사회질서라는 면에서 '머리'와 '팔다리' 사이에 수립된 엄밀한 위계와 무관하지 않은 것이다. 랑시에르에게 '문학의 정치'가 민주주의이며 평등의 정치인 것은 실상 당대 '반동적' 비평가들과 동일한 진단을, 다만 정반대의 정치적 태도로 내린 결과였던 것이다.[6] 여기서 중요한 점은 랑시에르 역시 주제나 내용보다 '묘사과잉'을 사실주의의 주된 특징으로 파악한 사실이다. 그와 같은 묘사과잉을 단순히 형식적인 혹은 기법적인 문제로 보아서는 안되고 거기에 담긴 '정치적' 의미를 제대로 파악하는 것이 사실주의의 이해에도 핵심이라는 것이 그의 주장이다.

---

5 이와 같은 당대문단의 비판에 관해서는 랑시에르의 2009년 The ICI Berlin Institute for Cultural Inquiry 강연원고인 "The Politics of Fiction" 3면 참조. http://www.ccs.unibe.ch/unibe/philhist/ccs/content/e6062/e6681/e169238/JacquesRancireThePoliticsofFiction_ger.pdf.

6 랑시에르의 문학의 민주주의나 문학의 평등에 관한 좀더 상세한 논의는 졸고 「자끄 랑시에르와 '문학의 정치'」, 『안과밖』 31호 (2011년 하반기) 참조.

고전적인 '순문학'(belles-lettres)은 모든 세부가 제자리에 있는 완벽하고 조화로운 플롯뿐 아니라 "훌륭한 말을 찾기보다 서사를 이해하고 감정이 전달되기에 적절하게 어울리는 표현을 선택하기"(*PL* 132)를 요구한다. 반면 사실주의의 또다른 특징으로 생각되는 점은 세련되고 멋들어진 말을 추구한다는 것, 다시 말해 "스타일에 과도하게 집착"(*PL* 130)한다는 것이다. 하나의 문장이나 단어가 전체적인 주제나 제재에 종속되기보다 각각 자율적으로 독특하게 하나의 사유를 표현하게 만드는 점에서 이런 특징 역시 재현적 체제에 대한 전복이라 할 수 있다. 그런데 랑시에르는 스타일에 대한 집착을 흔히 그렇듯이 작가적 개성의 추구라거나 자율적 예술형식의 추구라는 틀에서 해석해서는 안되고, '넘치는 사물'(excess things)과 더불어 묘사과잉을 구성하는 '넘치는 말'(excess words)로 이해해야 한다고 주장한다(*PL* 138~39). 스타일과 관련하여 흔히 참조되는 인용으로 플로베르가 보낸 편지의 다음과 같은 구절이 있다.

그렇기 때문에 아름다운 제재(subjects)나 추한 제재란 없고, 그렇기 때문에 순수예술의 관점에서 제재란 없다는 점을 거의 하나의 공리로서 제시할 수도 있으니, 스타일이 그 자체로 사물을 보는 절대적인 방식이기 때문이다.[7]

---

7 플로베르가 루이즈 꼴레(Louise Colet)에게 보낸 1852년 1월 16일 자 편지

플로베르가 추구한 것은 "'아무것에 관한 것도 아닌' 작품, 그
자체에만 기대는 작품, 스스로의 스타일의 힘을 통해서만 유지되
는 작품"이지만 그에게 스타일은 독특한 글쓰기법이 아니라 '보
는 방식,' 그것도 '절대적인 방식'임에 유의해야 한다고 랑시에
르는 설명한다. 다시 말해 작가의 주관성을 내세우기보다 "특정
한 관점에 대한 어떤 주장도 억누르고 그런 관점을 … 몰개성적
(impersonal) 세계로 되돌리는" 방식이라는 것이다. 여기서 말은 오
히려 "사라지도록, 스스로를 잊히게 만들도록 되어 있"고 따라서
절대적인 스타일이란 "선택하지 않는 스타일"을 말한다(*PL* 138).
그렇듯 선택과 그 기준이 되는 어떠한 위계도 배제한다는 점에서
말의 과잉은 사물의 과잉이 함축한 문학의 민주주의에 조응한다.

사실주의의 묘사과잉을 어떤 식으로든 전체의 틀에 다시 포섭
해 넣으려는 시도의 하나로 랑시에르는 "소설에서의 사실주의와
그 정치적 중요성에 관한 정전급 텍스트"[8]이자 역시 플로베르의

의 한 구절이다. Laurence M. Porter and Eugene F. Gray, *Gustave Flaubert's
Madame Bovary: A Reference Guide*, Westport: Greenwood 2002, 74면에서 재
인용.

8 Jacques Rancière, "The Politics of Fiction," 1면. 이하 "현실효과"와 이어지는
논의는 같은 글을 참조한 것이다. 바르뜨와 관련하여 랑시에르는 그가 재현
논리의 충분한 극복에는 미치지 않는다고 보면서도 사실주의 분석을 통해
행위의 논리적 연쇄로 정의된 아리스토텔레스식의 박진성과는 다른 새로운
박진성 개념을 제시한 점도 간과하지 않는다.

단편에서 출발하는 롤랑 바르뜨의 「현실효과」(L'Effet de réel)를 든다. 랑시에르에 따르면, 내적 필연성이라는 구조주의의 관점으로 텍스트를 보는 바르뜨는 과잉 또한 작품의 구조라는 층위에서 설명하려 했고 그 지점에서 "현실효과"라는 개념을 들여온다. (구조와의 관계에서) 쓸데없는 과잉으로 존재하는 세부묘사들은 바로 그 쓸데없음을 통해 "쓸데없고 의미없는 실재(the real), 바로 그 쓸데없고 의미없다는 사실로부터 자신의 현실성(reality)을 입증하는 실재"를 지시한다는 것이다.

랑시에르는 바르뜨가 취한 '모더니즘적' 구조 관념은 그것이 표면적으로 도전하는 고전적인 재현의 논리를 실상은 답습한 채 구조의 기능적 합리성이냐 세부의 단독성이냐 하는 양자택일을 고수한다고 본다. 그렇게 되면 사실주의적 과잉에 담긴 정치적 측면이 유실되면서 플로베르 소설의 세부묘사가 '실재'가 아니라 '삶'(life)의 문제, 다시 말해 어떤 행동과 감정과 경험이, 곧 어떤 삶이 글쓰기의 대상이 될 가치가 있는가 하는 문제를 내포하고 있음을 놓치게 된다. 마찬가지 맥락에서 랑시에르는 사실주의적 과잉이 안정된 세계를 과시하는 부르주아의 자신감 표명으로 보는 것도 초점을 벗어난다고 본다. 이 과잉은 이제 하층계급을 포함하여 누구든지 과도한 열정과 공허한 몽상을 비롯한 온갖 '감지 가능한 것'의 세계를 평등하게 향유하게 된 사태, 부르주아의 입장에서는 어쩌면 혼란의 징후로 우려할 사태와 관련되기 때문이다.

사실주의의 정치성을 논한 랑시에르의 설명을 보면 그의 '문학의 정치'가 고전적인 재현 논리만큼이나 (그가 보기에 재현 논리를 떨쳐내지 못한) 미적 근대성 담론과도 거리를 유지한 사실을 알 수 있다. 사실주의의 묘사과잉을 어떻든 불필요한 '과잉'으로 파악하고 이를 버리는 "뺄셈의 전략"(a strategy of subtraction)을 취하면서 매체에의 몰입을 통해 예술적 자율성을 성취하고자 하는 근대성의 기획은 그 과잉에 함축된 정치적 의미를 간과한 결과다. 랑시에르에게 모더니즘의 역사적 의미를 제대로 보여주는 것은 오히려 수많은 목소리와 수많은 경험을 흡수하려 했던 휘트먼(Walt Whitman)의 시처럼 "사실주의적 과잉을 더욱 초과하는 덧셈의 전략"(a strategy of addition, exceeding the realistic excess)이다.[9]

여기에는 사실주의와 재현의 관계를 어떻게 이해할 것인가 하는 문제도 함께 걸려 있다. 랑시에르는 아름다운 제재도 더러운 제재도 없다고 한 플로베르의 선언을 단순히 재현 가능한 것의 영역 확장으로만 이해한다면 사실주의를 "옛 재현질서의 절정이 아니라 파괴로 만들어주는 것을 놓치게"(*PL* 39) 된다고 강조한다. 하지만 사실주의의 그런 정치성이 무엇보다 묘사의 과잉에서 비롯되는 한 랑시에르가 말하는 '문학의 정치'가 재현과 무관할 수 없으며 반(反)재현의 논리일 수는 더구나 없다. 재현 자체가 아니라 '고전적인' 재현 논리, 곧 사회적 위계를 내면화한 재현 논리를 전복하는 것이 핵심이라 할 때, 그가 말한 사실주의의 정치성은 사실상 재현

---

9 같은 글 14면.

의 해방을 통해 구현된다. 그렇듯 해방된 형태로서 재현은 문학의
정치 전체를 작동시키는 핵심 기제로 등극한 것이다.

3. 플로베르는 왜 에마를 죽였는가

랑시에르의 '문학의 정치'가 무엇보다 위계와 규범을 벗어난 재
현의 정치적 역량에 관한 담론이라 할 때, 그렇듯 온갖 제약에서
자유로워진 재현이 정치성을 포함하면서도 그에 한정되지 않는
문학의 잠재성에 얼마나, 혹은 어떻게 기여하는가 하는 질문이 뒤
따른다. 그런데 랑시에르의 설명을 쫓아가다보면 '문학의 정치'란
결국 그와 같은 정치성의 견지 자체를 지상과제로 삼는다는 일종
의 순환구조와 마주치게 된다. 다시 말해 '누구든, 어떤 것이든'으
로 요약되는 문학의 평등이 그렇듯 어떤 제재라도 과감히 취하면
서 알려지지 않은 영역을 향해 뻗어가기보다, 오히려 '누구도, 어
떤 것이라도' 남다른 중요성을 주장해서는 안된다는 반(反)위계의
어젠다에 계속해서 스스로를 가두는 양상이 나타나는 것이다.

이 점에 있어서도 사실주의 소설에 관한 랑시에르의 분석이 시
사적인데, 『보바리 부인』에 그려진 에마 보바리의 죽음을 논하는
대목이 특히 관련이 깊다. 에마의 성격적 특징은 인민주권이라는
정치적 민주주의와 함께 일어난 "더 급진적인 민주주의적 반란",
곧 "근대사회의 모든 구멍에서 솟구쳐 나오는 다수의 욕망과 열망

의 반란"(*PL* 52)과 이어져 있으며, 이 반란은 '누구든지' '즐길 수 있는 모든 것'을 즐기고자 하는 욕망으로 이루어진다. '문학'이 모든 제재를 등가물로 만들고 예술과 삶 사이의 구분을 무너뜨렸듯이, 이상적인 로맨스든 육체적 쾌락이든 욕망의 대상으로서 구분을 두지 않는 점에서 에마는 문학적 평등을 체현한 인물이다. 위대한 행위와 세련된 정열을 운명으로 가진 비범한 인간과 일상의 재생산에 갇힌 실용적이고 범상한 인간을 구분한 플라톤식 윤리적 체제의 정치성과 대비되는 점에서도 시골 농부의 딸 에마는 평등을 대표한다.

그렇다면 '문학의 정치'의 대표작가인 플로베르는 이 소설에서 왜 에마를 죽여야만 했을까? 돈 끼호떼식으로 문학을 삶으로 오해한 '죄과'가 흔히 거론되지만, 실상 에마의 죽음은 "예술과 삶을 혼동한 게 아니라 하나의 예술을 〔잘못된〕 다른 예술과, 하나의 삶을 〔잘못된〕 다른 삶과 혼동"(*PL* 61)한 데서 기인한다고 랑시에르는 말한다. 예술과 예술 아닌 삶 사이의 구분없음은 자칫 예술의 특정성을 무화함으로써 예술 자체가 무너지는 결과에 이를 수도 있는바, 그 몰락의 길을 피하기 위해서는 '구분없음'을 적절히 다룰 필요가 생긴다. 랑시에르는 플로베르가 구분없음을 다루는 두 가지 방식을 구별하여 그중 나쁜 방식, 곧 반(反)예술가의 방식을 등장인물 에마에 투사하고 예술가로서의 자신의 방식과 대조시킨다고 해석한다.

랑시에르는 수도원에서 어린 에마가 미사의례에 집중하지 못하고 향이나 촛불이나 미사책의 삽화 같은 것들이 만들어내는 "감각과 이미지의 순수한 향유"에 빠져드는 장면을 예로 든다. 이 장면은 사실상 플로베르가 겨냥하는 글쓰기의 성격을 그대로 보여준다고 랑시에르는 말한다. 플로베르는 에마가 여기서 하고 있는 것과 동일하게 사건을 감각과 정서의 유희로 만들 뿐 아니라『보바리 부인』전체를 바로 그런 식으로 전달하려 한다는 것이다. 에마가 플로베르와 달라지면서 반(反)예술로 접어드는 지점은 그녀가 이와 같은 향유의 순간이 자아낸 '신비주의'에 충실하지 못한 데서 비롯된다. 그녀는 "신비적인 감각과 이미지에 구체적인 형상을 주고 그것들이 실제 대상과 인물로 체현되는 것을 보려" 한다. 플로베르와 달리 철저히 몰개성적으로 사물들을 보는 '절대적인 방식'을 고수하지 못한 채 계속해서 특정한 사물 혹은 사람에게 귀속되는 개별적 자질의 문제로 변형시키는 것이다. 그런 식의 "일상적 삶의 미학화"야말로 "나쁜 혹은 잘못된 예술가의 형상"이며 "예술과 삶 사이의 등가를 남용"하는 방식으로 "예술에 반한 그녀의 죄과"다.[10]

순수한 감각체험에 머물지 못한 채 감각을 욕망과 애착의 대상으로 바꾸고 그리하여 고통의 원인으로 만드는 것이 에마의 방식인 데 반해 플로베르는 개인적이거나 주관적이지 않은 순수 감각들, 어떤 위계도 없는 급진적 평등을 구현한 감각의 흐름

---

10 이 단락의 내용과 인용은 *PL* 57~59면.

이야말로 진정한 삶으로 제시하며 이런 대비의 소설적 결과가 에마의 죽음이다. 정신분석의 틀로 볼 때 이 둘은 각각 신경증과 분열증에 해당하며, 플로베르가 하고 있는 일은 "매우 제어된 형태의 분열증"(a very controlled form of schizophrenia, *PL* 69)이라고 랑시에르는 지적한다. 여기서 '제어'라는 단어는 주목을 요하는데, 플로베르의 소설에서 '제어'가 발현되는 방식은 에마의 이야기라는 신경증적 허구를 들여오는 일이며 그렇듯 '병'을 들여옴으로써 '치료'로서의 '문학적 분열증'은 실제의 분열증과 구분될 수 있다.

그렇다면 왜 에마를 죽였는가 하는 질문은, 어차피 죽여야 했다면 애초에 왜 에마를 필요로 했는가 하는 또다른 문제와 연동되어 있다. 실제 분열증으로는, 다시 말해 몰개성적이며 중요성의 위계를 갖지 않는 등가물로서 감각과 이미지와 인상을 나열하는 것으로는 소설이 만들어질 수 없으며, 플로베르가 에마라는 '잘못된' 예술가를 필요로 했던 이유는 자신의 소설이 실제 분열증과 동일해지는 사태를 막기 위해서다. 이를 두고 랑시에르는 플로베르에서 "낡은 아리스토텔레스적 시학 전부가 잊히지는 않았다"(*PL* 69)고 논평한다. 완전히 평등한 감각체험의 연속으로 소설을 구성하기는 불가능하며 시작과 발전과 종결이든 원인과 결과이든 어떤 식의 유기적 연쇄 곧 플롯을 만들어내야 한다는 뜻이다. 플로베르는 에마라는 잘못된 방식을 반드시 포함해서 그것이 파탄에 이르는 것을 플롯으로 삼아 자신의 '올바른' 방식이 발견되게 해야 했던 것이다. 랑시에르는『보바리 부인』에 체현된 이와 같은 '메타소설적' 문제와 해결책이 프루스뜨와 버지니아 울프에까지 이어진다고 본다.

사태가 이러하다면 소설을 포함하는 미학적 예술체제의 새로움에 관해서도 일정한 수정이 필요하지 않을까?『보바리 부인』에서 플로베르가 하는 바를 주제 면으로만 본다면 문학의 정치가 어김없이 실행되고 있다고 할 수 있다. 에마의 잘못된 인식이 처벌받고 진정으로 평등하고 몰개성적인 감각체험이 긍정되기 때문이다. 하지만 에마 같은 인물을 들여올 필요가 있었다는 형식적 요구의 차원에서 접근하면, 미학적 예술체제의 산물로서의 '문학의 정치'가 문학 혹은 예술의 영역에 남아 있기 위해서는 이전 체제들이 예술에 제기한 문제들을 여전히 끌어안고 갈 수밖에 없다는 사실이 드러난다.[11] 더구나 플롯 구성의 필요성을 에둘러 인정하는 데 그치지 않고 '나쁜' 예술에 대한 '좋은' 예술의 승리라는 틀로 그 플롯을 구성했다면 어떤 '위계'마저 다시 도입했다고 보아야 하는 게 아닐까? 그것도 인물의 죽음이라는 상당히 극단적인 방식으로 말이다.

여기서 '위계'의 문제는 삶의 진실에 대한 주장을 함축하는 점

---

11 랑시에르의 역사적 예술체제 분류가 갖는 일정한 도식성에 대한 지적과 "예술작품은 아마도 태곳적부터 윤리적이고 재현적이면서 미적(감각체험적)이기도 했으리라"는 점에 관해서는 백낙청 「현대시와 근대성, 그리고 대중의 삶」,『창작과비평』 2009년 겨울호, 31~32면 참조.

에서 예술의 '윤리적' 차원에 속한다고 할 수 있을 것이다. 삶을 "오직 뒤엉킨 무한한 원자들을 자의적으로 모으는 영속적 운동"으로 정의할 경우, "삶의 진정한 현시 형태인 이런 지각과 감정들로 소설을 만들 수 없다면 소설이 어떻게 진실할 수 있는가"[12] 하는 질문이 제기될 것이다. 랑시에르는 플로베르의 방식이 감각의 연속과 인과연쇄라는 두 계열을 결합하여 "삶에 진실하면서도 허구라는 이름에 값하는 사건들의 연쇄를 구축"[13]한 사례로 본다. 하지만 그런 설명은 플로베르에서조차 소설이 삶의 진정한 현시 형태와 온전히 일치할 수 없음을 인정한 셈이다. 그렇다면 거꾸로 소설의 현시 형태가 이러할진대 순수하고 평등한 감각 체험이야말로 진정한 삶이라고 보는 것이 옳을지 되묻지 않을 수 없다.

이 지점에서 플로베르의 같은 작품을 두고 소설적 구성의 도식성과 단조로움을 지적한 게오르그 루카치의 논평을 단박에 떠올리게 된다. 「서사냐 묘사냐?」라는 널리 알려진 글에서 루카치는 똘스또이나 발자끄의 작품에 비해 『보바리 부인』의 인물과 사건 형상화가 내적 역동성을 결핍한 '정물화' 같다고 지적하면서 랑시에르가 상찬한 감각과 이미지의 무차별적 묘사가 어떻게 탄탄한 서사와 대립되는지를 강조한다. "서사는 비율을 수립하고 묘사는

---

12 Jacques Rancière, "The Wandering Thread: on the Rationality of the Novel," *Le Tour Critique* 2 (2013), 6면.
13 같은 글 6~7면.

그저 평평하게 만든다"[14]는 진술에 드러나듯 루카치에게 의미의 위계는 서사적 구성에 필수적일 뿐 아니라 현실을 인식하고 삶의 진실에 다가가는 일에서도 필수적이었다.[15]

하지만 랑시에르에게 반(反)위계로서의 평등은 하나의 공리로 설정되어 있어서 그 자신의 논지에 따르면 플로베르의 소설이 결국 감각체험의 평등을 옹호하는 일종의 '메타소설'이 된다는 점에 어떤 비평적 평가도 이루어지지 않으며, 이 '메타소설'의 구성에 평등과는 이질적인 요소가 반드시 개입될 수밖에 없다는 사실에도 이렇다 할 해명이 뒷받침되지 않는다. 재현의 해방이라는 측면에서 보면 플로베르의 소설에서 해방된 재현은 스스로의 해방, 다시 말해 어떤 위계에도 구속되지 않음을 거듭 긍정하는 일 이상을 수행하지 않는다. 더욱이 그 자기긍정은 어떤 '잘못된' 위계의 실패를 거듭 환기함으로써만 수행될 수 있다.

반면 랑시에르처럼 평등을 최종지점에 두지 않을 때는 다른 서술이 가능해진다. 이를테면 사실주의 소설은 문학적 평등을 수행하면서 동시에 그 평등을 문제화하는 계기를 포함한다고 볼 수 있지 않을까. 이 계기들을 접수하여 실제로 문제화해본다면 '문학의 정치'를 대표하는 사실주의 소설에 담긴 '순수하고 등가적인' 평

---

14 Georg Lukács, *Writer and Critic: And Other Essays*, ed. and trans. Arthur Kahn Lincoln: iUniverse 2005, 127면.

15 랑시에르와 루카치의 좀더 상세한 비교는 졸고 「자끄 랑시에르와 '문학의 정치'」 참조.

등으로부터 현실의 평등과 민주주의가 안고 있는 문제들을 성찰할 수 있을지 모른다. 랑시에르는 문학의 민주주의가 정치적 형식의 민주주의가 아니라는 점을 누차 지적하지만, 양자 간의 유비관계를 부인할 수는 없으며 그런 유비관계가 그의 소설론이 갖는 문제점과 그의 민주주의론이 갖는 문제점 사이에도 성립하리라 본다.[16]

여기서 이 점을 구체적으로 짚어보지는 못하지만, 랑시에르의 사실주의 소설론이 사실주의의 '혁명적' 의의를 긍정하는 한편으로, 그의 의도와 별개로, 사실주의가 갖는 한계 또한 드러낸다는 사실은 다시금 지적해두고자 한다. 그 한계가 가장 뚜렷해지는 지점은 재현의 해방과 감각체험의 평등이 반복된 자기긍정에 그친다는 데 있다. 해방된 재현은 왜 각기 다른 재현에 내포되기 마련인 위계들 간의 각축을 더 자유롭게 묘사하는 것으로 나아가면 안되는가. 평등한 감각체험이 왜 저마다 진실을 주장하는 감각들의 충돌을 통해 삶의 더 나은 진실을 탐험하면 안되는가. 이 가능성들이 '문학의 정치'를 통해 비로소 열렸다는 사실을 감안하면 '문학의 정치'를 매번 일회적이고 전시적인 자기반영의 틀에 가두는 랑시에르의 결론은 납득하기 어렵다. 더욱이 소설의 역사에는 그가

---

16 가령 랑시에르의 정치론이 정치적 사건에 영감을 주는 열정은 훌륭하게 설명하면서도 그런 사건을 조직하고 성과를 유지하는 문제에는 무관심하며 그저 '평등 놀이'를 하도록 부추긴다는 비판으로 Peter Hallward, "Staging Equality: On Rancière's Theatrocracy," *New Left Review* 37 (2006) 참조.

주목한 플로베르, 프루스뜨, 울프의 노선과는 다른 종류의 성취들이 무수히 새겨져 있지 않은가.

F. R. 리비스와 소설, 그 사유의 모험

/ 김영희

金英姫 카이스트 인문사회과학부 교수. 저서로『비평의 객관성과 실천적 지평—
리비스와 레이먼드 윌리엄즈 연구』『세계문학론』(공저) 등, 역서로『영국소설의
위대한 전통』『맑스주의와 형식』(공역) 등이 있다.

1. 들어가는 말

21세기의 F. R. 리비스(Frank Raymond Leavis, 1895~1978)라? 20세기 영문학 연구 및 비평의 발전에 결정적인 역할을 한 것은 분명하나, 그간 문학에 관한 다각도의 이론적 '의식화'를 통해 이미 과거의 인물이 되어버린 그를 지금 다시 불러내는 것이 무슨 의미를 가질 수 있을까? 사실 리비스는 20세기 후반 영문학연구에서 '이론'이 부상할 때만 해도 넘어야 할 산 같은 무게를 가지고 있었지만, 지금의 논의 지형에서는 문학주의적 발상과 꼼꼼히 읽기라는 구태의연한 비평방법을 대표하는 이름 정도로만 남아 있다고 해도 지나친 말은 아니겠다. 새로운 이론들의 관점에서 보자면 충실한 작품 읽기를 중시하고 작품의 '위대한 성취'니 문학의 '창조성'을 강조하는 리비스는 작품에 담긴 이데올로기와 나아가 문학이라는 이데올로기를 무반성적으로 추수하는 인물이 된다. 그러나 거꾸로 리비스의 입장에서라면 오히려 새로운 이론적 읽기들이야말로, 작품을 이론의 방증자료나 아니면 이론을 통해서 은폐된 의미나 이데올로기를 드러내야 할 '텍스트'로 다루는 것인 한, 그가 처음부터 맞서고자 하였던 ― 작품의 성취를 가늠하는 비평적 시선이 탈각된 채 작품에 관한 지식의 축적이나 작품의 분석과 주석에 머무는 ― '강단적'(scholarly) 경향의 악화 양상으로 보였을 법하다.

이것이 단순한 '문학적' 문제만은 아니라는 의식은 양편 다 공유하는 바일 터이다. 문학의 이데올로기를 거론하는 논자들이 결국은 근대의 지배이데올로기를 재생산·전파·강화하는 문학의 기능에 주목했듯, 리비스에게도 작품의 '성취'에 대한 관심은 단순히 '문학적' 가치평가의 문제가 아니라 문학을 통해서만 가능한 방식의 근대문명에 대한 비판적 대응을 감지해내고 살려나가는 문제였다. 그렇다면 개개 작품들, 나아가 문학이라는 형식과 지배이데올로기의 관계에 대한 전혀 다른 이해가 양편에 전제되어 있는 셈이다.

물론 이런 거친 대비로 리비스 이후 다양하게 펼쳐진 이론적 고투들을 다 포괄할 수는 없거니와, 그 새로운 탐색들이 지향하는 주관과 객관의 이원론 극복이라는 문제의식에서는 리비스와 만나는 대목도 없지 않다. 그러나 이 이론들이 리비스에 개입하는 측면에 한해서는 크게 무리한 정리는 아닐 것이다. 리비스와 리비스를 비판하는 이론들을 따라가다보면 결국 부딪치게 되는 핵심적인 질문은 바로 우리가 문학을 굳이 왜 하고 읽는가, 혹은 하고 읽어야 하는가라는 물음이다. 리비스가 처음부터 이 문제를 정면으로 마주하면서 문학의 남다른 경지에 대한 나름의 강력한 '답'을 제출하는 데 비해, 이후의 이론들은 이 물음 앞에서 아무래도 취약성을 드러내는 것 같다. 문학텍스트를 이론의 적용대상 정도로 취급하는 경우는 물론이고, 이데올로기 재생산을 넘어서는 문학의 잠재력을 인정하는 경우에도 그 적극적 의미와 가능한 조건들을 별도로 해명해내야 하는 어려움이 있으며, 이 문학적 잠재력이 이론적 사유조차 넘어서는 차원인지 아닌지가 애매해지기 십상이다. 어떤 점에서는 이론의 과잉에 대한 피로의 기미조차 엿보이는 21세기 영문학연구의 곤경 또한 이런 '맹점'과 맞닿아 있다고 보이는데, 그렇다면 리비스의 사유는 이 시점에서 새로운 절실함을 띠게된다. 자본주의 근대문명이 그 모든 분식(粉飾)을 떨쳐버리고 전지구적으로 적나라한 모습을 드러내는 현재의 국면에서, 근대문명에 대한 근원적 비판의식을 소설논의와 결합시킨 리비스의 작업을 상기해볼 필요가 그만큼 커진다. 이런 가능성들을 염두에 두면서 이 글에서는 그의 소설론을 살펴보고자 한다. 근대문명이 인간의 창조적인 삶에 가하는 위협에 대한 절박한 위기의식에서 출발한 리비스에게, 근대문명의 이같은 진상을 드러내는 동시에 그런

가운데서도 면면히 이어지는 삶의 창조성을 구현하고 증거하는
근대의 가장 중심적인 문학형식은 바로 소설이었던 것이다.[1]

2. 영국소설의 '위대한 전통'

리비스의 『위대한 전통』(1948)을 여는 "위대한 영국소설가란, 제
인 오스틴, 조지 엘리엇, 헨리 제임스, 조지프 콘래드다"[2]라는 문장
은 정전주의를 대변하는 발언으로 악명 높다. 사실 리비스가 앞서
시(詩)에서 수행했던, 진정으로 의미있는 전통 구축작업을 이 책에
서 소설로 확대하고 있으며, 그런 점에서는 '정전'(canon)의 재구성

---

1 리비스가 이같은 의미를 부여한 '소설'에는 중단편도 제외되지는 않지만
 그의 소설론에 주축이 되는 것은 장편소설(novel)이며, 우리의 논의에서도
 '소설'은 대개 '장편소설'을 가리키는 약칭으로 사용하고자 한다.
2 리비스 『영국소설의 위대한 전통: 조지 엘리엇, 헨리 제임스, 조지프 콘래
 드』, 김영희 옮김, 나남 2007, 16면. 원저 제목은 *The Great Tradition: George
 Eliot, Henry James, Joseph Conrad*로 초판은 1948년 출간되었다. 이 책에서
 의 인용은 번역서를 기준으로 본문에 면수만 표시하되, 필요한 경우 번역에
 손질을 가했다. 부제가 말해주듯 정작 주 논의대상에서는 오스틴이 빠져 있
 는데, 리비스는 오스틴은 각별히 길게 다룰 필요가 있어서라고 적어놓았다
 (16면). 그러나 미루어둔 본격적 점검은 끝내 이루어지지 않았는데, 리비스
 가 평생의 비평적 동반자였던 아내 Q. D. 리비스의 작업에 기댄 점도 있을
 것이다. 그러나 이후 위대한 영국소설의 전통을 말하면서 "디킨스에서 로런
 스까지"라고 오스틴을 배제하는 듯한 표현을 이따금 쓰기도 하는 만큼 오
 스틴에 대한 판단에 일정한 변화가 있었던 것 같다(*English Literature in Our
 Time and the University*, Cambridge UP 1969, 170면).

이 이 책에서 이루어진다고 해도 아주 틀린 말은 아니다. 더욱이 여타 소설가들 위에 군림하는 '위대한' 영국소설가를 따로, 그것도 단 네명만 (혹은 총론 격인 제1장 말미에 덧붙인 D. H. 로런스까지 포함하여 다섯명만) 꼽는 것은 정전 구축 중에서도 매우 배타적인 문학적 '권력' 행사로 보일 소지조차 있다. 리비스 자신도 이 파격적인 모두(冒頭) 발언이 편협하다고 비판받거나 오독될 위험을 예상하지 못한 것은 아니다. 그러나 이같은 분명한 비평적 판단이 소설에 관한 의미있는 토론을 촉진하는 최선의 길이므로 그런 위험을 감수할 수밖에 없다는 것이 그의 생각이다.

실제로 리비스는 그러한 파격적인 호명을 통해 개별 소설가의 평가만이 아니라 소설을 보는 기본발상의 전환을 시도한다. 그가 말하는 위대한 전통에 속하는 작가들이란 문학사적으로 중요한 비중을 지니거나 어떤 한 부분에서 '고전적인' 위상을 이룩한 작가가 아니다. 그보다는 "자신의 시대 속에서, 그 시대에 대해 생생하고 민감하게 반응"(51면, 강조는 리비스)하는 가운데 "예술이 지닌 가능성을 바꾸어놓을 뿐 아니라 인간적 각성, 즉 삶의 가능성들에 대한 의미심장한 각성을 일으킨다는 점"(20면)이 '위대한 전통'의 요건이 되는데, 이 기준 자체에 주목할 필요가 있다.

리비스가 말하는 '시대에 대한 민감한 반응'이란 무엇인가? 조지 엘리엇이나 제임스를 논할 때 좀더 두드러지기는 하지만, 이 책에서 다루는 작가들에서 그가 일관되게 읽어내는 것은 일종의 문명적 천착과 추구이다. 즉 이들은 저마다 다른 절실한 개인적 고민을 붙들고 씨름하는 가운데 근대자본주의 문명의 진상에 다가가며, 좀더 온전한 삶에 대한 강한 열망이 그것을 가능케 하는 사회 내지 문명에 대한 (명시적이든 암묵적이든) 모색과 하나가 되는 진경을 보여주는 작가들인 것이다. 이 변별의 기준에는 문학만이 아니라 문명의 성격과 그 진로에 대한 판단이 깔려 있다.

리비스가 보기에 16세기부터 시작되어 17세기에 분명한 출발을 보인 자본주의 근대문명은 가차없는 기술혁신과 모든 것을 양적 가치로 추상하는 자본논리의 관철을 통해 삶의 모든 부면을 송두리째 바꾸어놓는 속성을 지닌다. 민중문화와 고급문화의 긴밀한 연계의 파괴로 드러나는 유기적 공동체의 소멸이나 노동의 소외 및 삶으로부터의 분리를 핵심으로 하는 이러한 변화는 이후 산업화과정에서 더욱 가속화되며, 자본주의의 전일화가 최소한 서구 혹은 영국 사회에서 완성단계에 이르는 20세기에는 그나마 문화를 지탱해오던 '교육받은 공중(公衆)'마저 사라져버린다. 근대문명은 이처럼 근본적으로 문화에 적대적인 속성을 갖는 점에서 전례없는 문명이라 할 수 있는데, 근대문명의 진전은 고도의 개인적 작업이면서도 만인이 공유하는 언어를 사용하는 예술로서 문학의 위기가 가중되어가는 과정이기도 하다.

이처럼 근대자본주의 문명이라고 해도 시공간의 차이에 따라 다른 모습을 보여주기 마련이고, 따라서 작가들이 진정 '자기 시대'에 민감하게 반응했다면 그 대응에서도 각 국면에 따른 차이를 보여야 마땅할 것이다. 실제로 이 책에서 다룬 몇 안되는 작가들에 대한 리비스의 논평에서도 우리는 자본주의 근대문명의 진전 및 그 문제의 심화를 보여주는 일종의 서사를 감지하게 된다. 위대한 전통의 구성원인 다섯명의 소설가 가운데 20세기 초의 작가인 콘래드는 "고도로 의식적인 개인을 고립으로부터 구해내는 것이 아니라 오히려 그 정반대 과정을 과제로 삼았던 제인 오스틴으로부터 한참 멀어진 셈"(51면)이라는 그의 발언에는 18세기 말에서 20세기 초까지의 역사적 변화와 그 문학적 포착을 추적하는 서사의 일단이 드러난다. 앞선 작가인 제인 오스틴이나 조지 엘리엇이 경험한 사회나 문명이 제한된 배타성과 그로 말미암은 특정 계층 및 개인에 대한 억압성을 내장한 한편으로 세련된 가치와 기준의 담지자인 공동체로서의 적극적 구속력을 아직 지니고 있었다면, 19세기 말과 20세기 초의 제임스와 콘래드는 개인적 정황은 각기 다르지만 '뿌리 뽑힌 자'로서, 일체의 유의미한 공동체가 와해되고 허울만 남은 20세기를 선취해 보여주는 대표성을 지닌다. 그리고 20세기 작가 로런스에 와서는 전통적인 인물과 서사의 해체에 가까운 형식실험까지 감수하고서야 비로소 인간과 삶의 진면목이 드러나고 되살아날 만큼 근대문명의 은폐와 파괴 작용이 한층 더 전면화된다.[3]

---

3 이후 리비스는 영국문학의 진정 창조적인 흐름을 소설로 계승한 두명의 가장 중요한 소설가로 디킨스와 로런스를 꼽을 정도로 로런스를 높이 보면서도, 로런스 역시 20세기의 작가로서 고립의 댓가로 작품에 부분적이나마 일정한 손실을 감수할 수밖에 없었음 또한 놓치지 않는다. "Anna Karenina:

이처럼 당대의 구체적 현실에 충실히 반응함으로써 변화하는 근대자본주의 문명의 역사를 담아내는 작품들에 주목하는 리비스의 소설 전통은 이른바 초역사적·보편적 진리나 '예술적 가치'의 담지물들로 구성된 '죽은 박물관'과도 같은 정전질서와는 정면으로 충돌한다. 리비스에게 '전통'은 어디까지나 현재에 살아 있는 전통이다. 과거의 문학이든 당대의 문학이든 비평이 관심을 두어야 할 것은 그것이 "현재 속에서 갖는 생명"[4]이니, 지금 여기에 살아 있지 못한 과거 문학이란 죽은 지식의 대상일 뿐이다. 리비스의 '위대한 전통'이 통상적인 문학사와 다른 독특한 구성을 지니는 것은 문학과 문명에 대한 이같은 치열한 현재적·실천적 관심에서 비롯되며, 그런 만큼 그가 말하는 전통 자체도 향후 역사적 변화에 따른 재조정과 해체에 열려 있는 역사성을 내장하는 것이다.

영국소설의 '위대한 전통'을 분별해내는 작업은 소설이 보여주는 '위대함'의 성격에 대한 성찰을 요구하게 마련인데, 리비스는 이 책에서 개별 작가나 작품에 대한 평가를 통해 소설을 바라보는 시각의 전환을 시도한다. 그가 보기에 당시 영국의 소설비평은 대체로 소설에서 풍성한 사건과 살아 있는 인물, 생생한 묘사를 기대할 뿐으로, 이는 소설이 수행하는 삶과 사유에 대한 진지한 성찰에

Thought and Significance in a Great Creative Work," *'Anna Karenina' and Other Essays*, Chatto & Windus 1967, 23면.

4 G. Singh이 리비스 사후에 편집한 *Valuation in Criticism and Other Essays* (Cambridge UP 1986)에 수록된 "Valuation in Criticism" 283면.

무관심하거나 그것을 은폐함으로써 창작과 비평을 오도하는 '불행한 전통'이다. 이에 맞서 리비스는 소설이 시와 마찬가지로 다양한 요소들이 어우러진 총체적 의미를 구축하는 창조적 예술임을 보여주는 가운데, 소설적 성취에 관건이 되는 것으로 '지성' 혹은 '감성과 하나인 지성'과 삶에 대한 헌신과 함께하는 도덕적 열정을 강조한다(31면). 여기에는 예술과 사유를 대립적으로 바라보는 시각이나 예술성을 형식적 완결성으로 환원하는 통념에 대한 비판이 개재되어 있다.

3. 극시로서의 소설

『위대한 전통』에서 리비스가 제시한 소설에 대한 사유는 그의 비평적 생애를 통해 계속 심화 발전해가는데, 소설과 관련한 그의 강조들을 집약하며 이같은 발전을 추동하는 일종의 화두 역할을 하는 것이 바로 '극시로서의 소설'(the novel as a dramatic poem)이라는 발상이다. 이는 산문으로 된 소설에서 시적이고 극적인 성취에 방불한 것이 이룩된다는 점을 강조하는 표현임이 분명하지만, 그렇다고 리비스가 소설을 일종의 시로 환원하거나 혹은 극과 시라는 두 장르의 결합으로 바라보는 것은 아니다.

'극시로서의 소설'이라는 명법에 담긴 리비스의 소설에 대한 문제의식을 이해하려면 우선 리비스가 말하는 '소설'이라는 용어부터가 단순한 기술(記述) 차원을 넘어서 가치판단적 성격이 강한 말임에 주목할 필요가 있겠다.[5] 그에게 '소설'은 모든 '산문서사'를 포괄하는 명칭이라기보다 '예술로서의 소설'을 가리킨다. 그는 모든 소설작품에서 나타나는, 시나 극 등 여타 장르들과 다른 공통분모를 찾아내는 유의 '장르론'에는 별다른 관심이 없었다. 그보다 근대문명의 진단 및 극복이라는 문제의식 속에서 당대 및 과거의 문학적 성취를 점검해가는 과정에서 소설이라는 형식이 근대의 가장 중요한 대응 양식임을 발견한 것이며, 따라서 소설에서 그가 주목하는 것도 바로 이런 면이다. 물론 소설이 근대의 핵심 장르로 부상한다는 판단에는 소설형식 고유의 '특수성'에 대한 관심이 따라올 수밖에 없지만, 리비스에게 중요한 것은 그런 특수성들을 통해 위대한 시나 극과도 통하는 언어예술적 성취가 이루어진다는 점이다. '극시로서의 소설'은 소설이 언어예술로서 갖는 공통점과 차이를 두루 담아내는 명명이라고 볼 수 있다.

소설 극시론이라는 발상을 촉발한 중요한 단서 중 하나는 T. S. 엘리엇(Eliot)의 '감수성 분열'론에서 주어졌다. 엘리엇은 「형이상

---

5 이는 '시'나 '극'도 마찬가지다. 가령 리비스는 드라이든의 희곡은 시나 시극이라기보다 운문 극장물이라고 말한다. *The Living Principle: 'English' as a Discipline of Thought*, Chatto & Windus 1975, 151면. 이처럼 리비스에게 '시'란 일차적으로 장르적 개념이 아니다. 그보다 그가 주목하는 것은 응축과 집중을 통한 총체적 의미의 구축이라는 장르적 특장에도 힘입어 시에서 구현되는바, 감성과 지성을 통합한 창조적 사유, 산문적 언어 사용을 포함하면서도 그것을 넘어서는 시적 언어 사용이다.

학파 시인」(The Metaphysical Poets)이라는 서평에서 "16세기 극작가들의 계승자인 17세기 시인들은 어떤 종류의 경험이든 집어삼킬 수 있는 감수성의 기제"를 갖고 있었으나 17세기에 오면 감성과 지성의 상호 분리가 일어나고 이후 영시는 그 분열에서 벗어나지 못했다고 말한다. 이같은 엘리엇의 감수성 분열론은 리비스가 영시의 전통을 가늠할 때 그랬던 것처럼『위대한 전통』에서부터 이미 소설을 생각하는 중요한 화두가 된다. 소설가이자 지성인이던 조지 엘리엇을 다루면서 가장 명시적으로 언급되기는 하지만, 위대한 소설들에서 이룩되는 '탈개인성'(impersonality)의 경지는 절실하고 충만한 정서와 사심없는 지성의 결합을 통해서만 가능해진다는 발상이 이 책을 일관하는 일종의 배음(背音)이 되고 있다. 그러나『위대한 전통』에서는 소설에서도 시적 성취가 가능함을 밝혀내는 데 중점을 두고 있다면, 특히 디킨스와 로런스의 진가에 대한 이해가 깊어지면서 리비스는 셰익스피어의 진정한 계승은 시가 아니라 소설을 통해 이루어진다는, 그런 의미에서 소설은 근대의 가장 핵심적 성취를 담보하는 형식이라는 깨달음에 이르게 된다. 이때 '극시로서의 소설'은 소설을 시나 극으로 환원하는 것이 아니라, 오히려 소설의 독특한 성취를 규명하는 방편이 된다.

극시로서의 소설관이『위대한 전통』에 일종의 보론 형태로 실린 디킨스의『어려운 시절』(Hard Times)론에서 처음 등장한다는 사실은 이 점에서 여러모로 상징적이다. 리비스는 이 책에서 디킨스에 대해 천재성을 높이 평가하면서도 위대한 흥행사(entertainer)일

뿐 창조적 예술가에는 미달하는 작가로 보는데, 다만 '도덕적 우화'(moral fable)에 해당하는 『어려운 시절』에서만큼은 "전체에 스며들어 수미일관한 전체를 조직해내는 어떤 포괄적 의미"(346면)가 두드러지며, "셰익스피어 극에서 연상되는 압축적이고 유연한 삶의 해석"(368면)을 보여준다고 본다. 리비스가 말하는 '극시'는 누구보다도 셰익스피어를 염두에 둔 것으로, 근대 장편소설이 셰익스피어의 계승자라는 판단은 여기서부터 이미 그 단초를 드러내고 있다. 사실 셰익스피어는 『위대한 전통』에서 다른 작가들을 다룰 때에도 거듭 거명되는 이름이다.

그런 한편으로, 리비스가 디킨스의 본격 장편소설이 아닌 이 작품만을 높이 산다든가 두번째 극시로서의 소설론이 역시 '도덕적 우화'인 헨리 제임스의 『유럽인들』(Europeans)론이라는 것을 보면, 이때만 해도 '어떤 종류의 경험이든 집어삼킬 수 있는' 잡식성을 특장으로 하는 활달한 장르로서 소설의 특성의 온전한 인식에는 미달했던 듯하다. 그러나 리비스는 얼마 안 가 로런스의 두 주요 본격 장편 『무지개』(Rainbow)와 『사랑을 하는 여인들』(Women in Love)을 극시로 읽는 작업에 돌입하며, 로런스의 소설 및 소설론은 리비스의 극시론이 소설 고유의 강점을 포함한 진면목을 좀더 적극적으로 사유하는 데 또 하나의 긴요한 실마리가 된다. 가령 똘스또이의 『안나 까레니나』(Anna Karenina)를 다룬 글에서[6] 리비스는

---

6 'Anna Karenina' and Other Essays에 수록된 "Anna Karenina: Thought and

이 작품이 "최고의 유럽소설(*the Euroean novel*)"이자 "근대문명 최고의 소설"(32면)이며, 장편소설이 "인간이 발견한 섬세한 상호관계성의 최고의 형식"(11면)이라는 점에서 망원경보다 위대한 발명이라는 로런스의 소설론을 입증하기에 충분하다고 본다. "셰익스피어에게 엄청난 빚을 진"(15면) 동시에 극형식의 속박에서 풀려난 자유롭고 활달한 장르로서 소설만이 갖는 강점들을 잘 보여준다는 것이다. 여기서 리비스가 염두에 둔 것은 포괄적 총체성과 관계성의 형식으로서 소설의 특성이라 요약할 수 있는데, 리비스는 로런스에 기대어 소설의, 그리고 똘스또이 작품의 이런 특성을 설명해간다. 예컨대 "소설에서는 (…) 모든 것이 모든 다른 것에 상대된다. (…) 여기에 바로 소설의 위대함이 있다. 소설은 당신이 교훈적 거짓말을 늘어놓고 설복하는 꼴을 그냥 두고 보지 않는다"(12면)라는 로런스의 말을 인용하며 『안나 까레니나』가 중대한 문제들에 대한 깊은 탐구이되 '해답'의 유혹을 끝내 견디며 얻어낸 성취임을 보여준다. 그렇다면 소설의 자유는 방종이 아니라 그 나름의 '기율'이다.

소설이 인간 삶의 성격과 의미, 근본문제들을 사유하는 최고의 형식이라는 『안나 까레니나』론은 극시라는 발상을 통해 리비스가 궁극적으로 도달한 소설론의 면모를 압축적으로 보여준다. 리비

Significance in a Great Creative Work". 이후 이 글에서의 인용은 본문에 면수만 표시한다.

스는 19세기에 이르면 영어의 시적 창조력이 산문소설로 이동하며 위대한 소설가들은 셰익스피어의 계승자로서 문학사상 유례없는 성취를 이루어낸다고 본다.[7] 소설이 근대의 중심적 성취를 담아내는 형식이자, 근대소설의 발전에 영국소설 — 혹은 미국작가를 포함한 영어소설 — 이 막중한 역할을 해왔다는 것이다.

리비스가 극시로서의 소설론을 전개해가는 가운데 그가 애초에 내세웠던 위대한 소설가의 목록이 영국소설의 경계를 넘어서 유럽소설로 확장되며 궁극적으로는 장르의 경계를 넘어선 '창조적 전통'의 구축으로까지 진전되는 점은 매우 흥미롭다. 리비스는 호손, 멜빌, 트웨인을 포함한 영어소설의 위대한 전통으로, 이어서 똘스또이를 포함한 '유럽소설'로 시야를 확대해나가며, 이런 가운데 가령 디킨스의 『위대한 유산』(Great Expectations) 역시 위대한 '유럽소설'로 다시 자리매김된다.[8] 사실 『위대한 전통』에서도 이미 제임스를 포함한 멜빌, 호손이 형성하는 미국 특유의 전통을 거론한 바 있고(204면) 영국소설의 특징을 말하면서 플로베르나 발자끄와의 차이를 부각하기도 하였지만, 이제 그의 사유는 유럽 근대소설을 아우르는 시야를 확보하기에 이른다. 그리고 종국에는 장르의 경계마저 넘어서 셰익스피어, 블레이크, 디킨스, 로런스로 이어지

---

7 1952년 발표되고 나중에 'Anna Karenina' and Other Essays에 수록된 "The Americanness of American Literature"에서 처음 나온 이 발언(145~46면)은 이후 Dickens: the Novelist (1970)에 이르기까지 거듭 등장한다.

8 English Literature in Our Times 76면.

는 영국문학의 '창조적 전통'을 구축하기에 이르는데, '극시'라는 발상에 장르 구분의 해체 충동이 내장되어 있음은 이미 언급한 바 있다. 그렇다면 극시로서의 위대한 소설 전통은 장르를 넘나드는 새 전통이 구축되는 와중에 폐기되는 것이 아니라 근대문학 전체의 창조적 흐름 속에 좀더 유기적으로 자리잡게 된다고 보는 것이 더 적절할 듯하다. 장르를 넘나드는 '창조적 전통'의 새로운 제시가 디킨스를 극시로 읽는 책(*Dickens: the Novelist*)에서 이루어진다는 점부터가 이 둘이 양자택일의 문제가 아니라 서로 긴밀히 연결됨을 말해준다.

4. 리비스 소설론의 비평적 함의

극시로서의 소설양식에 대한 문제의식이 리비스에게는 일관된 것이지만, 그는 장르론을 포함하여 체계적인 소설이론을 세우는 데는 큰 관심이 없었다. 소설의 언어예술적 성취를 통해 구현되는 사유란 다른 어떤 추상적 담론으로도 대신할 수 없다고 보는 그의 입장에서는 당연한 선택이라 하겠다. 물론 그가 작품의 '실제비평'에만 관심이 있고 '이론적' 추구를 하지 않았다는 말은 아니다. 그에게는 참된 '이론적' 혹은 '원론적' 탐구와 개별 작품이나 작가의 구체적 성취에 면밀한 관심을 갖는 비평작업이 애당초 따로 있는 것이 아니니, 소설을 포함한 문학작품을 제대로 읽는 작업은

'거시적'인 문제의식을 자연스럽게 추동할 수밖에 없다는 것이 그의 생각이다.

리비스에게 영국소설에 대한 성찰은 결국 비단 영국만이 아니라 유럽 전체의, 그리고 잠정적으로는 지구적 차원의 문명과 그 속에서의 인간의 삶에 대한 사유의 한 과정이라고 할 수 있다. 16세기 이후 세계를 지배해온 자본주의 근대문명은 삶 본연의 창조적 가능성을 소진시켜왔는데, 위대한 문학은 근대의 인간이 부딪치는 곤경을 통해 그들이 경험하는 삶의 왜곡과, 그럼에도 불구하고 면면히 살아 있는 삶의 본모습을 어떤 식으로든 담아낸다. 셰익스피어에서 로런스에 이르는 창조적인 작가들은 이런 과정을 통해 삶에 대한 근원적 비판과 사유의 모험을 감행한 것이다.

르네상스시대에 이룩된 극문학의 성취가 빅토리아시대의 소설적 성취로 재연된다는 것은, 말하자면 '창조적 전통'의 연속성을 지시하는 동시에, 근대사회에서 소설이 가지는 특별한 위상과 의미를 환기한다.[9] 동시에 이처럼 소설론이 소설 영역을 벗어나 셰익스피어를 시원(始原)으로 하는 창조적 성취 쪽으로 나아가고 또한 민족 단위의 문학을 넘어서서 국제적인 문학의 양상으로 넓어

---

[9] 당대 문학 현장에 대한 리비스의 비평적 개입에서도 이런 생각은 분명히 드러난다. 리비스는 당대의 가장 의미심장한 성취인 엘리엇의 시와 로런스의 소설을 평생 붙잡고 씨름했지만, 엘리엇에 대해서는 뒤로 갈수록 거리를 두게 된다. 시인 개인의 병례적 면모와 시라는 장르가 현대에 가지는 한계에 대한 리비스의 인식이 점점 더 깊어진 것이다.

지는 것은 리비스의 소설론이 근대문명 전체에 대한 성찰이자 이 문명이 제기하는 근원적 삶과 예술의 문제, 사유와 창조성의 문제에 대한 천착으로서 끊임없는 모험의 도정에 있었음을 말해준다. 실제로 리비스가 극시로서의 소설론을 발전시키면서 근대문학의 성취를 셰익스피어에서 로런스로 이어지는 창조적 흐름 속에서 바라보는 과정은 근대적 사유를 지배하는 현실, 언어, 사유에 관한 데까르뜨류의 이분법적 발상의 극복 노력과 맞닿아 있다. 이는 또한 문학이 '삶'에 대한 어떤 것으로도 대치될 수 없는 사유라는 깨달음이 심화되는 과정이기도 하다.

리비스가 '리얼리즘'을 직접 거론하는 경우는 매우 드물지만, 그의 소설론이 근본적으로 '리얼리즘'적 지향을 갖는다는 것은 분명해 보인다. 가령 디킨스의 『어려운 시절』을 논하면서 그 기록과 관찰의 힘을 말하는 대목도 그렇지만[10] 리비스는 장편소설이 어떤 사회학자나 역사가도 능가하는 최고의 '사회사'라고 본다. 이는 디킨스나 발자끄의 작품에서 당대 사회에 대해 가장 많은 것을 배웠다고 한 맑스나 엥겔스의 진술과도 통하는 면이 있거니와,[11] 산문서사가 지니는 총체적 현실 장악력, 분석력을 소설의 특장으로 지목하는 셈이다. 그렇지만 리비스가 말하는 '사회사'는 '문명의 본질적 역사'에 대한 천착으로서, 사회의 '총체적' 파악을 필수

---

10 『영국소설의 위대한 전통』 356~57면.
11 Karl Marx and Friedrich Engels, *On Literature and Art*, Progress Publishers 1976, 각기 339 및 91면.

적으로 동반하기는 하지만 그것을 넘어서는 차원을 가리킨다. 달리 말하면 제대로 된 총체적 파악 자체가 미리 존재하는 현실의 '반영'으로만은 가능하지 않다는 것인데, 여기에는 리비스가 블레이크, 디킨스, 로런스를 숙독해가는 과정에서 얻어낸 '삶'과 '현실'에 대한 새로운 통찰이 들어 있다. '현실'은 저기 덩그마니 주어져 있는 실체가 아니라, 사람들의 나날의 협동 속에 창조되고 갱신되어가는 것이고 따라서 현실파악에는 창조성이 개입하게 마련이며, 리비스가 말하는 '삶'은 바로 이런 '현실'을 발견하고 창조해가는 잠재적 에너지 같은 것이다. 그렇지만 또한 구체적인 개개인의 삶들을 떠나서는 따로 존재하지 않는 것이 삶이자, 개개인의 삶 자체도 어디까지나 관계 속의 삶이며 관계를 떠난 삶이라는 말 자체가 성립하지 않는다는 것이 리비스의 생각이다. 삶 자체가 고도로 개인적이면서 사회적인 성격을 띤다는 말인데, '상호관계성의 최고의 형식'인 소설은 이런 삶의 감각을 일깨우고 되살리며, '문명의 본질적 역사'도 그런 삶의 감각을 통해서만 비로소 이룩된다. 리비스의 '극시론'이 디킨스와 로런스의 본격 장편소설을 통해 '도덕적 우화'를 넘어 총체성을 담지하는 긴 산문서사의 특성에 더 다가가면서도, 자본주의 대서사를 창조해낸 발자끄에게 리비스가 끝내 냉담했던 것도 발자끄에게 이같은 삶의 감각이 결여되어 있다는 판단에서다.

　리비스가 이론이나 체계보다 작품에 대한 면밀한 읽기를 추구하고 유독 많은 작품 인용을 하는 것도 문학에서 개진되는 사유가 다른 어떤 담론으로도 요약될 수 없는 성격을 띤다고 여기기 때문이다. 리비스에게 뛰어난 작품에서 수행되며 이성과 감성의 통합을 보여주는 문학적 사유란 추상적·논리적 사유보다 근원적인 사유이며, 어찌 보면 추상적·논리적 사유 자체가 이 근원적 사유에서 파생되었으되 근대에 이르러 사유의 자격을 독점하게 된 것인지도 모른다. 그렇다면 문학에서 무엇으로도 대신할 수 없는 사유가 이루어지고 있음을 깨닫는 것이 문학에나 우리의 삶에 관건적 의미를 갖게 된다. 문학은 지배이데올로기를 포함한 우리의 타성적 감성과 이해를 거스르고 해체하는 속성을 지닌다. 끊임없는 인식의 갱신을 동반하는 사유의 모험이 펼쳐지는 곳이 작품이라면, 독서 그리고 비평은 이 모험에 동참하고 또 그것을 전진시키는 과정이다. 문학 행위는 물론이고 비평 행위 또한 "존재 전부를 건 씨름"[12], 한국의 시인 김수영(金洙暎)의 표현을 빌리면 "온몸으로, 바로 온몸을 밀고 나가는" 고투를 요구하는 행위인 것이다.

5. 나가는 말

리비스의 소설론을 제대로 논의하자면 거론된 소설가들의 작품에 대한 좀더 세밀한 논의가 필요할 것이다. 앞서 말한 대로 리비

---

12 *English Literature in Our Times* 127면.

스는 소설에 대한 체계나 이론을 따로 세우기보다 구체적인 작품 논의를 통해 소설론을 개진하기 때문에 더욱 그렇다. 그러나 이런 한계가 있는 대로 이 글에서는 '위대한 전통' 및 '극시로서의 소설'이라는 리비스의 발상이 갖는 의미를 규명하고, 이 모든 작업이 그가 비판하고 또 그 대안을 모색하는 현대문명의 문제에 대한 사유에 이어져 있음을 말하고자 하였다.

그의 소설론은 근대의 의미에 대한 근원적 성찰 및 이와 연관된 탈근대적 지향까지 포함하는 것으로서, 문화 및 문명 비판과 맺어져 있는 밀도에서 실로 만만치 않은 도전을 보여준다. 물론 작품의 창조적 성취와 그 수준을 따지는 리비스적인 비평이 평가를 상대화하거나 기피하고 체계에 따른 문학 이해를 앞세우는 현금의 비평풍토에는 어울리지 않을 수도 있다. 그리고 리비스가 로런스를 두고 지적했듯, 갈수록 가중된 리비스의 '고립'이 갖는 의미나 그것이 그의 논의에 남긴 흔적들은 그것대로 짚어볼 필요가 있겠다. 그러나 여기서 더 중요한 것은 이론의 득세로 인해 문학이 오히려 위기를 맞고 있다는 우려가 나오기도 하는 상황에서 현재의 대세를 거스르는 실천으로서 리비스적인 비평이 갖는 의미이다. 실제로 한국의 비평 또한 과연 리비스가 말하는 의미에서 문명의 대세에, 그리고 사회의 모순에 살아 있는 창조력으로 맞서는 작품이 얼마나 산출되고 있는가를 물어야 할지 모른다. 리비스 스스로 영국 소설의 위대한 전통을 세우는 데서 시작한 작업을 유럽으로까지 확장하고 장르의 구분도 뛰어넘는 사유의 모험을 보여주었다. 유럽 너머로 논의를 넓혀나가지 못한 것은 리비스로서는 어쩌면 불가피한 일이었겠지만, 리비스 당시나 이후 비서구권에서 산출된 창조적 성취들 가운데는 그가 말하는 극시로서의 소설의 성취에 근접하는 성과들이 없지 않을 것이다. 사실 리비스도 이런 가능성을 열어놓았다고 할 수 있다. 리비스는 똘스또이가 근대문명 최고의 소설을 산출할 수 있었던 중요한 요인으로 당대 러시아가 근대와 전근대가 착종된 후발 자본주의국가였다는 사실을 지적하는데, 이는 곧 똘스또이가 근대문명의 정황들을 어떤 보편적 인간조건이 아니라 역사적 사태로, 살아 있는 삶에 대한 실감과 함께 바라볼 수 있었다는 뜻이기도 하다. 이러한 역사적 감각, 삶의 감각이야말로 리비스가 문학을 읽는 정신이자, 위대한 작품이 수행하는 '삶에 대한 사유'에서 내내 주목했던 깨달음이다.

마이클 벨의 소설론과 비평

'모더니즘'을 중심으로

/ 유희석

柳熙錫 전남대 영어교육과 교수. 저서로『근대 극복의 이정표들』『한국문학의 최전선과 세계문학』등, 역서로『한 여인의 초상』(공역)『지식의 불확실성』등이 있다.

1. 머리말

영미 학계에서 유럽의 근대소설을 폭넓게 섭렵하고 소설장르에 관해 나름의 소설관을 피력한 현역 학자들은 적지 않지만 마이클 벨(Michael Bell, 1941~)은 그중에서도 이채로운 존재다. 소설론이라 하더라도 대개는 특정한 이론, 가령 탈식민주의나 여성주의, 역사주의 등을 전제하기 일쑤인데, 마이클 벨은 이론에 대한 저항도 분명할뿐더러 철저하게 역사적 시각을 견지하면서 비평을 축적해온 점이 남다르다. 주로 소설에 관한 집중적인 논의를 전개한 저작으로 사실상 그의 첫 연구서인 『실재의 쎈티먼트: 유럽소설에 나타난 감정의 진실』을 꼽을 수 있다. 영국을 비롯해 프랑스, 독일, 러시아 등의 ── 리처드슨(Samuel Richardson, 1689~1761)에서 나보꼬프 (Vladimir Nabokov, 1899~1977)에 이르는 ── 주요 거장들을 다루면서 근대소설에 관한 그만의 독특한 입론을 세웠다. 그로부터 약 17년 이 지난 시점에서 『쎈티멘털리즘, 윤리, 감정의 문화』을 통해 그 입론을 한층 정교하게 다듬어 개진했다. 그사이에 로런스에 관한 단독 저서인 『D. H. 로런스: 언어와 존재』와 가르시아 마르께스 연구서인 『가브리엘 가르시아 마르께스: 고독과 연대』를 펴냈다. 가장 최근의 연구서인 『공공연한 비밀들』을 포함해 그가 그간 축적해온 연구와 비평의 폭과 깊이를 떠올리면,[1] 그의 소설론을 한 편의 평문으로 정리하는 작업은 간단치 않은 일이다.

그의 적지 않은 저서 가운데 특히 『실재의 쎈티먼트』와 『쎈티멘털리즘, 윤리, 감정의 문화』는 연작이라고 해도 좋을 정도로 주제의 연속성이 두드러진다. 두 연구서를 관통하는 키워드는 '쎈티먼트' 다. 이 말 자체는 감성과 이성이 하나로 통합된 상태를 지칭하고 엘리엇(T. S. Eliot)이 제기한 '감수성의 분열'론과도 맥이 닿아 있지만

---

1 언급한 순서대로 Michael Bell, *The Sentiment of Reality: Truth of Feeling in the European Novel*, George Allen & Unwin 1983(이하 *SR*); *Sentimentalism, Ethics and the Culture of Feeling*, Palgrave 2000(이하 *SECF*); *D. H. Lawrence: language and being*, Cambridge UP 1991; *Gabriel Garcia Márquez: Solitude and Solidarity*, St. Martins Press 1993; *Open Secrets: Literature, Education, and Authority from J-J. Rousseau to J. M. Coetzee*, Oxford UP 2007(이하 *OS*) 앞으로 이 저작들을 인용하는 경우 각 약칭으로 표기하고 괄호 안에 면수만 밝힌다.

역사적으로 통합이나 분열의 소설적 양태가 극히 미묘하고 복합적인 만큼 쉽게 정리하기 힘든 개념이다. 그가 소설을 "근대의 사회적 인간에게 가장 완전하고 복잡하며 친밀한 자기성찰의 형식을 제공하는"[2] 문학의 핵심 장르로 규정하고 '진리'를 발화하는 서사양식으로 내세우는 근거도 소설이야말로 바로 그런 차원의 '쎈티먼트'를 탁월하게 구현하는 서사양식이라는 신념이 깔려 있다.

그가 일관되게 소설형식의 실험과 혁신을 쎈티먼트의 역사적 변화 양상과 연관지어 성찰하는 것도 그런 신념에 기인한다. 따라서 소설장르는 자체의 발전사(發展史)를 갖는 자족적인 장르로 간주되지 않는다. 그가 소설을 중세·르네상스의 대표적 우세종인 로맨스와의 길항관계를 통해 상대화하는 것도 그런 맥락이다. 역사·철학·과학 등의 분야에서 이룩된 성과들을 끌어오고 "이러한 비문학적 형식들(편지들·회고록·여행담 등 — 인용자)이라는 옷을 반복적으로 훔치"면서 진화해온 서사로 소설장르를 파악한다. 소설 장르에 관한 이같은 인식 자체가 독창적이라고 말하기는 어렵

---

2 Michael Bell, "Introduction: The Novel in Europe 1600~1900," *The Cambridge Companion to European Novelists*, ed. Michael Bell, Cambridge UP 2012, 1면. 그가 가장 포괄적으로 개진한 최근의 소설론은 그 자신이 편집하고 머리말과 결론을 붙인 이 책에 실려 있다. 총 23명의 학자들이 세르반떼스(1547~1616)에서 밀란 쿤데라(1929~)에 이르는 작가들의 작품세계를 소개한 방대한 저작인데, 마이클 벨은 스턴(Lawrence Sterne)론을 포함해 서론과 결론 격인 「머리말: 유럽의 소설 1600~1900」과 「결론: 1900년 이후 유럽의 소설」을 집필했다. 무려 400년의 소설사를 개관한 셈이다.

지만, 18세기 소설과 19세기 소설을 '리터럴리즘'(literalism)과 '미메시스'(mimesis)로 대별하고, '감정'이 극화(劇化)되는 서사상의 형질변이를 탐구해온 그의 비평작업은 걸출한 바가 있다.

이 글은 마이클 벨의 소설론에 대한 본격적인 논의는 아니다. 지면도 한정되어 있고, 19세기 미국소설 전공자로서는 감당하기 어려운 구석도 적지 않기 때문이다. 다만 『실재의 쎈티먼트』와 『쎈티멘털리즘, 윤리, 감정의 문화』를 염두에 두되 논점은 마이클 벨의 모더니즘론으로 좁히고자 한다. 이 주제만 해도 역사적 배경과 작가들에 대해 방대한 논의가 축적된 상태라서 선별과 집중이 각별히 필요할 듯하다. 그런 뜻에서 먼저 사조로서의 모더니즘을 역사화하는 마이클 벨의 발상을 따라가면서 모더니즘에 대한 비판적 재인식이라고 할 만한 쟁점들을 제시하고, 그 연장선에서 로런스와 조이스의 단편을 비교하면서 읽어보고자 한다.

2. 모더니즘의 시대와 모더니즘

서구 학계에서 발원하여 전세계적으로 통용되고 있음에도 모더니즘과 포스트모더니즘의 뜻매김은 문학담론에서도 저마다 천차만별이다.[3] 그 때문인지 마이클 벨은 모더니즘을 정의하기보다는

---

3 이 글의 2절과 3절 '모더니즘의 시대와 모더니즘' '모더니즘 문학의 비판적

모더니즘이라는 사조가 등장하기까지 어떤 사상사적 변곡점들이 있었는가를 짚는 작업에 치중한다. 모더니즘은 역사적 시기와 문학사조, 두 측면에서 파악된다. 즉 '모더니스트 시대'(the modernist decades)는 "대략 1910년에서 1930년까지"를 지칭한다.[4] 예이츠, 조이스, 로런스, 에즈라 파운드, 콘래드, 토마스 만 등을 망라한 작가들의 주요작품이 씌어진 시간대에 비추어 유럽 리얼리즘 소설의 정점은 1830~1860년대로 규정되는 한편(*SR* 195~96면), 1880년 이후를 '리얼리스트 모드'(the realist mode)가 해체된 국면으로(*LMM* 199면) 정의한다는 것이다. 벨이 규정하는 문학사조로서의 모더니즘은 영미 문학사의 일반적인 시대구분과 대동소이하달 수 있다. 문예사조로 본다면 마이클 벨 역시 사실상 19세기 리얼리즘으로부터의 탈피로 모더니즘을 정리하는 셈이다.[5]

재인식'은 「비평가의 평가와 책임: 마이클 벨의 『문학과 모더니즘 그리고 신화』를 중심으로」 『안과밖』 36호 (2014년 상반기)에서 끌어온 것임을 밝혀 둔다.

4 Michael Bell, *Literature, modernism and myth: Belief and responsibility in the twentieth century*, Cambridge UP 1997, 1면. 앞으로 본문에서 이 저서를 인용할 경우 괄호 안에 *LMM*으로 표기하고 면수만 밝힌다.

5 다른 한편 그런 탈피가 19세기 리얼리즘의 성취와 구체적으로 어떤 상관성이 있는지는 불확실해 보인다. 다만 그가 상정하는 모더니즘이 루카치가 설정한 극복 대상이 아니라는 점만은 분명한데, 리얼리즘과 모더니즘이라는 용어와 관련하여 한마디 덧붙인다. 지난 70·80년대 한국의 평단에서 민족문학을 주창한 진영은 사실주의와 리얼리즘을 구분하고 운동으로서의 리얼리즘을 주창한 바 있고 필자 자신도 엄밀한 개념 구사의 필요성에 공감하는 입장이다(「한국소설의 고투, 마중물로서의 비평」 『한국문학의 최전선

그런데 그가 시대로서의 모더니즘을 설정하는 방식은 좀 특이하다. 즉, 18세기부터 20세기 후반까지의 소설사(小說史)를 전제로 칸트에서 헤겔로 이어지는 독일 관념철학의 전개를 모더니즘의 사상사적 뿌리로 규명한다. 시와 예술의 영역을 적극적으로 철학적 사유를 통해 전유한 셸링이나 슐레겔 등에 관한 논의에서 모더니즘으로 가는 결정적인 전환점은 쇼펜하우어의 '비관주의'로서의 세계관을 창조적으로 전복하고 전유한 니체의 철학이다. 이렇게 본다면 마이클 벨의 모더니즘론은 리얼리즘 문학의 쇠퇴 이후 등장한 전위파 작가들에 집중하는 루카치의 모더니즘론보다 한결 넓은 시대적 배경을 전제하는 것이다. 따라서 모더니즘 문학을 평가하는 비평적 발상이나 읽기의 방식도 루카치가 『모더니즘의 이

과 세계문학』, 창비 2013, 295면). 그런데 30여년 가까이 지난 지금 리얼리즘이 사실주의와 구분되는 독자적 개념으로 자리잡을 싹수가 거의 보이지 않는다. 이는 역시 리얼리즘이 영어의 '음독(音讀)'이라는 점과 무관치 않다고 본다. 어찌 되었든 리얼리즘을 한국어로 번역하면 현실주의 또는 사실주의가 되니 아무리 리얼리즘을 구분하려 해도 혼란스러울 수밖에 없다. 아무튼 모더니즘을 넘어서는 문학적 성취를 일컬을 수 있는 이름은 새로운 문학운동의 과정에서 저절로 생겨날 가능성이 크다. 따라서 이 글에서 모더니즘에 대비되는 사조를 사실주의가 아니라 리얼리즘으로 표기한 것은 일단 서구 학계의 관행을 존중하는 뜻도 있지만, 다른 한편 "'참된' '진정한' 등의 수식어를 붙이고 강조해야만 어렵사리 생명력을 부지하게 된 리얼리즘이라는 외래어가 어느 순간 우리의 실정을 반영하는 우리말 표현으로 전환되지 않을까요? 그날을 좀더 앞당기도록 합시다"라는 문제의식도 반영한 것이기도 하다(『한국문학의 최전선과 세계문학』에 실린 같은 졸문 297면).

데올로기』에서[6] 시도한 독법과 평가방식과는 확실히 구분된다. 그 뿐만 아니라 루카치에게 일정한 영향을 받은 마셜 버먼이나 루카 치의 극복을 지향하는 모레띠의 모더니즘론과도 공통점을 거의 발견하기 어렵다.

모더니즘의 출현 배경에 관한 벨의 고찰은『문학과 모더니즘 그리고 신화』1부에서 집중적으로 이뤄지는데, 간명한 정리가 어 려울 정도로 다각도의 논의가 동시에 진행된다. 그중에서 특히 칸트에서 헤겔, 쇼펜하우어에서 니체에 이르는 독일 철학의 역 사적 맥락을 모더니즘의 출현 배경으로 설정하는 논의는 탁견이 라고 본다. 데까르뜨의 철학으로 표상되는 자아와 세계의 이분 법, 뉴턴으로 상징되는 기계적 과학주의, 정신적 지도이념으로서 의 기독교 등의 '세계관'의 절대적 정당성이 ── 진리치(truth value) 를 담보하는 담론으로서의 정당성이 ── 근원적으로 의문시되면 서 등장하는, 문예사조를 포괄하는 사상사의 흐름이 그가 염두에 둔 모더니즘이라고 부를 수 있겠다. 시대로서의 모더니즘은 종교

---

6 '모더니즘의 이데올로기'는『오해된 리얼리즘에 대항하여』(*Wider den mißverstanden Realismus*, 1958)의 영역본 제목이다. 루카치는 로베르트 무질, 제임스 조이스와 프란츠 카프카 등을 대표적인 사례로 들어서 설정한 전위 주의(Avantgardismus)를 영미권에서는 모더니즘으로 번역했다. 어떤 용어 를 취하든 루카치의 비판의식 중 유효한 부분은 살리면서도 "모더니즘은 전 통적인 문학형식의 파괴를 초래했을 뿐만 아니라 문학 그 자체의 파괴도 초 래했다"는 극단적인 판단만은 지속적으로 수정해나가는 것이 중요할 것이 다. "문학 그 자체의 파괴" 운운하는 대목은『우리시대의 리얼리즘』문학예 술연구회 역, 인간사 1988, 45면 참조.

와 과학이 경쟁적으로 선점하려던 절대적 진리 '관'이 무너지고 그 틈바구니에서 예술이 부상하는 때와 일치한다. 또한 그때는 아인슈타인의 상대성이론이나 양자역학이 나오기 전부터 감지되기 시작한 '상대성'을 본격적으로 사람들이 의식하기 시작한 순간이기도 하다. 물론 예컨대 인류학에서 상대성을 인식하고 있는 순간에도 문명과 야만이라는 구도는 지속되었다.

20세기의 두번째 10년에 이르러서야 그러한 상대성의 함의들이 문화적 토대를 건드리고 그 일상적으로 작동하는 전제들을 흐트러뜨리기 시작했다. 그 과정은 당시에도 여전히 부분적으로 진행되었을 뿐이며, 지금도 결코 완결된 것이 아니다. 어디에서나 대다수 사람들은 뉴턴의 물리적 세계에 거하고 있듯이 과거의 도덕적 세계에 계속 살고 있으며, 토마스 만이 말했다시피 그건 나쁜 일이 아니다. 그러나 핵심적인 예술가들과 사상가들은 문화 영역에서 벌어진 그런 엄청난 지각변화에 능동적으로 대처했다(*LMM* 10면).

벨이 예이츠, 조이스, 로런스의 텍스트 분석으로써 보여주는 바는 그런 능동성의 탁월한 예들이다. 4절 소론에서 조이스의 「하숙집」과 비교하면서 더 자세히 논하겠지만 로런스 학자답게 「말장수의 딸」에 관한 분석이 특히 인상적이다(*LMM* 97~111면). 마이클 벨은 이어서 이들 작가에 대한 일종의 반례(反例, countercase)들을 다룬다. 즉 니체에 반발하고 "종족의 언어를 정화(淨化)하"려는 과정에서 "언어적 전환"(linguistic turn)을 이룩한 영미 모더니즘의 사례로 엘리엇과 파운드의 시를 논하고, 세계관의 상대성이 서구 식민지에서 발현되는 양상을 콘래드의 작품과 그에 대한 ─ 가령 아프리카 케냐의 작가 치누아 아체베의 ─ 비평적 반응을 통해 적시한다.

모더니즘의 '붕괴'(break-up)를 촉진한 결정적인 매개는 세르반떼스의 『돈 끼호떼』로 설정된다. 이미 근대 초입에 괄목할 만한 온갖 서사상의 실험과 근대다운 의식을 선보인 이 세기적 장편을 자기 것으로 완전히 소화·흡수한 후기 토마스 만의 4부작 대하장편인 『요셉과 그의 형제들』(1933~43)과 "만의 요셉 이야기를 읽는" 꾀바른 유대인을 주인공으로 내세운 쁘리모 레비(Primo Levi, 1919~87)의 『주기율표』(1975)를 통해서 마이클 벨은 모더니즘의 붕괴 징후를 읽어내는 것이다. 그 중요한 징후 중 하나가 '소설'(novel)이 벤야민이 논한 바 '이야기들'(stories)로 쪼개지는 현상이다(*LMM* 171~74면). 이 해체는 단순히 서사형식에 국한되는 것이 아니다. 지평을 설정하고 그런 지평을 향한 주인공의 모험을 다루는 소설과는 달리 '이야기'는 토마스 만이나 쁘리모 레비의 유랑(流浪)이 보여주는 것처럼 근대의 유동적이고 불확실한 지평에 대응하는, 독단과 전체성을 피하는 문학의 형식으로 규정된다. 즉, 유대인의 ─ 나아가 근대인의 ─ 근대적 존재조건, 즉 이방인으로서 신념을 지켜내고 신화적 집단성 속에서 자라는 개인의 온전

성을 성취해야 하는 그 특유의 존재조건과 연관된다는 것이다.[7]

모더니즘의 내적 붕괴는 바로 그런 스토리들이 '소설'의 이름으로 부상하면서 가속화된다. 이후의 국면은 이 두 유대계 작가의 작품에 대한 논의를 경유하면서 진행된다. 그 붕괴에 이어 새롭게 등장한 것이 남미를 진원지로 퍼져나간 '포스트모더니즘'이다. 세르반떼스를 "창조적 출발점"으로 삼은 까르뺀띠에르나 가르시아 마르께스가 이정표를 세운 포스트모더니즘 말이다.

이런 관점에서 보면, 세기의 전환기를 살아간 작가인 세르반떼스는 현대 라틴아메리카 작가들과 문화적으로 '동시대인'이었다. 그리고 라틴아메리카가 유럽 모더니즘 운동 자체를 흡수하고 훗날 그 운동에 상응하는 자아성찰의 순간을 체험한 한에서는 20세기 중후반 라틴아메리카의 작가들은 또한 유럽의 모더니즘과 동시대인이라고 말할 수 있다. 사실상 라틴아메리카는 포스트모던 형식으로 '모더니즘'의 시대를 구가했으며, 계몽주의의 보편성 해체는 여기서 하나의 핵심적인 요소였다(*LMM* 183면).

---

7 "The story-teller, precisely because not claiming any special wisdom, communicates it through the open-endness of story itself. A novel offers a personal vision, an interpretation of experience, which no one perhaps is in a position to claim. The novelist, on this view, is one who would offer to fix our horizon. Hence, for Benjamin, the rise of the novel was the decline of the story."(*LMM* 172면)

이런 맥락에서 토머스 핀천의『중력의 무지개』(1973)와 앤젤러 카터의『써커스의 밤』(1984)은 계몽주의적 보편성이 완전히 해체된 현장에서 모더니즘 시대 이후 더욱 약해진 신화성(the mythic)에 대한 믿음에 대처하는 새로운 서사로서의 '이야기들'을 개척한 사례로 평가된다. 따라서 지금까지의 논의를 시기적으로만 정리하자면 이렇다. 1910~1930년대가 모더니즘이고 1950년대가 그런 모더니즘과의 단절 및 연속성을 모두 (예컨대 까르뺀띠에르의『이 지상의 왕국』처럼) 보여주는 것이 포스트-모더니즘이라면 그사이의 기간에 모더니즘의 붕괴가 있고, 1960년대부터 (가령 가르시아 마르께스의『백년의 고독』이 대표하는) 포스트모더니즘이 되는 셈이다.

3. 모더니즘 문학의 비판적 재인식

여기서 다시 모더니스트의 자기성찰적 신화만들기로 돌아가보자. 이런 신화만들기에 근거한 마이클 벨의 구체적인 작품읽기를 따져봐야 할 차례지만, 그에 앞서 한동안 한국 평단을 달군 리얼리즘·모더니즘 논쟁을 외곽에서 거든 논자로서 마이클 벨이 내놓은 모더니스트의 자아성찰적 신화만들기라는 발상에 대해 간략히 논평을 달아보자.

모든 세계관들의 상대성을 투철하게 인식하면서도 '삶'을 절대적인 것으로서 살아내고, 그런 삶의 유동적 지평을 창의적인 작품으로 확대·심화한 20세기 초반 일군의 작가들을 모더니즘으로 묶은 마이클 벨의 문학사적 구도가 앞서 언급했다시피 완전히 혁신적인 것은 아니다. 혁신성이 비평의 모든 것은 아니겠지만, 일단 당대 모더니즘 문학의 지세(地勢)를 살필 때 여성 작가가 단 한 명도 거론되지 않는 점이 눈에 띈다. 마이클 벨의 모더니즘 기획이 선별이 불가피한 성격임을 적극적으로 인정하면서 좀더 시야를 넓힌다면 리얼리즘-모더니즘-포스트모더니즘으로 이어지는 기존 구도 자체를 의문에 붙이지 않은 점이 더 근본적인 문제일지 모른다.

이같은 구도는 약간의 시차는 있지만 프레드릭 제임슨이 에르네스트 만델의 『후기자본주의』(*Der Spätkapitalismus*, 1972)를 원용하고 구분한 리얼리즘(1848년 전후)·모더니즘(1890년대)·포스트모더니즘(1940년대)의 구분을 거의 따르고 있는 셈이다. 마이클 벨이 역설하듯이 포스트모더니즘 시대에서도 리얼리즘과 모더니즘 시대에 필적할—그가 거론한 토머스 핀천, 앤젤러 카터, 쿳시 같은 작가의—작품이 나올 수 있다면 그 말 많은 '포스트모더니즘'이 아니라 그 창조적 발현의 역사적 공통성을 묶어줄 수 있는 별개의 새로운 용어가 필요하다. 앞에서(각주5) 리얼리즘을 대체할 우리말 용어와 용법의 필요성을 제기한 바 있지만, 마이클 벨의 논의는 1960년대 이후 생산된 작품을 통해 시대적 구분을 더 명확히 해줄 용어의 부재로 인해 설득력이 떨어지는 순간도 있는 것 같다. 가령 본격 모더니즘의 해체에 따라 '스토리'가 발생하는 현상을 기술하면서 그런 전제하에 "『율리시스』가 모더니즘이라면 『피니건의 경야』는 포스트모더니즘이고 그와 거의 동시대인 『마의 산』과 『요셉과 그의 형제들』도 마찬가지다"라고 말하는 대목만 해도 그렇다(*LMM* 173면). 조이스의 경우 그렇다면 『더블린 사람들』(1914)은 (마이클 벨도 인정하리라 보는데) 분명히 '리얼리즘'에 속한다고 해야 할 터다.

이때 1910년대에서 30년대에 걸쳐 있는 조이스의 세 작품이 각기 리얼리즘, 모더니즘, 포스트모더니즘이라면 그 변별점은 정확히 무엇인가? 소설 서사상의 형식 내지는 기법 외의 어떤 기준이 있는 것 같지 않다. 다른 한편 조이스와 함께 모더니즘으로 묶인 로런스는 명백히 19세기 리얼리즘 전통에 있지만 미완성으로 남은 『미스터 눈』(1921~22)처럼 자의식적 희극 서사를 선보이기도 한 사례이다. 모더니즘에 대한 그 자신의 견해는 차치하더라도 로런스는 모더니즘의 범주에 넣기 어려운 작가가 아닌가 싶다. 아니, 가령 그의 중편 「쓴트모어」(1925)조차 "한편으로 볼셰비즘이 자본주의·자유주의에 대한 진정한 대안이 아니었음이 밝혀졌고, 다른 한편 일체의 진리나 실재에 대한 불신을 가르치는 '포스트모던한' 가벼움이 전지구적 자본주의 문화를 주도하고 있는 현실에 대한 발본적인 비판으로" 읽힌다면[8] 로런스는 역시 리얼리즘과 모더

---

8 백낙청 「소설 「쓴트모어」의 독창성」, 『안과밖』 13호 (2002년 하반기), 30면.

니즘의 틀에는 완전히 들어맞을 수 없는 작가라고 봐야 할 듯하다. 아무튼 어떤 작가를 어떻게 규정해야 하는가 하는 문제를 떠나서도 포스트모더니즘의 경우 단순히 시간상으로 모더니즘 이후인지 아니면 모더니즘 문학이 안고 있는 한계의 극복으로서의 이후인지, 아니면 단순히 모더니즘과는 차별되는 서사형식의 등장인지가 불분명하고, 모더니즘 역시 자아성찰적 신화만들기라는 공통분모 외에는 작품으로 묶어줄 뭔가가 마이클 벨의 논의에서는 확실치 않은 것이다.[9]

리얼리즘 대 모더니즘의 대립을 문학 창조성의 구현 양상에 비추어 해체하면서 새로운 문학운동을 펼치는 이론적 작업은 한국의 평단에도 숙제로 남아 있기에 나 자신도 큰소리칠 일은 물론 아니다. 하지만 세 사조의 기존 구도에 모더니즘을 중심에 놓은 마이클 벨은 세계관의 상대성에 대한 존중이 지나친 나머지 사회역사의 현실 추이를 감안한 엄밀한 평가보다는 병렬식 논의에 치우치는 듯하다.

물론 그런 이의제기의 여지를 인정하는 경우에도 '이론'이 작품 읽기에 하나의 선험적 전제로 군림하는, 아니, 단순한 전제 정도가

---

9 그 점은 그 자신이 편자로서 *The Cambridge Companion to European Novelists*에 붙인 결론인 "Conclusion: The European Novel after 1900"도 마찬가지인 것 같다. 20세기 전체에 걸친 유럽소설의 '개관'으로서는 훌륭한 평론이지만 20세기 중후반의 작품들이 정확히 어떤 의미에서 모더니즘 텍스트와 변별되는지는 석연하지 않다.

아니라 읽기의 '매뉴얼'로까지 행세하는 서구 문학계에서 '20세기의 믿음과 책임'이라는 —— 다분히 '윤리적인' 냄새가 나는 —— 화두를 치밀한 텍스트 읽기를 통해 풀어내면서 모더니즘 문학을 보는 시각을 그처럼 개방하기는 결코 쉽지 않음도 평가해야 한다고 본다. 리얼리즘 대 모더니즘이라는 대립구도가 온전히 지양되지 못함으로써 양자의 문학 모두에 대한 일정한 훼손이 가해지고 왜곡현상까지 벌어진 우리 평단에서 그런 개방성은 값진 비평적 영감을 제공하는 면이 있는 것이다. '모더니즘 비판'에서도 이념으로서의 모더니즘과 작품으로서의 모더니즘을 분별하는 것이야말로 비평의 핵심이라면 마이클 벨의 작품읽기는 바로 그 문제를 천착한 경우다.

앞으로도 하나의 도전적 과제로 남을 그 문제는 우리의 입장에서도 좀더 치열하게 파고들어볼 만하다. 예컨대 영미 모더니즘 문학에서 가장 흥미로운 대조를 이루는 쌍 중 하나인 로런스와 조이스의 비교평가도 그 과제의 일부에 속한다. 여기서도 두 작가에 대한 마이클 벨의 논의를 상세히 점검하고 필자의 주견을 펼칠 바는 아니다. 다만, 리얼리즘과 모더니즘 중에서 전자에 분명히 가깝지만 지양(止揚) 내지는 초극으로서의 리얼리즘이라고 해야 할 특이종(sui generis)인 로런스와 어떤 면으로 봐도 모더니즘의 전형이라 해야 할 조이스에 대한 비평적 판단은 그 자체로 리얼리즘·모더니즘과 연관된 핵심적인 논제라 할 수 있다. 그런 맥락에서 두 작가의 천재성을 각각 표면과 깊이에 대한 전복적 탐구로 규정하면서

"비교불가하고 궁극적으로 화해불가"한 양자의 상보성(相補性)을
강조한 판단은[10] 수십년간 두 작가를 끈질기게 비판적으로 연구
한 마이클 벨 같은 학자로서는 지나치게 조심스러운 결론이라는
인상이다.

　이런 조심성은 『유럽의 소설가들』에 실린 「결론: 1900년 이후
유럽의 소설」에 가면 구태의연하다는 인상마저 준다. 매슈 아널
드가 공식화한 바 있는 헬레니즘 대 헤브라이즘의 이분법을 로런

10　해당 대목은 이렇다. "Where Lawrence's genius saw the depth in apparent
　　surface, Joyce's genius was for turning apparent depth into surface. These two
　　conceptions are incommensurable, and ultimately unreconcilable, although
　　each for that very reason needs the awareness of the other to escape its own
　　possible impoverishment."(OS 215면) 필자가 읽기로 나보꼬프와 더불어 "플
　　로베르의 가장 실질적인 계승자"에 해당하는 조이스에 관한 마이클 벨의 평
　　가는 시기적으로 약간씩 차이가 나다가 최근에 올수록 상찬으로 기우는 경
　　향이다. 아무튼 조이스의 『율리시스』, 나아가 그의 문학 전반에 관한 결정적
　　인 비평은 SR 4부("Flaubert, Joyce and Nabokov: The Rejection of Sentiment
　　and the Feeling of Truth")에서 가장 명징하게 이뤄진 것으로 보인다. 블룸의
　　의식극장(the theatre of consciousness)을 통해 디킨스의 민중적 활력을 흡수
　　하면서 플로베르의 허무주의적 아이러니를 희극적으로 승화한 조이스의 서
　　사 솜씨에 거듭 찬사를 바치면서도 근본적으로 아이러니스트로서 플로베르
　　가 갖는— 헨리 제임스와 로런스가 각자의 관점에서 파악한—본질적인
　　한계에서 조이스가 끝내 자유로울 수 없었다는 점을 결론으로 명시한 것이
　　다. ("In short, the overall vision of Ulysses, although it is achieved despite the
　　meanness of its material, is also achieved largely because of it. **However much
　　more comedic and celebratory, Joyce's method involves essentially the same
　　kind of limiting emotional preconceptions as Flaubert's.**"(SR 176면, 강조는
　　인용자)

스와 조이스에게 적용하는 대목에서 말이다. "조이스가 명석함과 초연을 추구하는 반면 로런스는 필링(feeling)으로 침윤된 세계를 창조한다"는 식이다.[11] 이같은 도식적 정리가 명쾌한 것은 사실이다. 그러나 마이클 벨은 『실재의 쎈티먼트』부터 진실된 — 더 정확히는 윤리적 — 감정의 서사상의 제시와 소설형식의 혁신이 어떤 역사진화적 연관성이 있는가를 치열하게 탐구해온 비평가가 아닌가. 로런스와 조이스가 제아무리 '공통분모가 없는'(incommensurable) 작가들이라 할지라도 일단 두 작가가 거론된 마당이라면 '쎈티먼트'의 소설적 구현이라는 차원에서도 엄밀한 평가는 불가피할 것이다.

마이클 벨의 비평에서 아직까지는 그런 평가가 충분치 않다는 인상을 받는 것이, 신화의 양면성을 떠안은 채 수행하는 모더니스트의 신화만들기라는 명제 자체가 상대성과 상대주의의 분별을 흐리는 면이 있기 때문인지, 아니면 두 작가에 대한 비평적 상대평가가 워낙 난제이어서 그런지는 나로서는 단언키 어렵다. 다만 이 대목에서는 셰익스피어와 견주어 조이스의 언어가 갖는 한계를 논한 F. R. 리비스의 짧막한 시론(試論)이 더 와닿는 면이 있는 것 같다.[12]

---

11 *The Cambridge Companion to European Novelists*, 433면.
12 필자는 모레띠의 『율리시스』 해석에 이의를 제기하면서 리비스의 이 평문에 공감을 표한 바 있다. 충분한 논의와는 거리가 먼 논평인데, 리비스의 비평 역시 그 자체로 완결된 것이라기보다는 좀더 본격적으로 다뤄야 할 쟁점

그러나 리비스의 비평이 시론인 만큼 섣부른 단정은 금물이다. 필자 자신도 본격적인 작업에 엄두를 못내는 형편인데, 여러모로 비교·대비가 가능한 로런스의 「말장수의 딸」(The Horse Dealer's Daughter, 1924)과 조이스의 「하숙집」(The Boarding House, 1914) 같은 '소품'을 두고도 구체적인 분석을 시도해보겠다는 뜻이다. 본격적으로 논하자면 역시 장편인 『사랑을 하는 여인들』(Women in Love, 1921)과 『율리시스』(Ulysses, 1922)를 상대해야 함은 더 말할 나위 없다. 하지만 이는 앞으로 이 분야 전공자들의 숙제로 남겨놓고 나 자신도 '보통 독자'로 돌아가 「말장수의 딸」과 「하숙집」을 비교하면서 마이클 벨의 관점을 검토해보겠다.[13]

4. 소론: 조이스와 로런스는 어떻게 다른가

조이스의 「하숙집」은 모두 15편의 연작소설로 구성된 『더블린 사람들』에 7번째로 수록된 단편이다. 『더블린 사람들』은 더블린 사회를 구성하는 정치·사회·문화·종교의 축도일 뿐만 아니라 그곳에서 일상을 살아가는 시민들의 '내면성'을 포괄한다. 사실주

을 제기했다는 데 의의가 있을 것이다. 졸고 「근대성과 모더니즘」, 『근대 극복의 이정표들』, 창비 2007, 292면 각주 18 참조.

13 텍스트는 각각 James Joyce, *Dubliners*, Penguin Books 1992; D. H. Lawrence, *Selected Short Stories*, Penguin Books 1983이다.

의 또는 자연주의로 분류되는 소설집 가운데 가령 고트프리트 켈러(Gottfried Keller, 1819~90)의 『젤트빌라 사람들』(*Die Leute von Seldwyla*, 1856, 1874)이나 셔우드 앤더슨의 『와인스버그, 오하이오』(*Winesburg, Ohio*, 1919)처럼 특정 지역을 배경으로 다양한 인간군상을 작품에 담은 작가는 한둘이 아니지만, 조이스처럼 한 도시의 실제 생활공간들을 취해서 그런 공간과 그토록 촘촘하고도 다채롭게 조응하는 정신의 지리지(地理誌)를 그려넣은 예는 20세기 서구소설사에도 유례가 드물다. 더블린이 단순한 배경만이 아니고 각각의 인물을 형성하는 질료인 동시에 때로는 그 공간의 분위기 자체로 느껴질 정도다.

「하숙집」은 더블린의 전체 풍경 가운데 남녀의 '연애사건'을 다룬 이야기다. 딱히 이 단편에만 해당하는 것은 아니고 누구나 실감하리라 보지만, 「하숙집」은 정교하게 다듬어진 작은 상아조각 같은 텍스트다. 표면적으로는 별거할 권리를 획득하여 혼자서 빠듯한 삶을 꾸려가는 억척어멈 무니 부인과, 친정아버지가 죽자 망나니가 되어버린 남편과, 그런 삶에 적응하려는 딸 폴리의 사실상의 '공모'에 도런이라는 총각이 '걸려드는' 이야기다. 하지만 더 깊은 차원에서 도런의 곤경은 중산계급의 일원으로 스스로 내면화한 체면이라는 겉치레와 아일랜드의 지배종교인 가톨릭의 권세가 가세하여 증폭되고, 미세한 디테일들의 절묘한 배치를 통해 궁지에 몰린 그의 처지는 마치 끈끈이주걱이 빨아들인 파리의 그것처럼 느껴지기조차 한다. 도런이라는 성실한 청년이 무니 부인의 하숙집에 들어 그 딸인 폴리와 사랑에 빠지는 일면 통속극의 성격을 띠는 이야기가 전혀 그렇게 느껴지지 않는 것도 통속극에 따라붙을 법한 감상주의가 거의 완벽하게 걸러져 있기 때문이다. 조이스는 더블린의 정치·경제·종교가 복합적으로 작동하는 현실의 힘에 사랑의 낭만적 감정이 얼마나 취약한가를, 그런 힘이 개인을 옥죄는 순간 낭만적 감정이 얼마나 부서지기 쉬운 것인가를 수술을 집도하는 외과의처럼 더할 수 없이 냉철·간결하게 보여준다.

그런 맥락에서 「하숙집」은 전체적으로 마이클 벨이 규정한 조이스 언어예술의 "명석함과 초연함"을 한편의 짤막한 연애(사기)극을 통해 펼쳐 보였다는 평가도 충분히 가능하다. 화자의 개입이 극도로 자제되면서 이야기 스스로 '이야기'를 드러낸다는 점에서 초연함이고, 폴리의 얄궂은 심리와 도런의 궁지를 더할 수 없이 간결하게 제시했다는 점에서 명석함이다. 그런데 「하숙집」을 로런스의 「말장수의 딸」과 비교해보면 몇가지 면에서 흥미로운 주제상의 유사점이 부각된다. 「말장수의 딸」은 얼핏 '빼도 박도 못하는' 도런과 그런 진퇴양난으로 유도하는 폴리의 관계가 전혀 다른 배경에서 변주되는 것이 아닌가는 느낌마저 들 정도다. 「말장수의 딸」의 그 딸인 메이블과 마을의사인 퍼거슨이 맺는 '관계'의 성격을 두고 하는 말이다.

메이블의 설정에서 주목할 점은, 그녀가 모친 및 부친과 각기 독특한 유대를 유지해온 딸이라는 것이다. 모친의 죽음과 부친의 재혼으로 그녀의 안정감은 급격히 흔들린다. 특히 늘그막 부친의 재혼으로 인해 가산이 돌이킬 수 없이 기울자 남은 자식들은 각자 살아갈 방도를 찾는데, 메이블은 (여성이기에) 세 남자 형제들과도 성격이 사뭇 다른 궁지에 몰리게 된다. 더욱이 그녀는 남자 형제들과는 달리 더부살이 따위로 생계를 이어가기에는 자존심과 독립성이 너무 강한 여성이기도 하다. 바로 그렇게 때문에 오갈 데 없이 버티는 메이블과 상황에 순응하는 남자 형제들과의 대비는 더욱 두드러진다. 그녀는 궁핍해진 상황을 버티는 데까지 버티다가 급기야 연못에서 자살을 시도한다. 이 단편이 「하숙집」을 떠올리게 하는 것은 그다음 대목부터다. 즉, 연못으로 걸어들어간 메이블이 퍼거슨에 의해 구조되고, 그 일를 기화로 퍼거슨이 옴짝달싹 못하도록 들러붙다시피 하는 그녀의 절박한 마음 상태도 그렇고, 그런 상황에서 도런처럼 신분 차이를 의식하면서 친지들이 말장수의 딸을 어떻게 볼까 불안해하는 퍼거슨의 (잠깐 스쳐가는) 심리도 그렇다. (하지만 처한 상황만 보면 폴리보다는 『더블린 사람들』의 「이블린」 속 동명 여주인공이 메이블의 절박한 처지를 방불케 한다.)

물론 이는 표면적인 유사점에 불과하다. 메이블·퍼거슨과 폴리·도런을 좀더 맞세워보자. 전자의 관계는 후자와는 달리 일단 통속으로 규정하기는 어렵다. 그렇다고 낭만적이라는 형용사도 딱히 어울리지 않는다. 연못에 빠진 메이블을 퍼거슨이 구해준 다음부터 전개되는 이야기의 전개와 반전은 느닷없어서 독자를 어리둥절케 하는 면도 있다. 그전까지 무심하게, 또는 불편하게 눈빛으로만

서로의 '존재'를 의식하던 두 남녀의 관계가 전혀 새로운 차원으로 비약하기 때문이다. 그러나 이 새로운 차원이 정확히 어떤 것인가가 이 단편 읽기의 핵심인 만큼 좀더 자세히 짚어볼 필요가 있다.

두 남녀가 상대편의 존재를 자기세계의 일부로 인식하게 되는 결정적 계기는 몸과 몸의 접촉이다. 이 접촉도 물론 간단치 않다. 퍼거슨이 연못에 빠진 메이블을 구하고 체온 유지를 위해 옷을 벗긴 것은 모두 의사로서의 직업적 조치였기 때문이다. 그런데 깨어난 메이블이 퍼거슨의 그런 행동을 사랑의 행위로 간주하는바, 사실상 이는 외간 남자가 처녀의 벗은 몸을 보았으니 책임지라는 '생떼'와 다름없다. "당신이 나를 위해서 연못에 뛰어들었느냐?" 묻는, 목숨을 구하고 옷까지 벗겼으니 나를 사랑하는 것이 틀림없다고 단정하는 메이블은 통상 '정신이 나갔다'고 말할 수 있는 상태인데,[14] 문제는 퍼거슨이 결사적으로 '사랑'을 갈구하는 메이블

---

14 메이블은 깨어나서 퍼거슨에게 다음과 같이 말한다. "Was I out of mind? she asked." 그러고 나서 자신의 현재 상태에 대해서는 현재시제로 "Am I out of my mind now?"라고 묻는다. 이렇게 '정신이 나간' 메이블의 상태에 관한 마이클 벨의 다음과 같은 해석은 환기할 만하다.
"Mable's phrase has a resonance beyond its immediate context; a resonance which is more metaphysical than ethical. For beyond the simple meaning of 'madness', which Mable clearly intends, the experience in the pond was indeed an involuntary escape from what Lawrence would call 'mental consciousness'. It was an escape from the dualistic assumptions of the 'mind'. **Being out of her mind, in this sense, is exactly what both of them need to achieve.**"(*LMM* 106~07면, 강조는 인용자)

의 마음과 육체에 반응한다는 점이다. 퍼거슨의 혼란스러운 마음은 돌연 어떤 '감정'으로 비약하는바, 그 과정에서 그는 생살을 찢는 듯한 아픔과 희열을 동시에 느낀다. 심지어 '이런 것이 사랑이라니!'라고 탄식하듯 자문하기까지 한다. 양식화 또는 관습화된 사랑이라는 것과는 너무도 다른 그런 아픔과 희열의 동시적 '느낌'은 퍼거슨에게는 전혀 새롭고 낯선 감정이고, 메이블에게는 그런 감정은 거듭 의심하면서도 끝내는 확신해야만 하는 어떤 것으로 제시된다. 평론의 언어로는 제대로 낚아채기 힘들 정도로 두 남녀의 '감정'이 교차되면서 사랑으로 비화되는 양상은 미묘하면서도 투명하다.

물론 마이클 벨이 적절하게 인용했다시피 "우리가 '이성'이라고 부르는 것은 감정의 특히 고요한 상태"라는 점을 상기한다면(*SECF* 1면) '감정'은 감정 그 자체로 존재하지 않는다. 더 나아가 감정의 대립항으로 이성을 설정하는 것이야말로 근대주의적 사고의 고질이라면, 퍼거슨과 메이블의 감정이 '이성'이라는 것과 대립하지 않는다는 점은 특히 강조할 만한 사실이다. 두 남녀의 감정은 이전까지 지속된 무언의 교감, 또는 교신이랄 만한 것이 연못에서의 사건을 통해 폭발적으로 분출한 '그 무엇'이고 급격히 나타난 '그 무엇'을 두 남녀가 같이 체험함으로써 서로가 서로의 '존재'를 받아들이는 것으로 귀결되기 때문이다.

반면에 「하숙집」에서 드러나는 폴리와 도런의 감정은 성격이 전혀 다르다. 이들의 감정은 몰래하는 연애에서 연유하는 짜릿함과 흥분, 충동과 분리하기 어렵다. 그런 은밀한 만남이 육체적 관계로 이어지고 추문으로 번질 수 있는 관계를 '정리'하기 위해 무니 부인이 개입하는 구도에서 꼬여가는 두 남녀의 마음이 간단할 수는 없다. 하지만 그 마음의 이면인 이들의 감정은 퍼거슨·메이블의 그것과는 사뭇 다르다. 폴리는 폴리대로, 도런은 도런대로 각자가 자신의 미래를 그려보는 과정에서 공감(共感)과는 거리가 멀어진 심적 상태에 가깝다. 막연하게 장밋빛 앞날을 기대하는 폴리와 결혼에 대한 두려움과 환멸에 빠진 도런 사이에 어떤 공감이 있을 수 있겠는가. 그렇다면 두 남녀의 상태를 정확히 파악하는 데는 한 주체가 스스로 느끼는 감정의 진정성은 적절하지 않을 것 같다. 오히려 이성과 감성이 분리될 수 없는 상황에서 도달하는 '자기인식'을 기준으로 삼는다면 「하숙집」과 「말장수의 딸」을 좀 더 명료하게 비교할 수 있을 것 같다.

연민과 애정의 미묘한 회색지대에서 망설이다가 결국 메이블의 필사적인 구애를 받아들이는 퍼거슨의 '결단'은 사랑이라고 말해야 좋을지도 모호한 구석이 있다. 이 점은 못 박아 말해둘 필요가 있다. 앞서 지적한 것처럼 고통과 기쁨이 함께하는 퍼거슨의 감정에는 메이블의 절박한 마음에 상응하는 절실함이 스며 있다. 「하숙집」의 경우 도살장으로 끌려가는 소처럼 무니 부인과 대면하고 결혼을 승낙하고 마는 도런의 심리상태는 절실함이라기보다는 절박함이라고 해야 맞다. 매혹과 두려움을 오가다 마음이 정리되는 퍼거슨에 비하면 도런은 스스로 옴짝달싹할 수 없음을 극도로 예민하게 의식하는 심적 갈등에 빠져 있다. 어떤 면에서는 도런보다 무니 부인과 합작하여 남편감을 '획득한' 폴리의 감정이 더 애매하다고 볼 수도 있다. 그렇다고 더블린을 탈출하고 싶은 강렬한 욕구를 가까스로 억누른 도런의 심적 갈등이 덜 애매한 것은 아니지만 말이다.

그러나 이들의 복잡미묘한 마음상태가 어떻든 두 남녀의 결합은 의외로 간명하게 정리할 수 있다. 즉 여성의 임신이 빌미가 되는 '강제 결혼'(shotgun marriage)이다. 폴리는 그런 결혼을 몽롱한 장밋빛 기대 속에서 기다리는 것이고, 도런은 더블린을 탈출하지 못한 채 그런 폴리를 체념하듯 받아들이는 것이다. 두 남녀의 이같은 결합은 독자에게 착잡한 느낌을 안겨줄 수밖에 없지만 그같은 착잡함이 의외로 쉽게 정리되는 것도 두 남녀가 결합으로 가는 과정에 자기의 '존재'를 걸고 비약하는 어떤 결단이 부재하기 때문이다. 따라서 이들이 각자 처한 상황이 아무리 꼬이고 복합적이라 해도 결국 뻔한 결말이라는 인상을 지울 수 없다. 또 이들의 예정된 결혼에서 결코 건강한 미래를 기대하기도 힘든데, 실제로 우리는 『율리시스』에서 장인처럼 주정뱅이가 되어 소일하는 도런을 만나게 된다.

다른 한편 그 나름의 열린 결말인 「하숙집」에 비해 「말장수의 딸」의 결말, 특히 메이블과 퍼거슨의 교감 및 결합을 제대로 설명하기가 어려운 것이 이들의 미래가 불투명하기 때문만은 아니다. 메이블은 메이블대로 퍼거슨은 퍼거슨대로 자신의 '존재'를 던져

이룩한 만남이라는 실감이 특히 결말에서 독자에게 강하게 전달되지만 두 남녀가 마주한 미래의 불확실성은 행복 대 불행이라는 설정으로 해명할 수 있는 성질이 아니다. 두 남녀 모두 제각각 알 수 없는 자신의 감정을 상대방의 존재를 통해 가까스로 확인하고 그 감정을 '사랑'으로 언표(言表)함으로써 '만남'을 성사시키는바, 행불행의 여부보다 과연 메이블과 퍼거슨은 그런 만남으로써 그 전까지 지속해온 (관성적) 삶에서 얼마나 탈피할 수 있을까라는 의문이 남는 것이다. 「말장수의 딸」의 결말은 그런 의문을 해소하지 않고 남겨둔 셈이다. 그렇다면 플롯상으로는 유사한 결말이지만 이처럼 상이한 실감을 남기는 두 작품, 나아가 두 작가의 차이를, 마이클 벨이 그랬듯이, 각각 '표면과 깊이에 대한 전복적 탐구'로 규정할 수 있을까?

전복을 전제로 하고 있기는 하지만 '조이스=표면, 로런스=깊이'라는 도식은 여전히 의문이다. 표면을 전복하면 깊이가 되고, 깊이를 전복하면 표면이라도 된다는 말인가? 앞서 『율리시스』=모더니즘, 『피니건의 경야』=포스트모더니즘'이라는 마이클 벨의 규정을 환기하고, 그렇다면 『더블린 사람들』의 경우는 "분명히 '리얼리즘'에 속한다"고 했다. 좀더 엄밀하게 말한다면, 「하숙집」이 숱한 자연주의 소설 가운데서도 언어적 경제와 절제로 빛나는 작품이고 그런 맥락에서 자연주의의 '심화'라고 평가하는 것이 온당할 듯하다. 심화에 홑따옴표를 붙인 것은, 객관적 관찰과 묘사만으로는 되살리기 힘든, 희로애락을 나누는 더블린 사람들의 마음과 사람살이 냄새가 짙게 배어 있다는 점에서는 삶의 단면에 대한 정확한 재현에 집착하는 자연주의에서 진일보했다고 평가할 만하면서도, 그 사람살이가 일종의 숙명처럼 제시된다는 점에서는 결정주의의 색채가 짙은 자연주의의 어떤 한계를 안고 있기 때문이다. 후자에 관한 한 『더블린 사람들』을 특징짓는 키워드인 '마비'야말로 사실상 자연주의의 본질적 속성을 집약하는 개념이 아닌가.

물론 「구름 한점」(A Little Cloud)이나 「상대역들」(Counterparts), 「진흙」(Clay) 같은 단편이 두드러진 사례지만 『더블린 사람들』전편에 흐르는 더블린 시민들 삶의 독특한 생동감에 마비를 들이대는 것도 일종의 판에 박힌 비평의 습성이 아닌가 자문해야 옳다. 그런데 그 점을 지적하면서 「말장수의 딸」의 경우를 생각해보면 리얼리즘이든 모더니즘이든 특정한 사조(思潮)가 로런스의 단편에 미치는 규정력은 상대적으로 약한 것 같다. 이 단편도 리얼리즘이나 모더니즘 어느 한쪽으로만 귀속시키기는 어렵다는 말이다. 로런스가 사실 재현 위주의 리얼리즘 전통을 이으면서도 마이클 벨도 강조한 바 있는 로맨스장르의 '기이한 것'(the marvelous)을 서사의 자연스러운 일부로 흡수·소화하여 발생하는 서사적 효과에 주목할 때 특히 그러하다. 그 과정에서 인물들의 심리는 물론이고 일상적 상황까지 낯설어지면서 사실과 비사실의 경계 자체가 흐려지곤 하는데, 이는 모더니즘의 전유물처럼 통용되는 '낯설게 하기'를 방불케 한다. 가령 어머니의 무덤에서 비석을 닦던 메이블이 왕진에 나서는 퍼거슨을 보면서 강력한 최면을 거는 듯한 장면이 단적

인 예다.[15] 하지만 이를 단순히 모더니즘의 어떤 특성이나 초현실
주의의 묘사로 해석하는 것도 일종의 타성이다. 그보다는 우리의
삶 자체를 한꺼풀만 벗겨보면 그런 기이한/놀라운 것으로 가득 차
있다는 작가적 신념의 표출로 보는 것이 타당할 터이며, 실제로 남
녀관계야말로 '신비'에 다름 아닌 인간의 알 수 없는 마음작용을
가장 강렬하게 일으키는 처소(處所)라면 로런스는 그런 작용을 소
설로 표현하고 '의식화'하는 데 여전히 첨단의 사례에 속한다.

　지금까지 「하숙집」과 「말장수의 딸」을 대비하면서 두 작품의 비
교가능한 지점들을 짚어봤다. 나는 조이스가 '모더니즘'의 대가일
지언정 19세기 리얼리즘의 위대한 유산들을 창의적으로 계승·발
전시킨 하나의 전범은 못된다는 견해를 갖고 있지만 여기서 그 점
을 논증했다고 주장할 수는 물론 없는 일이다. 논증에 관한 한 역
시 두 작가의 창조적 역량이 최고도로 발휘된 장편을 두고 본격적
으로 씨름해봐야만 설득력 있는 결론을 얻을 수 있으리라 본다. 다
만 마이클 벨이 설정한 헤브라이즘 대 헬레니즘의 틀로 로런스와
조이스를 조명하는 읽기는, 감히 말하건대, 비평가의 지적 태만임
을 지적하고 싶다. 마이클 벨 자신이 로런스 문학의 창조적 성취

---

15 그 부분은 원문을 제시하겠다. "It was portentous, her face. It seemed to
mesmerise him. There was a heavy power in her eyes which laid hold of his
being, as if he had drunk some powerful drug. He had been feeling weak and
done before. Now the life came back into him, he felt delivered from his won
fretted, daily self." D. H. Lawrence, *Selected Short Stories*, 265~67면.

가 어떤 의미에서 데까르뜨적 이분법으로 표상되는 근대 서구의 사고방식에 대한 심대한 도전이요 극복인가를 구체적인 작품읽기로 보여주려는 시도를 줄기차게 해온 장본인이 아닌가. 헤브라이즘과 헬레니즘을 갖다 쓰자면, 로런스의 「말장수의 딸」은 그 둘 모두 걸쳐 있다고 말해야 할 듯하다. 아니, 로런스의 문학은 그같은 이항대립을 벗어나지 못하는 한 온전히 규명할 수 없는 바로 그런 차원의 성취를 이룩한 생생한 사례로 남아 있다.

조이스도 로런스와 마찬가지로 헤브라이즘 대 헬레니즘이라는 이분법적 접근을 허용하는 작가는 아니다. 로런스의 소설적 성취와는 다른 성질로서 단편문학의 탁월한 표본인『더블린 사람들』은 현세 대 내세, 지성 대 감성 등의 이분법으로는 충분히 포착할 수 없는 삶의 현장들을 정교하고도 정확한 언어로 살려내고 있다. 하지만 한 개성적 인간이 사회의 편견과 허위의식에 젖어 있는 상황에서도 도달할 수 있는 자기인식의 가능성과 타자와의 온전한 관계 맺기를 기준으로 삼았을 때 조이스의 단편 서사에 — 이성과 감정의 분열 양상에 탐닉하는 모더니즘의 어떤 면모라 해도 무방한 — 자연주의의 어떤 한계는 한계대로 남아 있다는 판단을 피하기는 어렵다. 그렇다면『더블린 사람들』의 조이스는 역시 플로베르의 적자요 (『율리시스』가 표상하듯이) 모더니즘의 대표주자라 하겠고, 그런 만큼 로런스는 물론이고 디킨스와도 거리가 있다고 말해야 할 것이다.

5. 결론을 대신하여

　로런스와 조이스의 단편을 비교해서 읽어본 취지는 두 작가의 우열을 가리기보다 한국 평단에서 형성된 리얼리즘 대 모더니즘 구도를 다시 생각해보면서 마이클 벨의 모더니즘론을 비판적으로 점검하는 것이었다. 이념과 작품을 분별하면서 후자의 성취를 섬세하게 짚어내는 마이클 벨의 '읽기'에 관해 로런스와 조이스의 단편을 견주어봄으로써 필자 나름의 이견을 더러 제시했지만 그는 모더니즘문학이 서구 사상과 과학의 획기적 전환에 창의적으로 부응했고, 특히 그 장편문학은 '쎈티먼트'의 새로운 모색과 함께 온갖 기법상의 실험도 수행했음을 주밀하게 드러낸 비평가다. 마이클 벨이 분석했듯이 장편소설이 장편문학 바깥의 서사양식들을 창의적으로 포획·활용하면서 역사적으로 진화해온 과정에 주목한다면 모더니즘 이후의 시대에 어떤 지역이 어떤 문학을 생산하고 있는가를 구체적으로 밝히고 평가하는 것도 비평의 중요한 과제가 된다. '후기자본주의의 문화논리'로서의 포스트모더니즘과는 결코 양립할 수 없는 문학 특유의 서사 실험과 인간(중심)주의를 넘어서는 윤리적 성찰의 지평을 남아공의 작가 쿳시(J. M. Coetzee)의 작품을 통해 보여준 벨의 작업이 그런 괄목할 만한 예라는 점은 더 말할 나위 없다(OS 217~34면).

　끝으로 앞에서 언급한, 국내 평단의 '리얼리즘' 및 리얼리즘·모더니즘의 대립구도를 마이클 벨의 모더니즘론과 연관하여 몇마디 첨언하고 싶다. 1970~1980년대 한국 평단에서 리얼리즘은 그 나름의 엄밀하고도 치밀한 논리를 갖춘 문학행위의 특별한 방편이었다. 또 리얼리즘은 서구의 사실주의와 모더니즘 모두를 극복의 대상으로 설정하면서 분단의 혁파를 지향하는 하나의 고유한 문학적 태도 내지는 자세이기도 했다. 그러나 한 세대가 넘게 지난 지금 리얼리즘의 그같은 취지와 동력은 상당 부분 퇴색했고, 시대와 독자의 감수성도 사뭇 달라졌다. 사실주의 내지 현실주의로 번역하지 않고 리얼리즘이라는 이름을 고수하면서 문학운동을 능히 주도할 수 있었던 역사적 상황의 성격 자체가 변한 것이다. 물론 리얼리즘과 모더니즘의 교착상태에 빠져 새로운 이름을 발명하지 못하기는 서구의 학계도 마찬가지인 것 같다. 바로 그렇기 때문에 자본주의 세계체제의 변혁을 통해 리얼리즘도 모더니즘도 아닌 새로운 문학을 꿈꾸기도 하지만,[16] 우리의 경우 현실이 그렇게 달라졌으면서도 분단체제의 고유한 작동은 여전히 멈추지 않는

---

16 cf: "Perhaps it will require nothing less than another major convulsion of capitalist world-system, and some radical shake-up or reorganization of the current literary system to boot, to compel us to revisit our overfamiliar histories of realism and modernism with fresh eyes or to create conditions that might allow for new mode of narration with ambitions to realize promises that neither realism nor modernism could ever realize separately." Joe Cleary, "Realism after Modernism and the Literary World-System," *Modern Language Quarterly* 73:3 (September 2012), 268면.

만큼 그 문학적 대응도 더욱 창의성을 발휘해야 함은 두말할 나위
없다.

이런 간단치 않은 한국(문학)의 상황이기에 마이클 벨이 역설
한바 "자아성찰적 신화만들기"(self-conscious mythopoeia)라는 발상
은 더 적극적으로 비평에 끌어들여 활용해봄직하다. 이같은 신화
만들기의 핵심이 "자기가 가진 믿음의 본질적 상대성을 인정하면
서 그런 믿음을 유일무이한 작품으로" 구현하는 행위에 있다면[17]
리얼리즘이나 모더니즘이라는 고유명사에 대한 집착도 떨쳐야 할
일이다. 급선무는 한반도의 현실과 대결하는 한국문학의 개별 성
취들을 '세계문학'의 지평에서 사유하고 평가할 수 있는 비평능력
의 함양이다. 뜻을 펼침으로써 새로운 이름을 얻는 것도 바로 그
과정에서만 가능할 것이기 때문이다. 그렇다면 역시 중요한 것은
'뜻'을 담고 있는 작품 자체다. 물론 이런 작품에는 우리 평단에서
특히 '리얼리즘'이라는 명칭으로 축적된 비평의 유산도 당연히 포
함된다. 그와 같은 작품들을 비평에 값하는 방식으로 읽어내고 온
전히 수용하는 일이야말로 우리 동시대의 문학을 새로운 이름으
로 축성(祝聖)할 수 있는 유일한 길이 될 것이다.

---

17 "자아성찰적 신화만들기"에 관한 좀더 구체적인 논의는 졸고 「비평가의 평
가와 책임」 197~202면 참조.

252

다시 소설이론을 읽는다

세계의 소설론과 미학의 쟁점들

초판 1쇄 발행 / 2015년 11월 30일
초판 2쇄 발행 / 2019년 4월 22일

엮은이 / 황정아
지은이 / 김경식 외
펴낸이 / 강일우
책임편집 / 권은경 부수영
조판 / 박아경
펴낸곳 / (주)창비
등록 / 1986년 8월 5일 제85호
주소 / 10881 경기도 파주시 회동길 184
전화 / 031-955-3333
팩시밀리 / 영업 031-955-3399 편집 031-955-3400
홈페이지 / www.changbi.com
전자우편 / lit@changbi.com

ISBN 978-89-364-6344-1 03810